Pierre Emme

WÜRSTEL-MASSAKER

Pierre Emme

WÜRSTEL-MASSAKER

Palinskis vierter Fall

KRIMI IM GMEINER-VERLAG

Bibliografische Information
der Deutschen Bibliothek
Die Deutsche Bibliothek verzeichnet diese
Publikation in der Deutschen Nationalbibliografie;
detaillierte bibliografische Daten sind im Internet
über http://dnb.ddb.de abrufbar.

Besuchen Sie uns im Internet:
www.gmeiner-verlag.de

Im Ehnried 5, 88605 Meßkirch
Telefon 07575/2095-0
info@gmeiner-verlag.de

1. Auflage 2006

Lektorat: Claudia Senghaas, Kirchardt
Umschlaggestaltung: U.O.R.G. Lutz Eberle, Stuttgart
unter Verwendung eines Fotos von Georg Mladek
Gesetzt aus der 10/13 Punkt GV Garamond
Druck: Fuldaer Verlagsanstalt, Fulda
Printed in Germany
ISBN 13: 978-3-89977-700-0
ISBN 10: 3-89977-700-X

Alle Personen und Namen sind frei erfunden.
Ähnlichkeiten mit lebenden Personen sind zufällig
und nicht beabsichtigt.

1

Karl Heinz Peddersen war Kapitän im wohl verdienten Ruhestand. Als 15-jähriger war er von zu Hause ausgebüchst und hatte in der Folge mehr als 35 Jahre alle Meere der Welt befahren. Im aus amouröser Sicht schon etwas reiferen Alter von 51 hatte er bei einem Heimaturlaub Erna kennen, schätzen und lieben gelernt. Als Mann, der gewohnt war, rasche Entscheidungen zu treffen, hatte er der stattlichen Hamburgerin bereits am zweiten Abend einen höchst sittsamen Antrag gemacht. Den Erna ohne Zögern angenommen und beide mit einer spontan vorgezogenen Hochzeitsnacht besiegelt hatten.

Erna hatte, wie Karl Heinz auch, natürlich schon reichlich Erfahrungen gesammelt und dabei gelernt, dass es durchaus von Vorteil sein konnte, das Eisen zu schmieden, solange es heiß war. In Wien kannte man diese Lebensweisheit als »Wos i hob, des hob i.«

Da Karl Heinz nicht länger als einen Arbeitstag von seiner Liebe getrennt sein wollte, nahm er Abschied von der Handelsschifffahrt und übernahm eine verantwortungsvolle Position im Tourismus. Er wurde Käpten auf einem dieser Rundfahrschiffe, die Gäste aus aller Welt durch den Hamburger Hafen schippern.

Erna hatte Wurzeln in Wien, die Stadt aber noch nie besucht. Sie kannte den Prater, die Hofburg, Schönbrunn und den Heurigen nur aus den von Heimweh geprägten

Erzählungen ihrer Mutter, die sich in Norddeutschland nie richtig heimisch gefühlt hatte.

Kein Wunder, dass die erste längere Reise nach dem endgültigen Abschied Karl Heinz' von der See die Peddersens in die alte Kaiserstadt an der Donau führte.

An ersten Abend in Wien wollte Erna das Opernfilm-Festival am Rathausplatz ansehen. Wäre Strauß, Puccini oder auch Verdi am Programm gestanden, Frau Peddersen hätte sich mit ihrem Wunsch möglicherweise durchsetzen können. Aber mit dem »Fliegenden Holländer« hatte der alte Seebär absolut nichts am Hut. Obwohl es dabei ja eigentlich um einen Kollegen ging.

So hatte sich der Käpten mit seinem Wunsch durchgesetzt und das Paar war bei einem Heurigen in Neustift gelandet.

Nach drei Vierteln waren dem geeichten Pils- und Korntrinker die Tränen in die Augen getreten und er hatte versucht, seiner Erna mit Begleitung der Schrammelmusik ein Ständchen zu bringen.

Seine norddeutsche Version von »Mei Muatterl woar a Weanerin« ging seiner Liebsten dann doch nicht so zu Herzen, wie er gehofft hatte. Schuld daran waren die umsitzenden Gäste, die die »platt-wienerische« Darbietung mit schallendem Gelächter quittierten. Als sich ein Metzger aus Bielefeld dabei so verkutzte, dass ihm das Abendessen aus dem Gesicht bröselte, wurde Erna die ganze Sache zu peinlich.

Sie stellte ihren Mann vor die Alternative und Karl Heinz entschied sich spontan für »Oder.« Worauf sie sich ein Taxi nahm und ins Hotel »Haus Döbling« bringen ließ.

Kaum war dieser Störfaktor weg, feuerten die übrigen

Gäste den urigen alten Seebär an, weitere Kostproben seiner gesanglichen Qualitäten zu liefern. Der ließ sich nicht lange bitten und gab »La Paloma« und »Wir lagen vor Madagaskar« von sich. Für einige besonders zotige Shantys, die folgten, revanchierten sich eine Gruppe Italiener mit »La montanara.«

Der Abend artete schließlich in eine gewaltige friulanisch-hamburgisch-wienerische Verbrüderung aus, die lange über die Sperrstunde hinaus dauerte.

Gegen halb drei fühlte sich Peddersen so gut, dass er beschloss, das Geld für ein Taxi zu sparen und den Weg zum »Haus Döbling« zu Fuß anzutreten. Die laue, mondhelle Augustnacht erinnerte ihn irgendwie an die vielen durchwachten Nächte auf der Brücke seines Schiffes und das gefiel ihm.

Nachdem er am Döblinger Friedhof vorbei gekommen war, forderte die Natur zweifach Tribut. Erstens drohte ihm die Blase zu bersten und zweitens fühlte er sich plötzlich hundemüde. Der auf der linken Straßenseite liegende Park kam da wie gerufen.

Peddersen betrat das Gelände der schönen, wie er später erfahren sollte, nach Hugo Wolf benannten Anlage und erleichterte sich hinter dem ersten Baum. Dann sah er sich nach einer Bank um und fand auch rasch eine.

Als er Platz nehmen wollte, nahm er einen Mann wahr, der sich offenbar bei einem etwa zehn Meter entfernten Gebüsch zu schaffen gemacht hatte und jetzt davon lief.

Dem alten Käpten war das egal. Komische Typen war er von Hamburg her gewöhnt. Eigenartig fand er nur, dass jemand bei dieser milden Temperatur einen langen

Staubmantel trug. Dann war Peddersen auch schon eingeschlafen.

* * * * *

Am frühen Morgen hatte eine Gewitterfront den Nordwesten Wiens erreicht. Ein heftiger Windstoß und die ersten Regentropfen, die heftigen Blitzen und in immer kürzeren Abständen grollender Donner folgten, weckten Peddersen gegen 5 Uhr.

Rasch erhob er sich. Nicht, dass ihm das Wetter etwas ausgemacht hätte. Er hatte schon wesentlich Schlimmeres überstanden. Ein Blick auf die Uhr in Verbindung mit dem leichten Kopfschmerz hatte aber schlechtes Gewissen aufkommen lassen. Erna machte sich sicher schon Gedanken, wo er solange blieb.

Plötzlich sah er das Bein. Beziehungsweise das, was davon aus dem Gebüsch ragte. Es war ein ganz normales nacktes Bein, ein wenig blass vielleicht, aber das konnte am Licht liegen.

Komisch fand der alte Seebär bloß, dass neben dem einen Bein nicht auch das zweite lag. Vielleicht hatte die unter dem Gebüsch liegende Person es einfach angezogen. Also Peddersen hätte so nicht schlafen können. Oder es handelte sich um einen beinamputierten Unterstandslosen.

Seltsam, dass der Schläfer – Peddersen war schon zu alt, um sich des geschlechtsneutralen »der Schläfer oder die Schläferin« zu bedienen – also eigenartig war es schon, dass die Person nicht auf den immer stärker werdenden Regen reagierte.

Zögernd trat der alte Seebär zu dem Bein hin.

»Mensch«, sagte er mit freundlicher, aber bestimmter Stimme: »Sie wollen wohl völlig durchnässt werden. Wachen Sie auf.«

Als die erwartete Reaktion des Beines, übrigens ein linkes mit lackierten Zehennägeln, ausblieb, beschloss der alte Hamburger, handgreiflich zu werden.

Er bückte sich und begann, am Bein zu ziehen und daran zu rütteln. Zuerst ganz sanft, dann etwas stärker. Die Berührung unterlegte er mit einem leutseligen »Aufwachen, min Deern.«

Als das alles nichts nützte, zog er entschlossen kräftig an der unteren Extremität. Offenbar fester als beabsichtigt, denn plötzlich hielt er das Bein ohne den dazu gehörigen Körper in der Hand.

Für den Bruchteil einer Sekunde schoss es dem Käpten durch den Kopf, dass er das nicht gewollt hatte und wie leid es ihm tat. Dann bedeckte sein Mageninhalt auch schon die Stelle, auf der sich eben noch das verdammte Bein befunden hatte.

Peddersen nahm sich fest vor, sich nie, wirklich nie wieder in die Angelegenheiten anderer Leute einzumischen. Sollten sie doch schlafen und ihre Beine herum liegen lassen, wo und solange sie wollten.

* * * * *

Palinski hatte sich an die spartanischen Mahlzeiten, die ihm Wilma seit mehr als zwei Monaten verordnet hatte, noch immer nicht gewöhnt. Im Gegenteil, seit einigen Tagen schlichen sich in seine Träume sogar Bilder von Wiener Schnitzeln, Schweinsbraten und anderen Köstlichkeiten der Wiener Küche ein. Was umso erstaunlicher war, als er, abgesehen von seiner Kindheit, nie sonderlich verrückt nach diesen Gerichten gewesen war.

Äußerer Anlass für den radikalen, auf vernünftig und energiereduziert basierenden Speiseplan, war der stattliche, nicht weg zu diskutierende Schwimmreifen um Palinskis Hüften. Der durch den »push up« – Effekt, hervorgerufen durch die schon im Jahr zuvor etwas zu enge Badehose noch besonders betont wurde.

»Wenn wir jetzt nicht sofort etwas unternehmen«, hatte Wilma bestimmt, »dann bist du bald richtig blad.« Das hatte ihn dann doch erschreckt und in die alimentäre Rosskur einwilligen lassen.

Palinski starrte gerade mürrisch auf das mit Magermilch versetzte Müsli, seit Anfang Juni absoluter Höhepunkt seines täglichen Frühstücks, als das Telefon läutete.

»Es ist Tante Nettie«, rief Wilma, »und es ist ganz dringend. Irgendetwas scheint sie fürchterlich aufzuregen.«

Henriette Wenger war 78 Jahre alt und in hervorragender körperlicher und geistiger Verfassung. Sie war die beste Freundin von Palinskis Mutter gewesen. Die kinderlose »Tante Nettie« hatte noch zu Lebzeiten Johanna Palinskis den »lieben Mario« quasi adoptiert. Da die große Zuneigung durchaus beidseitig war, kümmerten sich der »liebe Bub« und die Seinen auch heute noch liebevoll um die alte Dame.

»Guten Morgen, Tante Nettie«, meldete sich Palinski, »was verschafft mir die frühe Freude?«

»Hier gehen seltsame Dinge vor sich«, ganz gegen ihre Gewohnheit kam Nettie sofort auf den Punkt. In Verbindung mit ihrem heftig gehenden Atem konnte

Palinski erkennen, dass die alte Dame sehr erregt sein musste.

»Atme ein, zwei Mal tief durch, Nettie«, versuchte der die Nenntante zu beruhigen, »du sollst dich doch nicht aufregen.«

»Du hast gut reden, Bub«, entgegnete sie lebhaft, »aber wenn du wüsstest, was ich weiß, würdest du dich auch aufregen. Ruhiger werde ich erst sein, wenn ich dir alles erzählt haben werde.«

»Na, dann schieß los«, ermunterte Palinski Nettie und stellte sich auf ein längeres Telefonat ein.

»Das Thema eignet sich nicht fürs Telefon«, entgegnete Tante Nettie. »Wahrscheinlich werden wir abgehört«, flüsterte sie. »Du musst unbedingt herkommen, und zwar sofort.«

»Gut, dann komme ich morgen vorbei, am Nachmittag.«

»Ich habe nicht gesagt, so bald wie möglich, sondern sofort«, stellte die alte Dame erbost fest.« Sitzt du auf deinen Ohren oder hast du in der Schule die Deutschstunde geschwänzt? Ich erwarte dich in der nächsten Stunde hier in der Residenz.«

Ehe Palinski noch dagegen protestieren konnte, hatte Nettie schon wieder aufgelegt.

Wilma blickte ihn fragend an.

»Keine Ahnung, was da los ist. Ich werde wohl am besten gleich vorbei schauen, ehe sie sich noch zu sehr aufregt«, fügte sich Palinski in das Unausweichliche.

Andererseits war der Gedanke, die unverhoffte Gelegenheit für eine kleine Sünde in Form eines Cappuccinos und einer Topfengoulatsche im »Salettl« zu nützen, durchaus verlockend.

»Aber iss doch wenigstens dein Frühstück fertig«, rief ihm Wilma nach, als er die Wohnung verließ. »Gerade morgens brauchst du etwas im Magen.«

Aber Palinski hörte schon gar nicht mehr hin. Er versuchte, eine Antwort auf die plötzlich ungemein brennende Frage zu finden, ob er der sich bereits zugestandenen Goulatsche nicht auch noch eine jener köstlichen Nussschnecken folgen lassen sollte. Chancen waren immerhin da, um genützt zu werden.

* * * * *

Um 6.43 Uhr war Oberinspektor Helmut Wallner, der Leiter der Kriminalpolizei am Kommissariat Hohe Warte informiert worden, dass der von den Medien als »Schlächter von Döbling« bezeichnete, offenbar geisteskranke Serienmörder wieder zugeschlagen hatte.

Ein linker Arm, der erste Nachweis seines wahnsinnigen Wirkens, war vor etwas mehr als drei Wochen, am letzten Dienstag im Juli, in einem Mistkübel in der Parkanlage vor der ehemaligen Hochschule für Welthandel gefunden worden.

Inzwischen waren 17 Körperteile von insgesamt fünf Personen aufgetaucht, die vor allem in Döbling, zum Teil aber auch in den angrenzenden Bezirken Währing und Alsergrund deponiert worden waren. Dank modernster gerichtsmedizinischer Methoden, vor allem der DNS – Analyse war es möglich gewesen, festzustellen, welche Arme und welche Beine zusammengehörten. Und von welchem der beiden bisher aufgefunden Rümpfe diese Gliedmaßen stammten oder auch nicht. Kopf war bisher noch kein einziger aufgetaucht. Ein Phänomen, das von der Psychiatrie mit einem lateinischen Namen belegt und als der Drang, Trophäen zu sammeln beschrieben wurde.

Besonders auffällig war und von den medizinischen Experten widerwillig anerkennend erwähnt wurde die saubere, fachmännische, ja nahezu mit chirurgischer Präzision vorgenommene Abtrennung der Glieder vom Rumpf, die auf medizinische Vorbildung und die Verwendung entsprechender Instrumente schließen ließ.

Die Identifizierung der Opfer war verständlicherweise sehr schwer und bisher erfolglos verlaufen. Lediglich in einem einzigen Fall hatten die Fingerabdrücke eine Entsprechung in der Zentraldatei gefunden.

Seit vorgestern wusste Österreich und vor allem das durch die wiederkehrenden schrecklichen Funde zunehmend wie paralysiert wirkende Wien, dass der Arm einem Roman S. aus dem Flachgau gehörte, der seit zwei Jahren an der Wirtschaftsuniversität studiert hatte. Die Identifizierung war ein reiner Glücksfall gewesen. Die Fingerprints des 25-jährigen, der vor neun Jahren bei einem Autodiebstahl erwischt und erkennungsdienstlich behandelt worden war, hätten nach Gesetzeslage schon längst gelöscht worden sein müssen.

Dem Umstand, dass die linken Beine aller fünf bisher festgestellten Opfer bereits aufgetaucht waren, verdankte die Polizei die rasche und gut abgesicherte Erkenntnis, dass die Zahl der Opfer nunmehr auf mindestens sechs angewachsen sein musste.

Die lackierten Fußnägel ließen zudem noch den als Arbeitshypothese durchaus zulässigen Schluss zu, dass es sich bei dem letzten Opfer mit hoher Wahrscheinlichkeit um eine Frau handeln dürfte. Die festgestellte

Schuhgröße 38 sicherte diese Annahme zusätzlich ab. Aber »Sicher is nix«, wie Oberinspektor Wallner immer zu sagen pflegte.

Als er gegen 7.30 Uhr am Fundort eintraf, war die Tatortgruppe bereits voll in Aktion. Leider hatte der starke Regen mögliche am Boden vorhanden gewesene Spuren bereits zerstört. Immerhin bestand aber noch die Chance, dass der Täter auch wasserresistente Hinweise auf seine Identität hinterlassen haben könnte.

Der Hamburger Tourist, der das tote Bein gefunden hatte, war nur mehr ein Häufchen Elend. Er war total übermüdet, bejammerte den steten Kopfschmerz und den hartnäckigen Brand, der auf eine ausgedehnte Zechtour am Vorabend schließen ließ.

Vor allem aber machte er sich Gedanken wegen der Sorgen, die sich seine Frau sicher schon die ganze Zeit um ihn machte.

Wallner zeigte Verständnis für die Situation und gestattete dem alten Seebären, als der sich Herr Peddersen oder so ähnlich geoutet hatte, einen kurzen Anruf mit dem Diensthandy.

Die darauf folgende Lobeshymne auf die Freundlichkeit der Wiener im Allgemeinen und die der Polizei dieser Stadt im Besonderen endete abrupt, als der Zeuge plötzlich einnickte. Da von ihm in diesem Zustand über das bereits Ausgesagte hinaus kaum noch nennenswerte Erkenntnisse zu erwarten waren, ließ ihn Wallner schließlich von einer Funkstreife ins Hotel bringen. Nicht ohne ihn zu bitten, sich für die Polizei zur Verfügung zu halten.

* * * * *

Marisa Freiberger war 20 Jahre alt und einzige zukünftige Erbin der »Freiberger Baustoffhandel GmbH« in der Nähe von Horn. Sie war nach der Matura zwei Jahre im Ausland gewesen. In London und Barcelona, um die Sprachen zu lernen. Auf Wunsch ihres Vaters sollte sie ab diesem Herbst Betriebswirtschaft an der Wirtschaftsuni in Wien belegen.

Marisa, die ein ausgeprägtes Talent fürs Zeichnen und einen guten Geschmack hatte, hätte lieber Grafik Design an der »Angewandten« studiert, aber der liebe Papi war auf diesem Ohr taub. Noch, denn die junge Frau war fest entschlossen, nach zwei Semestern WU den berühmt-berüchtigten »Crash-Prüfungen« zum Opfer zu fallen, die bis zu 80 Prozent der Neuinskribenten eines Jahres wieder vor die Türen der völlig überfüllten Wirtschaftsuniversität setzten.

Egal, Papa, dem auch vier gut gehende Heimwerkermärkte gehörten, war gewillt, ihr ein angenehmes Leben in Wien zu finanzieren. Das wollte sie ausnützen, immerhin war einiges los in der Stadt, wie sie von einigen Bekannten wusste. Bis zum nächsten Herbst würde sie ihn dann schon so weit bekommen, dass er ihrem Wunschstudium zustimmte.

Sie war diese Woche nach Wien gekommen, um sich mit einer Freundin zu treffen, vor allem aber, um sich nach einer kleinen Wohnung möglichst nahe der Universität umzusehen.

Jetzt stand sie gerade vor dem Schwarzen Brett neben dem Büro der Hochschülerschaft und studierte die gar nicht so zahlreichen Angebote.

Für Marisa kam weder ein Studentenheim in Frage noch ein Platz in einer WG. Für ihre Eltern waren das lediglich Orte der Versuchung, all die Dinge nach zu holen, vor denen sie ihre Kleine bisher erfolgreich beschützt hatten. Marisa kicherte vor sich hin. Die Alten dachten doch tatsächlich, sie wäre noch Jungfrau oder hätte noch nie einen Joint probiert. Die Erwachsenen waren so was von kindlich im Gemüt, dass es beinahe schon kindisch wirkte. Als ob »Unschuld«, in welcher Hinsicht auch immer, Motto für ein Leben wäre, das der jungen Frau vorschwebte.

Und diese Heuchelei ihres Vaters. Ging jeden Sonntag zur Messe, um dann den naiven Häuslbauern eine Wasserwaage um 5,99 zu verkaufen, die er um 1,08 aus Taiwan importiert hatte. Diesen Beschiss konnte nicht einmal der jährliche Scheck für »Licht ins Dunkel« wieder gut machen.

Halt, das klang interessant: Sehr hübsche Studentenappartements, (1 und 2 Zimmer) zu vermieten, absolute WU-Nähe. Nähere Informationen Hausverwaltung »Melham« Tel 312 80 72, 0638/334 14 11 www.melham.at Marisa notierte sorgfältig die beiden Rufnummern. Dann prüfte sie die weiteren Angebote, fand aber nichts mehr, was ihr auch nur annähernd zugesagt hätte.

»Was du heute kannst besorgen ...« dachte sie und rief die Hausverwaltung an, um einen Termin für den Nachmittag zu vereinbaren.

* * * * *

Als sich Palinski der Seniorenresidenz »Am Hugo Wolf Park« näherte, in der Tante Nettie wohnte, war die Präsenz der Polizei in der gegenüberliegenden Grünanlage unübersehbar. Ein Teil des Parks war abgesperrt und der Fundort eines einsamen Damenbeines großräumig gesichert worden, wie er etwas später erfahren sollte.

Dazu kamen die Medienvertreter, die den neuerlichen »Schauplatz des Grauens« belagerten, wie es die kleinste, gleichzeitig aber auch auflagenstärkste Zeitung des Landes so treffend bezeichnen sollte.

Dementsprechend schwer war es auch, einen Parkplatz in der Nähe des an den Park angrenzenden »Salettls«, einem als Kaffeehaus betriebenen ehemaligen Pavillon zu finden.

Auf den letzten Metern zur schon sehnsüchtig erwarteten Topfengoulatsche lief Palinski dann auch seinem Freund Wallner in die Arme, dessen längst überfällig gewesene Beförderung zum Oberinspektor erst einige Tage alt war. Da war noch eine größere Festivität fällig. Die Begrüßung der beiden bewährten Kämpfer gegen das Verbrechen, die sich urlaubsbedingt länger nicht gesehen hatten, fiel sehr herzlich aus.

»Mario, du hier?« wunderte sich Wallner dann, »ich habe dich doch noch gar nicht angerufen.«

»Helmut, alter Freund, zunächst herzlichen Glückwunsch zur Beförderung. Die wird dich aber noch einiges kosten.« Palinski lachte gutmütig. »Übrigens, ich komme gelegentlich auch, ohne extra von dir dazu aufgefordert worden zu sein«, stellte er klar. »Spaß beiseite, ich besuche Tante Nettie in der Seniorenresidenz«, er deutet auf das große Gebäude auf der gegenüber liegenden Straßenseite. »Eigentlich ist sie nur eine Nenntante, aber das wird dich nicht wirklich interessieren.«

»Ich könnte jetzt einen Kaffee gebrauchen«, kündigte der Oberinspektor an. »Wie schaut es mit dir aus?«

»Na klar komme ich mit«, Palinski freute sich, bei seinem »sündigen« Frühstück nicht alleine sein zu müssen. »Aber wirst du nicht hier gebraucht?«

»Wir sind fast fertig. Den Rest schafft Martin auch alleine.« Inspektor Martin Sandegger war der Stellvertreter Wallners und im Laufe des letzten Jahres auch ein Freund geworden.

Nachdem die beiden im herrlichen Gastgarten des »Salettls« Platz genommen hatten, konnte Palinski seine Neugierde nicht mehr zähmen.

»Was ist hier überhaupt los?«, wollte er wissen. »Das sieht ja nach einer riesigen Aktion aus.«

»Der Schlächter hat wieder zugeschlagen. Diesmal ist es ein linkes Bein, wahrscheinlich weiblich«, erklärte Wallner. »Und ich wette, es stammt, wie die anderen fünf auch, von einem Menschen im Alter zwischen 19 und 25 Jahren. Etwas ist aber neu. Erstmals haben wir ein individuelles Merkmal, das uns bei der Identifizierung helfen kann.«

Gespannt blickte Palinski den Freund an, der es gerne spannend machte. »Na und? Was ist es?«

»Es handelt sich um ein schwarzes Tattoo in Form einer aufblühenden Blume. Ich würde sagen, eine Rose. Vor der Blume steht: I love ...«

»Eine Blumenliebhaberin also«, schlussfolgerte Palinski vordergründig. »Oder die Dame war lesbisch.«

Anerkennend nickte der Oberinspektor mit dem Kopf. »I love Rose. Diese Möglichkeit habe ich noch gar nicht in Betracht gezogen. Du überrascht mich immer wieder.«

»Und was ist bisher sonst noch bekannt?«

»Der Hamburger, der das Bein gefunden hat«, referierte Wallner, »muss reichlich betrunken gewesen sein, als er in der Nacht auf der Bank neben dem Gebüsch Platz genommen hat. Er hat aber noch etwas wahrgenommen, bevor er eingeschlafen ist. Einen größeren Mann, der einen weißen oder hellen Mantel angehabt haben soll und der weggelaufen ist.«

»Also viel ist das nicht«, Palinski kratzte sich interessiert an der Nase, »aber mehr, als das, worauf ihr bisher gestoßen seid.«

»Immerhin können wir uns jetzt mit Aussicht auf Erfolg an die Öffentlichkeit wenden.« Wallner schüttelte indigniert den Kopf. »Aber stellt dir einmal vor, du erfährst aus dem Fernsehen, dass das Bein deiner Tochter, Freundin oder Frau, die sich eine Rose auf die Innenseite des Oberschenkels tätowieren hat lassen, gefunden worden ist. Dennoch, wir werden nicht darum herumkommen.«

Palinski blickte auf die Uhr. Die Stunde, die ihm Tante Nettie eingeräumt hatte, war fast um. Und was Pünktlichkeit anging, verstand die alte Dame keinen Spaß. Dazu kam, dass Palinskis Kopf zwar die Meinung vertrat, dass an der Aufgeregtheit Netties objektiv ohnehin nichts dran war. Sein in den letzen Wochen immerhin um fast 6 Kilo geschrumpfter Bauch schloss allerdings nichts aus. Vor allem anderen musste er sie beruhigen. »Tut mir leid, aber ich muss jetzt los. Meine alte Tante Nettie hat ein Problem, das nicht warten kann.« Er zuckte mit den Achseln. »Ich muss mir das zumindest anhören. Wenn Du möchtest, komme ich nachher im Kommissariat vorbei.«

Wallner hielt das für eine ausgezeichnete Idee und so verabredeten sich die beiden für den späteren Vormittag.

* * * * *

»12 Minuten zu spät«, grollte Henriette Wenger, »dass du es nie schaffst, pünktlich zu sein.« Dann ließ sie den vorgetäuschten Ärger weg und öffnete ihre Arme weit. »Komm her, lieber Bub, lass dich anschauen. Du bist aber schmal geworden.«

Palinski freute sich über dieses markante Beispiel subjektiver und durch die rosa Brille gefärbte Wahrnehmung, die irgendwo auch etwas mit der Relativitätstheorie zu tun hatte. So trug die ihm von Wilma verordnete, von Sadismus geprägte Ernährungstortur wenigstens auch Früchte. Obwohl dieses Bild in dem Zusammenhang nicht ganz passte, wie er sich im selben Moment eingestand.

»Du bist gerade noch rechtzeitig gekommen«, Nettie hatte es heute auffallend eilig, sofort zur Sache zu kommen. »Ich fürchte, die Leiche wird in Kürze abgeholt werden.«

»Welche Leiche?«, wollte der 45-jährige »liebe Bub« wissen.

»Frau Kommerzialrat Stauffar, die das Appartement neben meinem bewohnt hat, ist letzte Nacht gestorben. Sie war erst 77 Jahre alt und bei bester Gesundheit. Soviel ich gehört habe, an plötzlichem Organversagen. Aber«, ihre Stimme wurde plötzlich lauter und bestimmt, »ich bin sicher, dass es dabei nicht mit rechten Dingen zugegangen ist. Die letzten drei Tage hat sie plötzlich eigenartige Symptome gezeigt. Hohes Fieber, Brechdurchfall und später, in der Pflegeabteilung auch Koliken. Und das bei einer Frau, die in den fünf Jahren, die ich sie kenne«, betreten korrigierte sie sich, »kannte, keinen einzigen Tag krank gewesen ist.«

»Nettie, ich bitte dich. In diesem Alter sterben Menschen nun einmal. Da genügt mitunter schon ein verdorbener Magen.« Noch während Palinski diesen Satz von sich gab, wurde ihm bewusst, zu wem er ihn sprach und wie sein Gegenüber das Gesagte aufnehmen musste.

»Ich meine, wir alle wissen doch am Abend nicht, ob wir am nächsten Morgen wieder aufwachen werden«, versuchte er die Kurve doch noch irgendwie zu bekommen.

»Ja, so seid Ihr Jungen eben. Wenn jemand alt ist, dann ist sein Tod in jedem Fall etwas ganz Normales«, begehrte Nettie auf. »Außer das Messer steckt noch in der Brust. Diese unkritische Einstellung eröffnet raffinierten Mördern Tür und Tor.

Elisabeth hatte aber nicht einmal noch die allgemeine Lebenserwartung erreicht, ganz zu schweigen von der geschlechtsspezifischen. Nein, nein, an der Art, wie sie gestorben ist, ist etwas faul. Sehr faul.« Sie nahm Palinski am Arm und blickte ihn bittend an. »Und du wirst das beweisen. Bitte Mario.«

»Aber ...«, wollte der einwenden, hatte aber keine Chance gegen die eloquente alte Dame.

»Weißt du überhaupt, wie hoch die weitere Lebenserwartung einer heute 77-jährigen ist? Nicht nur die vier Jahre bis zur Erreichung des statistischen Mittelwertes, sondern wesentlich länger.« Nettie dachte nach. »Ich glaube, ich habe einmal gelesen, dass die 80-jährigen im

Durchschnitt über 86 Jahre alt werden.« Triumphierend blickte sie Palinski an. Das unausgesprochene: »Na da schaust du aber, du dummer Bub«, stand ihr unübersichtlich ins Gesicht geschrieben.

Palinski musste zugeben, dass der Vorwurf nicht ganz unbegründet war und Netties Argumentation etwas für sich hatte. Also gut, er würde sich die Sache ansehen. Wenn auch nur, um die alte Dame zu besänftigen.

»Du hast ja recht«, er nahm neben Tante Nettie Platz und ihre Hand. »Dann erzähle einmal, was geschehen ist.«

* * * * *

Als der Leichnam der so plötzlich verblichenen Frau Kommerzialrat durch Heirat eine knappe Stunde später abgeholt werden sollte, war Palinski soweit, die Bedenken seiner Nenntante nicht völlig als Auswüchse einer fortgeschrittenen Paranoia abzutun. Sofern Netties Informationen zutrafen, waren einige Vorkommnisse der letzten Tage tatsächlich aufklärungsbedürftig.

Die Tote hatte unter regelmäßiger ärztlicher Kontrolle gestanden und war für ihr Alter kerngesund gewesen. Dann trat vor fünf Tagen das hohe Fieber auf, für das es keine Erklärung gab.

Nettie erinnerte sich auch daran, dass Frau Stauffar sich einige Tage vor ihrer Erkrankung beim Duschen durch etwas Spitzes, am Duschhocker Liegendes, leicht am Gesäß verletzt hatte. Sie wusste das deshalb so genau, da ihr aufgefallen war, wie die Frau Kommerzialrat beim Hinsetzen immer leicht zusammengezuckt war. »Ich habe sie gefragt, ob sie Schmerzen am Po hat und da hat sie mir von der Sache erzählt. Ob das etwas damit zu tun haben kann?«, fragte sich schließlich nicht nur Tante Nettie.

Also begab Palinski sich zu der im Erdgeschoss befindlichen Pflegestation, wo die Männer der Städtischen Bestattung schon dabei waren, den Metallsarg mit den sterblichen Überresten so diskret wie nur möglich hinaus zu schaffen. Dank eines frechen Bluffs und mithilfe seines alten Presseausweises gelangte er an einige Auskünfte.

Der Leichnam würde zum Krematorium am Zentralfriedhof gebracht werden, wo er am Mittwoch, also schon übermorgen, eingeäschert werden sollte. Die Anweisung dazu war von der Nichte der Verstorbenen gekommen, »die Sie knapp verpasst haben. Gerade hat sie das Haus verlassen.«

Nein, von einem Wunsch der Verblichenen nach einer Feuerbestattung wusste die freundliche Schwester nichts. Im Gegenteil, Frau Stauffar hatte ihr einmal von dem schönen Grab ihres Gatten am Neustifter Friedhof erzählt. Und wie sehr sie sich freue, ihren Mann wieder zu sehen. Irgendwo.

Die letzte Aussage gab den Ausschlag für Palinski. Da waren einige Eigenartigkeiten aufeinander getroffen, die in ihrer Summe ein näheres Betrachten dieses Todesfalles sehr wohl rechtfertigten. Palinski nahm sein Handy heraus und tippte die Rufnummer seines Freundes Wallner ein.

* * * * *

Naturgemäß hatte der Oberinspektor wenig Freude an Palinskis dringender Empfehlung, die Leiche der letzte Nacht verstorbenen Elisabeth Stauffar zumindest oberflächlich gerichtsmedizinisch untersuchen zu lassen. Die Arbeit, die die blutige Selbstverwirklichung des Monsters für die Polizei bedeutete, band sämtliche Ressourcen des Koat Döbling. Nur dank personeller Leihgaben einiger anderer Kommissariate konnte ein einigermaßen ordnungsgemäßer Betrieb noch gewährleistet werden.

Die schon längst fällige Übernahme des Falles durch das BKA und die Einsetzung eines Sonderkommission »Schlächter von Döbling« wurde zwar schon seit geraumer Zeit intern diskutiert, scheiterte aber bisher am vehementen Widerstand des politisch enorm starken Wiener Bürgermeisters.

Der Grund für dieses fast schon verantwortungslose Verhalten Lattugas war die in den Medien breitgetretene und gerade in ihre entscheidende Phase tretende Wahl zur »Sichersten Hauptstadt der Welt.« Obwohl die Informationen über das grausige Geschehen dank der teilweise hysterischen Berichterstattung der Medien sogar schon bis nach Nordkorea und zu den Bora Bora Inseln vorgedrungen war, hoffte man im Wiener Rathaus offenbar noch immer, dass die internationalen Juroren mit Blind- und Taubheit geschlagen sein könnten. Eine SOKO konnte sich in der derart heiklen Situation also nur negativ auf das Image der Stadt auswirken.

Immerhin ging es dabei ja nicht nur um einen Titel, sondern einen eminenten, bei dem derzeitigen Standortwettbewerb in Europa unbezahlbaren Vorteil. Da wurde auch nicht immer nur mit fairen Mitteln gekämpft. Unbestätigten Meldungen nach hielt sich im Dunstkreis des Bürgermeisters hartnäckig das Gerücht, dass der Schlächter in Wirklichkeit ein gedungener Killer im Solde Berns sein sollte. Diesen ... Eidgenossen war alles zuzutrauen.

Palinski konnte das an sich ungewöhnliche Zögern des Oberinspektors zum Teil sogar verstehen, weigerte sich aber, es zu akzeptieren.

»Also hat Tante Nettie doch recht. Wenn ein Mensch so alt ist, dass sein Tod nichts Unnatürliches mehr ist, dann muss ihm noch das Messer aus der Brust ragen, damit die Polizei einen Blick riskiert.« Langsam wurde er sauer. »Das kann doch nicht sein, dass du diese Indizien ignorierst, nur weil dir ein weiterer Mord derzeit nicht ins Konzept passt.«

Das betroffene Schweigen am anderen Ende der Leitung bewies Palinski, dass er einen Nerv getroffen hatte.

»Du hast recht«, bekannte Wallner ein, »und es tut mir leid, dass ich dein Urteilsvermögen kurz in Zweifel gezogen habe. Aber so verrückt wie jetzt war es überhaupt noch nie.«

»Ich bitte dich, Helmut«, versuchte Palinski den Freund vor weiterer Selbstzerfleischung zu bewahren, »ich verstehe das schon richtig.«

»Also gut, ich werde die Leiche der Frau Stauffar zunächst einmal äußerlich untersuchen lassen. Falls wir Verletzungen oder Einstiche finden, beschaffe ich mir die Genehmigung für eine Obduktion«, versprach der Oberinspektor. »Aber du könntest auch etwas für mich tun.«

»Gerne«, erklärte Palinski sich bereit, »um was geht es?«

»Könntest du die Befragungen in der Seniorenresidenz übernehmen? Ich schicke dir einen Streifenbeamten zur Autorisierung und Unterstützung vorbei.«

* * * * *

Kurz nach 13 Uhr fand die Pensionistin Margarete Pellhuber, 67, in einem Abfallbehälter im Währinger Park einen rechten Arm.

Die geschockte Frau erlitt einen hysterischen Anfall, in der Folge auch noch einen Kreislaufkollaps und musste zur stationären Behandlung ins AKH eingeliefert werden.

In Bereich der Schließfächer am Franz Josef Bahnhof machte sich seit gestern ein leichter, zunehmend immer unangenehmer werdender Geruch bemerkbar. Da der Gestank im Laufe des Vormittags immer unerträglicher geworden war, hatte die Aufsicht gegen 14 Uhr die beiden Schließfächer geöffnet, in der der inzwischen bestialisch gewordene Fäulnisgeruch zweifelsfrei seinen Ursprung hatte.

Und voilà, mit einem Mal waren auch die Körperteile 19 und 20 aufgetaucht, ein rechter Arm und ein weiblicher Rumpf. Der Bahnhof wurde sofort bis auf Weiteres gesperrt.

Von jetzt an überstürzten sich die Ereignisse. In einer auf Veranlassung des Innenministers eilends einberufenen Sitzung wurde eine Sonderkommission eingesetzt.

Nachdem die Jury, die die Sicherheit Wiens beurteilen sollte, bereits nach dem ersten Bekanntwerden des morgendlichen Leichenteilfundes ohne weitere Begründung abgereist war, hatte auch Bürgermeister Lattoga keine Einwände mehr gehabt und zähneknirschend zugestimmt.

Die Soko sollte unter der Leitung von Oberstleutnant Kranzjenich vom BKA stehen, der sich schon vor einem knappen Jahr im legendären Fall *»Ansbichler« bewährt hatte. Zumindest als Verfasser des abschließenden Berichts. Als Stellvertreter wurde ihm Oberinspektor Wallner vom bisher ermittelnden Kommissariat Döbling zur Seite gestellt.

Nach der Besprechung rief Minister Fuscheé Ministerialrat Dr. Schneckenburger, seinen Verbindungsmann zum Bundeskriminalamt, zu sich und gab ihm vertrauliche Anweisungen.

»Und bitten Sie Ihren Freund Palinski für morgen zu einem Gespräch mit mir, wenn möglich gleich in der Früh. Sagen Sie ihm, es wäre sehr dringend.«

* * * * *

Der als Unterstützung zugesagte Streifenbeamte stellte sich als 21-jähriger Polizeischüler heraus, der eine Art Praktikum in der dem Kommissariat angeschlossenen Wachstube machte. Aber immerhin trug er Uniform und konnte so Palinskis Befragungen einen offiziellen Anstrich verleihen.

»Die richtigen Polizisten haben alle was anders zu tun, hat der Diensthabende gesagt«, rechtfertigte Florian Nowotny schüchtern seine Entsendung. »Er hat gemeint, vielleicht lern ich ja sogar etwas dabei.« Hilflos zuckte der junge Mann mit den Achseln. »Tut mir leid, dass Sie keinen richtigen Beamten bekommen.«

»Hallo Florian«, begrüßte Palinski den jungen Kol-

* Pierre Emme »Schnitzelfarce« Juli 2005

legen, »ich bin Mario. Um eines gleich richtig zu stellen: du bist selbstverständlich auch ein richtiger Polizist. Noch in der Ausbildung, aber ein Polizist. Ich dagegen bin kein richtiger Polizist. Aber das ist auch wurscht.«

Der Junge zeigte ein scheues Grinsen und Palinski damit, dass er auf dem richtigen Weg war.

»Übrigens, für das, was wir vorhaben, bist du sicher besser geeignet als ein ausgewachsener Kieberer«, baute er Florian noch zusätzlich auf. Und hatte völlig recht damit, wie Tante Netties erste Reaktion zeigte.

»Mein Gott, ist das ein netter Bub«, schwärmte sie immer wieder, während sie den jungen Mann mit Schokolade und Chips versorgte.

Als Erstes begannen die beiden das Appartement der verstorbenen Frau Kommerzialrat zu durchsuchen. Auf was er denn achten solle, wollte Florian wissen.

»Ich kann dir das auch nicht sagen«, musste Palinski einräumen. »Aber wenn du ein guter Polizist bist, wirst du es wissen, sobald du es siehst.«

Während Florian die Laden und den Kasten durchstöberte, konzentrierte sich Palinski auf das Badezimmer. Was konnte es gewesen sein, was die alte Frau ins Gesäß gestochen oder was immer auch hatte? Falls dieses Etwas wirklich auf dem Duschhocker gelegen hatte, warum hatte es die alte Frau nicht gesehen?

Nach Aussagen Netties benötigte sie zwar eine Lesebrille, hatte aber eine für ihr Alter überdurchschnittlich gute Sehkraft. Die Sitzfläche des Hockers war weiß, also war das »Ding« wahrscheinlich ebenfalls weiß gewesen. Oder farblos, transparent? Was war weiß oder farblos und geeignet zu verletzen?

Palinski hatte schon eine Idee, wollte aber Florian in den Prozess einbeziehen und stelle ihm diese Frage.

»Das kann eigentlich nur Glas sein«, kam die rasche Antwort, »oder vielleicht auch ein fester Kunststoff.«

»Bravo«, lobte Palinski, der wusste, dass Lob ungemein motivierend sein konnte. Besonders in diesem Alter. Er meinte es aber durchaus ehrlich. Der Bursche war wirklich nicht dumm. Hoffentlich war das Badezimmer seit der Verlegung Frau Stauffars in die Pflegestation noch nicht gründlich sauber gemacht worden, dachte er und bückte sich über die etwa 2 x 1 Meter große Duschtasse. Aber da war nichts. Weder er noch Florian, der die Fläche nochmals genau abgesucht hatte, konnten das Geringste finden.

Plötzlich fiel Palinski auf, dass das Wasser im Waschbecken, das er vorhin eingelassen hatte, um sich die Hände zu waschen, nur sehr langsam ablief. Eigentlich war es mehr ein Sickern und das konnte nur eines bedeuten.

»Florian, hast du ein Taschenmesser?« Der Befragte nickte zustimmend. »Dann versuche doch bitte, das Sieb aus dem Ablauf der Dusche zu entfernen.«

Während der Polizeischüler an die Arbeit ging, machte sich Palinski auf den Weg zu Tante Nettie, um sich zwei dringend benötigte Utensilien zu besorgen. Mit einem Drahtbügel, wie sie die Putzereien verwendeten und einem kleinen Plastiksäckchen fand er auch das Gewünschte.

Wieder zurück im Badezimmer stellte er fest, dass sein Mitstreiter inzwischen erfolgreich gewesen war und den Abfluss frei gelegt hatte.

Jetzt nahm Palinski den Drahtbügel, entflocht ihn und bog den Draht gerade. Dann kniete er sich hin und führte den an seinem Ende zu einem leichten U gebogenen Draht in den Abfluss ein. Schon bald spürte er leichten Widerstand, worauf er sein Werkzeug nach oben drückte und über das Hindernis zu führen versuchte. Er musste besonders vorsichtig sein, um das, was er zu finden hoffte, nicht weiter in den Orkus zu stoßen.

Jetzt war der entscheidende Moment gekommen, der erste Versuch, den im Rohr angesammelten Dreck und damit vielleicht auch das Etwas zu bergen.

Ganz langsam zog Palinski, der befürchtete, möglicherweise keinen zweiten Versuch mehr zu haben, den Draht zu sich hin. Der leichte Widerstand, den er dabei spürte, zeigte ihm an, dass er etwas an der Angel haben musste. Aber was?

Florian, der natürlich längst den Sinn der Übung mitbekommen hatte, schien ebenfalls von der steigenden Spannung erfasst worden zu sein. »Vorsichtig«, flüsterte er aufgeregt und blickte zu Palinski, dem inzwischen einige Schweißperlen auf die Stirne getreten waren.

Endlich war es soweit und ein vor allem aus Haaren, Papierfutzeln und Schmutz bestehendes Knäuel oder was immer auch wurde in der Ablauföffnung sichtbar. Das Zeug sah grauslich aus, aber Palinski griff entschlossen nach unten und versuchte, es möglichst als Ganzes herauszunehmen. Er deponierte das unappetitliche Zeug vorsichtig auf der Sitzfläche des Hockers. Dann nahm er einen Kugelschreiber aus der Brusttasche seiner Jacke und stocherte vorsichtig darin herum.

Es waren die jüngeren und vermutlich daher auch noch schärferen Augen Florians, die das Etwas schließlich entdeckten.

»Vorsicht, da ist etwas«, aufgeregt deutete der junge

Polizist auf etwas, das aus Glas zu sein schien und wie ein winzig kleiner Kegel aussah, dessen Spitze abgebrochen war und der einen noch viel kleineren Hohlraum im Inneren aufwies.

Fast ehrfürchtig nahm Palinski das Etwas mit zwei durch sein sauberes Taschentuch geschützten Fingern und gab es in das vom Kollegen Nowotny bereits aufgehaltenen Plastiksackerl.

»Sehr gut, Herr Palinski. Mario«, freute sich der Polizeischüler. »Ich habe übrigens auch etwas gefunden.« Stolz hielt er einen buchgroßen Kalender mit schwarzem Plastikeinband in die Höhe.

»Spitze, Florian«, Palinski strahlte förmlich, »ich finde, wir sind ein Superteam.«

2

»Immobilienmakler und Hausverwaltung Arthur MELHAM GmbH« stand auf der polierten Messingtafel neben dem Eingang zu dem riesigen alten Haus am Döblinger Gürtel. Das Gebäude war hässlich, die Gegend nicht sonderlich attraktiv und durch den ständig vorbei flutenden Verkehr sehr laut. Was diese Adresse aber ungemein anziehend machte, war die Tatsache, dass man die Wirtschaftsuniversität zu Fuß in drei Minuten erreichen konnte.

Marisa Freiberger hatte das eben ausprobiert und sich deswegen verspätet. Nur um wenige Minuten, aber sie ärgerte sich aus Prinzip. Falls die letzte freie Wohnung innerhalb der letzten Minuten vergeben worden war, wäre das ein herausragender Beweis dafür, wie wichtig fünf Minuten sein konnten. Nicht nur im Falle des Hirntods.

Das Innere des Hauses überraschte sie angenehm. Sehr streng und nüchtern, aber durchaus gediegen und vor allem sauber. Als Tochter einer Putzmanikerin legte sie darauf besonderen Wert. Das Büro MELHAM lag gleich im Erdgeschoss, links vom Aufzug. Entschlossen drückte sie die Klingel, die die Türe sofort und mit einem kräftigen Summen aufspringen ließ.

Auf dem kleinen Tisch, um den drei Stühle postiert waren, stand eine solide, offenbar versperrte Sammelbüchse mit der Aufschrift: »Wir sammeln für LICHT IM

DUNKELN und danken für Ihre Spende.« Außer einigen gerahmten alten Ansichten der Stadt an der Wand und einem traurig wirkenden Ficus war der Raum leer und wirkte etwas trostlos. Hinter einer der beiden Türen hörte Marisa Stimmen, klopfte an und trat ein, ohne die Aufforderung dazu abzuwarten.

Hinter dem Schreibtisch saß ein schmierig wirkender Mann, den Sie auf etwa 30 bis 35 Jahre schätzte.

»Du musst Marisa sein.« Er blickte auf seine Uhr. »Es ist ja schon 15 Uhr vorbei. Wie die Zeit vergeht.«

Die junge vor ihm sitzende Frau unterschrieb gerade etwas. »Und die Ablöse geht auf dasselbe Konto wie die Miete?«, wollte sie wissen.

»Nein, die geht auf ein gesondertes Konto, von dem wir den Vormietern den Rest überweisen, der ihnen nach der Abrechnung verbleibt«, erklärte der Mann. Vermutlich Herr Melham selbst, nahm Marisa an, der seine Stimme vom vormittäglichen Gespräch her bekannt vorkam.

»Soll ich draußen warten«, wollte sie wissen, doch Melham winkte ab. »Nein, bleib nur, wir sind ohnehin fertig.«

Er blickte sein nach wie vor sitzendes Gegenüber an, als ob er jetzt und jetzt sagen wollte: »Na schleichen Sie sich endlich.« Er sagte aber nichts dergleichen und das war auch nicht notwendig. Denn Frau Bogdan, den Namen erfuhr Marisa aber erst später, wollte den Abend auch nicht hier verbringen und erhob sich. »Herzlichen Dank, Arthur. Ich würde mich gerne für dein Entgegenkommen revanchieren.«

»Aber ich bitte dich, Sarah, das ist doch nicht der Rede wert. Wenn du unbedingt möchtest, kannst du ja etwas für die armen Kinder tun.« Er deutete zur Türe. »Im Vorzimmer ist eine Sammelbüchse.«

Nachdem Sarah gegangen war, erklärte Arthur Marisa den Hausbrauch. Hier wären alle, Bewohner wie auch Mitarbeiter, Studenten. »Daher sind wir auch immer sofort per Du. Ist das für dich ok?«

Marisa legte zwar keinen großen Wert darauf, mit dem alten Schleimer auf Du und Du zu stehen, aber es war ihr egal.

»Und du bist auch Student?«, wollte sie wissen. Arthur lächelte verlegen. »Im technischen Sinne ja. Ich inskribiere regelmäßig und zahle meine Studiengebühren, aber ich habe soviel zu tun, dass ich nicht zum Studieren komme.«

»Und was würdest du studieren, falls du dazu kämst«, Marisa konnte hartnäckig sein.

»Ehem, ich habe ... Zz ... Zoologie und Botanik belegt«, Melham stotterte leicht, die Frage war ihm offenbar nicht sehr angenehm.

»Dann musst du ja Professor Kaiser* kennen«, Marisa wollte es jetzt genau wissen.

»Professor Kaiser«, Arthur hörte ihn sich hinein, als er den Namen wiederholte. »Na klar kenne ich den.«

Nachdem keine Reaktion nach kam, war für Marisa klar, dass der gute Melham kein Student war, auch kein Ö3-Hörer, darüber war er wohl schon hinaus, sondern ein Schwindler.

»Also was kannst du mir anbieten?«, Marisa wollte sich dem öligen Charme des selbst ernannten Langzeitstudenten nicht länger als unbedingt notwendig aussetzen.

»Also im Augenblick kann ich dir gar nichts anbieten. Dank der guten Lage sind unsere Appartements sehr

* Kultfigur der jugendlichen Ö3-Hörer

gefragt.« Arthur hatte wieder in seine Rolle gefunden und spulte sie routiniert ab. »Aber wir können dich auf die Warteliste nehmen. Ein, zwei reservierte Wohneinheiten werden erfahrungsgemäß dann doch nicht genommen.«

Er drückte eine Taste der Fernbedienung und auf dem Monitor an der Wand wurde das Innere eines Appartements sichtbar.

»Das ist ein Einzimmerappartement. Dann gibt es Appartements mit zwei Zimmern und Einzelzimmer. Die Appartements sind komplett ausgestattet, die Zimmer haben Gemeinschaftsduschen und WCs am Gang.«

»Also für mich kommt nur ein Zweizimmerappartement in Frage. Was würde das kosten?«, wollte Marisa wissen.

»Je nach Lage zwischen 400 und 500 Euro Miete im Monat. Dazu kommt eine einmalige Gebühr von 120 Euro, für die Vertragserrichtung und so. Und dann noch die Ablöse, die zwischen 500 und 1500 Euro betragen kann.«

Marisa holte zwei Einhundert-Euro Scheine aus ihrer Tasche und knallte sie vor Melham auf den Schreibtisch. Das hatte sie von ihrem Vater gelernt, der auf diese Methode schwörte.

»Hier eine Anzahlung auf die erste Miete. Ich melde mich morgen wieder bei dir und hoffe, dass du dann bereits gute Neuigkeiten für mich haben wirst.« Sprachs und stand auf um zu gehen.

»Warte, du bekommst noch eine Quittung«, Arthur hatte Mühe, nicht schon wieder zu stottern. Er hatte noch nie mit einer so in jeder Hinsicht beeindruckenden 20-jährigen zu tun gehabt.

»Ich vertraue dir«, rief ihm Marisa von der Türe zu. »Also ciao, tschüss, adios, bis morgen.«

Melham starrte noch einige Zeit auf die Türe, ehe er die beiden Scheine vorsichtig in seiner Brieftasche verstaute.

* * * * *

Nachdem sie das Etwas im Abfluss der Dusche gefunden hatten, hatte Palinski Wallner verständigt und informiert. Bei der Gelegenheit erfuhr er, dass die Leiche von Frau Stauffar bereits im gerichtsmedizinischen Institut angelangt und eine erste Untersuchung für 17 Uhr angesetzt worden war.

»Es war hart, den Termin zu bekommen. Das Institut ist mit der Untersuchung der Leichenteile völlig ausgelastet. Aber einer der Pathologen schuldet mir noch was«, rückte Wallner seine Leistung ins rechte Licht.

Dann setzte Palinski Florian mit dem Auftrag in ein Taxi, das Plastiksackerl mit dem Etwas Oberinspektor Wallner oder Inspektor Sandegger zu übergeben. »Und sonst niemandem« schärfte er seinem jungen Kollegen ein. »Du gehst dann nach Hause, hast dir den Feierabend verdient.«

Florian schien enttäuscht. »Bist du mit der Arbeit hier schon fertig«, wollte er wissen.

»Das nicht«, räumte Palinski ein, »aber du hast heute schon genug geleistet.«

»Ich würde aber gerne noch weiter mitmachen«, entgegnete der junge Mann mit einer Mischung aus Trotz und Traurigkeit in der Stimme. »Ich hab heute mehr gelernt als in einem halben Jahr im Wachzimmer. Und das hat mit unheimlich getaugt.«

Palinski schwankte. Einerseits fühlte er sich für den jungen Mann verantwortlich und wollte ihn nicht ausnutzen. Andererseits war er natürlich auch geschmeichelt durch Florians Interesse.

»Also gut, wenn dein Chef und deine Eltern nichts dagegen haben, dann kannst du von mir aus wieder kommen. Aber spätestens um 8 Uhr Abend ist Schluss, ist das klar?«, rang er sich schließlich einen Kompromiss ab.

Der junge Mann strahlte, nickte und stürmte zu dem inzwischen eingetroffenen Taxi.

Tante Nettie hatte sich zwischenzeitlich unbemerkt genähert. »Das ist ein wirklich netter junger Mann«, anerkannte sie. »Und dumm scheint er auch nicht zu sein. Oder?« Palinski nickte.

»Und du magst ihn, Mario, oder irre ich mich?«

Wieder nickte ihr Nennneffe. »Ja, der Bursche ist wirklich klasse.«

Nettie hatte aber auch noch andere Neuigkeiten. »Meine Freundin Leonie möchte mit dir sprechen. Sie behauptet, etwas gesehen zu haben, was mit dem Fall«, sie deutete aus dem Fenster, »also mit diesem Schlächter zu tun haben könnte.«

Leonie Wallbauer hatte vor einigen Wochen ihren 80. Geburtstag gefeiert und Probleme mit den Beinen, im Gegensatz zu ihrer etwas eingeschränkten Mobilität machte sie geistig aber einen sehr wachen, aufmerksamen Eindruck.

»Ich habe, wie so oft, nicht gut geschlafen und mich gegen drei Uhr ans Fenster gesetzt, um die Welt zu beobachten.« Dafür standen der alten Dame nicht nur ihre bebrillten Augen, sondern auch ein stark vergrößerndes Fernglas zur Verfügung, das seinen fixen Platz erkennbar in einer Halterung am Fensterbrett hatte.

»Kurz nach drei ist ein Wagen gekommen und hat da unten«, sie deutete aus ihrem Fenster im dritten Stock auf einen Punkt schräg gegenüber »auf der anderen Straßenseite eingeparkt. Dann ist ein Mann mit einer großen schwarzen Tasche ausgestiegen und im Park verschwunden.«

»Wie hat diese Tasche ausgesehen? Eher wie ein Koffer oder vielleicht wie ein Rucksack?«, unterbrach Palinski die Erklärung.

»Die Tasche hat ausgesehen wie ein riesiger Geigenkasten«, meinte Netties Freundin, »so etwas, mit dem man eine Gitarre transportiert.«

»Oder vielleicht ein Cello?«, warf Palinski ein.

»Ja, das könnte von der Größe durchaus hinkommen«, bestätigte die alte Dame.

Etwa zwanzig Minuten später sei ein weiterer Mann gekommen und habe den Park betreten. »Er muss betrunken gewesen sein, denn er hat ordentlich geschwankt. Und ich habe mich so geärgert und wollte schon hinunter rufen.« Es fiel ihr offenbar schwer, zu sagen, was sie so verärgert hatte.

»Also er hat ..., na, wie soll ich das ausdrücken?« Hilfe suchend schaute sie zu Nettie.

»Na sag doch einfach, dass er in die Anlage gepieselt, seine Notdurft verrichtet hat.« Palinskis Tante hatte im Gegensatz zu ihrer Freundin keine Probleme mit dem »schmutzigen« Wort.

»Na ja, es ist so, wie Nettie sagt«, bestätigte Frau Wallbauer endlich, »genau das hat er getan. Dann hat er sich auf eine Bank gesetzt und dabei offenbar den ersten Mann aufgeschreckt. Der ist nämlich gleich darauf angelaufen gekommen, ins Auto gestiegen und weg war er.«

Das würde seinen Freund Helmut sehr interessieren, dachte Palinski und wollte sich schon bedanken, doch es sollte noch besser kommen, viel besser.

»Auffallend war auch, dass der Mann einen langen weißen Mantel anhatte«, fuhr Frau Wallbauer fort. »Ich habe mich noch gewundert, warum jemand in einer so milden, schönen Nacht einen Mantel anzieht.«

Das waren fast dieselben Worte, die der Hamburger, also der Mann, der das Bein fand, verwendet hatte, erinnerte sich Palinski.

Auf seine nächste Frage erwartete er eigentlich keine Antwort, wollte aber Nummer Sicher gehen.

»Über das Auto, mit dem dieser Mann weggefahren ist, werden Sie uns wahrscheinlich nichts sagen können«, formulierte er ausgesprochen pessimistisch. Doch die alte Dame war nicht in Verlegenheit zu bringen.

»Also nicht sehr viel. Der Wagen sah aus wie ein Kleinbus, hatte eine dunkle Lackierung, schwarz, dunkelblau oder so was. Das war bei den Lichtverhältnissen nicht genau zu erkennen.«

»Hervorragend Frau Wallbauer«, Palinski war ehrlich beeindruckt von ihrer Beobachtungsgabe. »Sie sind eine hervorragende Zeugin, mein Kompliment.« Er stand auf.

»Ja, wollen Sie den Rest gar nicht mehr wissen?«, die alte Dame schien fast erbost über die Ungeduld der heutigen Jugend. »Das Beste kommt doch erst.«

Palinski war sprachlos und setzte sich wieder.

»So ist es besser«, anerkannte die Zeugin. »Sonst tragen Sie mir noch den Schlaf hinaus. Also, auf dem Dach des Fahrzeuges war ein roter Fleck, der sich durch das Fernglas betrachtet als Rotes Kreuz herausgestellt hat. Ich bin sicher, der Mann hat einen Krankenwagen oder etwas Ähnliches gelenkt.«

* * * * *

Langsam hatte Wilma genug davon, unfreiwillig Telefondienst für ihren Mario machen zu müssen. Bei seinem überstürzten Aufbruch am Morgen, der Arme hatte nicht einmal Zeit gehabt, sein Müsli aufzuessen, hatte er sein Handy liegen gelassen und stattdessen ihres eingesteckt. Das konnte schon einmal vorkommen, konzidierte Wilma, immerhin hatten sie beide das gleiche Modell. Aber dass das bereits das vierte Mal in den letzten Wochen geschehen war, gab ihr zu denken. Weitere sieben Mal hatte er sein Mobiltelefon einfach nur liegen lassen, ohne ein anderes dafür einzustecken.

Entweder setzte bei Palinski die altersbedingte Demenz extrem früh ein, dafür gab es aber keine sonstigen Hinweise. Oder er wollte sie damit ärgern, dafür fanden sich genügend Indizien, überall und jederzeit.

Oder aber, und dieser Erklärung neigte sie am ehesten zu, Mario hatte eine Telefonphobie. Zumindest, was das Handy betraf. Einfach Angst vor diesem immer kleiner werdenden Ding, mit dem man spielen, sich wecken lassen, Parkgebühren bezahlen und vieles mehr machen konnte. Unter anderem auch telefonieren. Dessen Tasten inzwischen so klein waren, dass er Mühe hatte, nicht zwei Ziffern gleichzeitig zu tippen und dessen penetrante Allgegenwart einen dazu zwang, permanent auf das aufdringliche Signal eines eingehenden Gespräches zu lauern.

Nach einem ruhigen Vormittag mit zwei Nachhilfeeinheiten Französisch hatte Wilma am Nachmittag innerhalb einer Stunde 11 Anrufe für Palinski entgegen nehmen müssen. Das bedeutete zu allererst erst einmal den Triumphmarsch in einer scheußlichen polyphonen Variante. Und das im Durchschnitt alle 327 Sekunden »Verdi at its worst«, zum Abgewöhnen. Wilma liebte Opern, aber das war einfach zu viel gewesen. Dennoch hatte sie wie ein biologischer Anrufbeantworter auf jedes Gespräch reagiert. Dabei aber unwahrscheinlich viel Verständnis, ja sogar Sympathie für die neu geschaffene Disziplin des Handyweitwerfens entwickelt. Mit dem Handy war es wie mit Gift. Es kam ganz auf die Dosis an.

Was sie aber noch mehr ärgerte, war, dass Palinski ihr Handy zwar eingesteckt, aber auf keinen einzigen ihrer zahlreichen Versuche, ihn zu erreichen, reagiert hatte. Obwohl er ihren Benutzerkode sehr wohl kannte.

Ebenso verletzend empfand Wilma aber auch den Umstand, dass Mario es nicht für angebracht gehalten hatte, auch nur ein einziges Lebenszeichen von sich zu geben, seit er vor mehr als 9, in Worten n e u n Stunden für nur eine weggegangen war.

Was dem Ganzen aber die Krone aufsetzte und ihren Zorn auf diesen Kerl, den Mann, mit dem sie seit 24 Jahren trotz zweier gemeinsamer Kinder und einiger Anläufe nicht verheiratet war, noch deutlich gesteigert hatte, war der jetzt vorliegende Beweis für seinen Betrug.

Sie hatte es schon vor einigen Wochen gefühlt, dass er ihr etwas vormachte, aber heute hatte sie den definitiven Beweis dafür gefunden. Und obwohl sie es bereits geahnt hatte, traf sie das mitten ins Herz. Aber er würde schon sehen, wohin das führte. Sein Verhalten schrie nach Konsequenzen und die wollte sie auch setzen. Wütend blickte sie auf die zerknüllte Schokoladepackung, die sie gerade vorhin in seinem Sakko gefunden hatte. Welchen Sinn hatte es, sich weiter den Kopf über die Kohorten überschüssiger Fettzellen seines »Gössermuskels»* zu zerbrechen, wenn er ihren Kampf dagegen torpedierte, in dem er ihrem liebevoll zubereiteten Grünkernauflauf insgeheim Schokolade mit Mandelfülle folgen ließ?

Wild entschlossen, einen ersten Warnschuss vor Palinskis Bug abzugeben, griff Wilma zum Telefon und wollte sich bei Margit Waismeier, Marios Assistentin, ausweinen. Da diese aber nur einen Halbtagsjob hatte und es bereits auf 18 Uhr zu ging, stand lediglich der treue, höfliche und nie widersprechende Anrufbeantworter als Gesprächspartner zur Verfügung. Der hatte auch kein Problem, sich Wilmas längere Suada zu merken.

»Also das musste einmal gesagt werden«, beendete Wilma leicht erschöpft den ersten Teil ihrer Ansage. »Zweitens kannst du heute schlafen, wo du willst, bloß nicht hier in der Wohnung. Wir sind ja kein Bed and Breakfast Betrieb, wo man kommt und geht wie man will.«

Resignierend seufzte sie auf. »Ich weiß wirklich nicht, warum ich mir das mit dir noch immer antue. Das ist die Strafe dafür, dass ich nicht auf die Warnungen meiner Eltern gehört habe. Aber bitte, ich habe ja unbedingt meinen Kopf durchsetzen müssen.«

So ging es noch ein, zwei Minuten weiter. Dann hat-

* Scherzhafte Bezeichnung für die Speckrolle um die Hüfte - auch »Schwimmreifen«

te sich Wilma abreagiert und wurde wieder etwas sanfter.

»Aber melde dich auf jeden Fall, falls dir etwas passiert sein sollte«, zeigte sie schließlich sogar wieder Sorge um den Lebensgefährten, den zumindest potentiell im letzten Satz steckenden Widerspruch ignorieren.

»Übrigens, du sollst dringend«, sie ließ das ›r‹ richtig rollen und betonte das i ausdrücklich, »Helmut Wallner und »Miki« Schneckenburger anrufen. Auch Margit wollte dich sprechen, aber das hat sich für heute wahrscheinlich erledigt.«

Dann ein letztes Aufflackern gerechten Zornes »Wo bist du bloß, du Mistkerl« und etwas milder »Melde dich.«

* * * * *

Als Florian Nowotny, kriminalistisch talentierter Polizeischüler und offiziöses Feigenblatt bei den Ermittlungen im Falle »Elisabeth Stauffar« wieder bei Palinski eintraf, war dieser noch dabei, einige Bewohner der Seniorenresidenz zu befragen. Aber weder zur Causa der Frau Kommerzialrat noch im Falle des »Schlächters von Döbling« gab es irgendwelche ernsthaften Hinweise. Dafür sehr viel Neugierde und die Bereitschaft, die Chance für ein anregendes Plauscherl mit Netties nettem Neffen voll zu nutzen.

Aber auch Palinskis Bereitschaft, sich als willkommene Abwechslung im Alltag der alten Herrschaften benützen zu lassen, war schließlich erschöpft. Dankbar nahm er Florians Eintreffen zum Anlass, Tante Nettie nochmals herzlich zu busseln und dann die Flucht zu ergreifen.

Er nahm seinen »Partner« mit ins Büro in der Döblinger Hauptstrasse und erläuterte ihm, worin eigentlich die Arbeit seines »Instituts für Krimiliteranalogie« bestand. Nämlich in der Untersuchung der Interdependenz, also der Wechselbeziehungen von Kriminalliteratur und den realen Verbrechen. Florian war fasziniert. Als junger Mensch war er natürlich absolut firm in Allem, was das Computern betraf. So saß er auch schon bald vor dem Monitor auf Margits Schreibtisch und schnupperte in das Kernstück des Palinski'schen Know-hows hinein, die inzwischen fast schon legendäre Datenbank »Crimes – facts and ideas.«

Das gab dem Herrn Institutsvorstand Gelegenheit, sich in Ruhe den zahlreichen am Anrufbeantworter eingegangenen Telefonaten zu widmen.

Palinski fühlte sich sehr gut, der Tag war aus kriminalistischer, aber auch aus menschlicher Sicht mehr als befriedigend gewesen. Bisher, wie er spätestens nach dem letzten Anruf, jenem seiner geliebten Wilma, konstatieren musste.

Danach erfüllte ihn eine Mischung aus schlechtem Gewissen und Ärger über seine eigene Dummheit. Sein Verhalten war ja wirklich rücksichtslos gewesen, für einen Anruf hätte zwischendurch Zeit sein müssen. Trotz allem, was heute passiert war. Und seine Blödheit, das Schokoladepapier einzustecken, statt es diskret zu entsorgen, erschütterte ihn direkt.

In weitaus gedämpfterer Stimmung als noch einige Minuten zuvor rief er Helmut Wallner an und verabredete sich mit ihm für 8 Uhr beim Heurigen »Zimmermann.« Nicht bei dem in Neustift, sondern jenem in der Armbrustergasse.

Der Anruf bei Freund Schneckenburger blieb erfolglos, der Herr Ministerialrat befand sich seit dem Vormittag im Bundeskriminalamt, wann und ob er heute überhaupt noch ins Ministerium kommen würde, konnte seine Vorzimmerdame nicht sagen. Auch »Mikis« Frau Monika konnte ihm nicht helfen, sie wusste nur, dass es heute spät werden würde. Margit Waismeier war ebenfalls nicht zu Hause zu erreichen, sie würde er aber ohnehin morgen im Büro sehen.

Die anderen, weniger dringend wirkenden Rückrufe verschob er. Er hatte jetzt keine Lust auf unverbindlichen Smalltalk oder die Besprechung möglicher Projekte, die dann meistens ohnehin nicht zustande kamen. Das konnte bis morgen warten.

So blieb ihm nur noch die unvermeidliche Konfrontation mit Wilma. Aber auch die erwartete Kopfwäsche und der damit verbundene Kniefall blieben ihm vorerst erspart. Wie ihm sein Sohn Harry lapidar mitteilte, war Wilma mit einigen Kollegen ausgegangen. Er wusste nicht, wohin und wann sie zurück sein wollte.

»Aber eines weiß ich, Papa.« tönte er mitleidig in den Hörer, »die Mami ist stinksauer auf dich. Warm anziehen morgen.«

Inzwischen war es knapp nach 19 Uhr geworden und er hatte noch etwas Zeit, sich um Florian zu kümmern.

»Wenn du möchtest, fordere ich dich für morgen und den Rest der Woche wieder an«, Palinski meinte das wirklich ehrlich, der junge Mann war ihm heute eine echte Hilfe gewesen.

»Das wollen Sie, ... willst du wirklich machen«, Florian strahlte wie zuletzt als Dreijähriger unter dem Christbaum. »Also ich würde mich riesig freuen.«

Dann holte er tief Luft. »Mario, ich hab da was im Internet gefunden. Vielleicht hat das was mit dem Mord an der alten Frau zu tun.« Florian klang etwas unsicher. Aber er hatte den Schneid, sich zu äußern, auch wenn er möglicherweise falsch lag. Das war mutig und zeigte Risikobereitschaft. Eine Eigenschaft, die vielen Menschen fortgeschritteneren Alters und in entscheidenderen Positionen sehr gut anstünde.

Egal, um was es sich handelte. Palinski wollte in jedem Fall wohlwollend auf diese Initiative reagieren. Er wollte Florian ermutigen und auf keinen Fall bremsen.

Palinskis Rücksichtnahme war aber gar nicht notwendig. Schon nach wenigen Sekunden erkannte er, dass Florian auf etwas gestoßen war, was sie der Wahrheit im Falle »Stauffar« möglicherweise einen riesigen Schritt näher brachte.

»Herzlichen Glückwunsch«, Palinskis Stimme hatte ungewollt einen feierlichen Tonfall angenommen. »Das war hervorragende Arbeit. Ich glaube, du hast damit den Nagel exakt auf den Kopf getroffen.«

* * * * *

Der »Zimmermann« in der Armbrustergasse war eher das, was man in Wien unter einem Nobelheurigen verstand. Ein Lokal also, das vor allem von den Schönen und Reichen der Stadt besucht wurde. Palinski war weder schön noch reich und dennoch nicht ganz selten Gast in den heimeligen, ungemein geschmackvoll eingerichteten und gediegenen Gastzimmern des aus mehreren alten Gebäuden bestehenden Heurigen.

Ehe er sich für Wilma entschieden hatte, hatte Palinski

zumindest ein scheues Auge auf Elli, die Tochter des Hauses geworfen gehabt. In der Praxis hatte das für den damaligen Studenten viele Abende in der alten Buschenschank in der Grinzinger Straße bedeutet, die oft erst mit dem Sonnenaufgang des nächsten Tages geendet hatten. Er war eine herrlich verrückte, unbeschwerte, einfach eine wunderschöne Zeit gewesen. Vor 25 Jahren und mehr. Und so konnte er sich auch heute noch als »Freund des Hauses« bezeichnen, zumindest aus historischer Sicht.

All das schoss Palinski jetzt durch den Kopf, als er das Gastzimmer gleich rechts neben dem reichlich bestückten Buffet betreten wollte.

»Ja serwas Mario«, schallte ihm Ellis unverwechselbares Organ entgegen, »dass du dich wieder einmal anschaun lässt.« Sie umarmte ihn herzlich und küsste ihn auf beiden Wangen. »Ich hab schon geglaubt, du magst mich nimmer. Deine Frau sitzt mit ihrer Runde hinten im Kaminzimmer.«

Das war Palinski neu. In Wien und Umgebung gab es geschätzte ..., er hatte keine Ahnung, wie viele Heurigenlokale, aber jedenfalls sehr viele. Und ausgerechnet in dem, das er aufsuchte, musste auch Wilma sitzen. Irgendwie rücksichtslos und gar nicht originell, er war sich aber nicht ganz sicher, von wem.

»Wir sind heute getrennt unterwegs«, stellte er klar, »ich treffe mich hier mit einem Freund.« Suchend blickte er sich im Raum um und entdeckte ... »Miki« Schneckenburger, der ihn frech angrinste und gerade mit Helmut und Franca Wallner anstieß.

»Elli, wir sehen einander später hoffentlich noch«, säuselte er seiner unerfüllten Jugendliebe zu, »zuerst muss ich aber noch etwas arbeiten.«

»Immer arbeiten«, räsonierte Elli, »dass ihr Männer immer arbeiten müsst.«

»Und was machst du gerade?«, konterte Palinski.

»Da hast auch wieder recht«, räumte die noch immer attraktive Wirtin ein. »Obwohl, das ist schon was anders.«

Am Tisch wurde Palinski bereits dringend erwartet. Nachdem er die frischgebackene Frau Wallner-Aigner auf die Wange geküsst und den beiden Männern die Hand geschüttelt hatte, kam Freund Schneckenburger rasch zur Sache.

»Gottseidank, dass du endlich da bist. Der Minister möchte dich unbedingt morgen Früh sehen. Es ist sehr dringend und er hat sogar bitte gesagt. Du kommst doch, oder?«

»Was versteht dein Herr und Meister unter Früh?« wollte Palinski wissen.

»Na ja«, er zögerte, »wäre 7.30 in Ordnung?« »Miki« blickte ihn bittend an. »Dann bleibt eine halbe Stunde, bis der Chef zum Ministerrat muss.«

»Geht in Ordnung.« Palinski fiel die Zusage nicht schwer. Erstens war er begeisterter Frühaufsteher und zweitens ....

Um ehrlich zu sein, er war ganz einfach neugierig, was der Innenminister von ihm wollte. Die bisherigen spontanen Gesprächswünsche Josef Fuscheés hatten sich schließlich immer als sehr spannend erwiesen.

Jetzt war Wallner an der Reihe. »Ich habe auch einige Neuigkeiten für dich, Mario. Erstens sind am Nachmittag wieder Leichenteile aufgetaucht, insgesamt drei Stück. Zweitens«, er fuhr sich nervös durchs Haar, «hat der Minister jetzt in Windeseile eine Sonderkommission eingesetzt. Endlich. Das war die gute Nachricht.«

»Und wie lautet die schlechte?«, Palinski merkte, wie sein Gegenüber zögerte. »Komm, mach es nicht so spannend.«

»Nun ja, der Leiter der SOKO ist dein guter Freund Oberstleutnant Kranzjenich«, murmelte Wallner. »Und er hat sich ausdrücklich jegliche Einmischung deiner Person in den Fall verbeten.«

»Wie unfähig muss ein Mensch im BKA eigentlich sein, um nicht befördert zu werden«, Palinski kaschierte den aufsteigenden Ärger mit einem Lacher. »Der ist doch nicht einmal in der Lage, einen ordentlichen Bericht abzufassen. Geschweige denn Beweise zu erkennen, selbst wenn sie ihm am Silbertablett serviert werden.«

Kranzjenich, damals noch Major, hatte in seinem Abschlussbericht zum Fall »Ansbichler« ausdrücklich empfohlen, in Zukunft auf die Dienste »dieses inkompetenten Zivilisten Palinski« zu verzichten.

»Der Oberstleutnant ist ein wichtiger Mann in der Personalvertretung«, warf Schneckenburger ein, »daher muss ihn der Minister mit Glacéhandschuhen anfassen. Er steht voll hinter dir, bittet dich aber, bei diesem Fall nicht in Erscheinung zu treten.« Er zuckte bedauernd mit den Achseln. »Fuscheé sind da die Hände gebunden.«

»Gut, dann eben nicht«, trotzte Palinski, »dann behalte ich halt auch für mich, dass der Schlächter von einem Zeugen aus der Seniorenresidenz gesehen worden ist. Übrigens, wer geht mit mir am Wochenende zur Weinverkostung ins »Vesuvio«? Ich habe eine Einladung für zwei Personen.«

»Ich würde gerne mitkommen«, sagte Franca rasch. »Du hast doch nichts dagegen, Helmut?«

Der hatte nichts dagegen, aber Palinski plötzlich ein

Problem. Der spontane Sager mit dem »Vesuvio« war lediglich als demonstratives Zeichen seines gespielten Desinteresses am Fall des »Schlächters von Döbling« gedacht gewesen. Eine reine Trotzreaktion, wenn man so will, denn es gab gar keine Einladung. Eher hätte er sich aber die Zunge abgebissen, als das in dieser Situation zuzugeben. Was solls, ihm würde bis Samstag schon noch etwas einfallen. »Das freut mich aber, Franca. Wegen der Einzelheiten rufe ich dich noch an.«

Wallner war aber nicht so leicht abzulenken. »Was hast du da eben von einem Zeugen gesagt? Hat jemand etwas gesehen?«

»Sicher«, trumpfte Palinski auf, »aber dank Kranzjenich hat das überhaupt nichts zu bedeuten.«

»Mein Gott, Mario, kannst du kindisch sein«, ereiferte sich der Oberinspektor. »Ich kann doch nichts dafür, dass dich der Kerl nicht ausstehen kann. Deswegen kannst du doch die Ermittlungen nicht behindern.«

Helmut hatte natürlich recht, wusste Palinski, wollte aber nicht so ohne Weiteres klein beigeben.

»Gut«, konzidierte er, »ich sage dir, was ich weiß. Aber nur unter einer Bedingung.«

»Unter welcher Bedingung?«, Wallner lachte, »soll ich dich auf ein Viertel einladen.«

»Das sowieso. Aber zusätzlich sagst du so laut, dass es alle hier im Raum verstehen können: ›Oberstleutnant Kranzjenich ist der größte Arsch im BKA‹. Also los, sag es.«

Schneckenburger blickte irritiert, Wallner ungläubig und Franca begann zu lachen. Es war eines dieser unwirklich wirkenden Lachen, die zunächst völlig ohne

Geräusch abliefen und erst in der Phase des Einatmens in einem leisen Zischkeuchlaut mündeten.

»Niemals, das sage ich nicht«, Wallner war richtig empört über das Ansinnen. »Mann, Mario, sei doch nicht so stur und sag endlich, was der Zeuge gesehen hat.«

Entschlossen nickte Palinski von links nach rechts und wieder zurück. »Entweder du sagst es oder ...«

Jetzt brach Franca in schallendes Gelächter aus. »Wisst Ihr eigentlich, wie kindisch die ganze Situation ist? Tu ihm doch den Gefallen und sag, was er sich wünscht.« Sie konnte sich kaum halten vor Lachen. »Immerhin ist es ja nicht gelogen.«

Inzwischen war auch »Miki« Schneckenburger von dem befreienden Gelächter angesteckt worden und auch die beiden Streithähne bekamen langsam zuckende Mundwinkel.

»Also gut«, gab Wallner nach, »aber ohne BKA.«

»In Ordnung«, Palinski hatte nicht einmal damit gerechnet. »Also dann los.«

»Oberstleutnant Krnnnzwnn ist der größte Ammm«, Namen und Körperteil wurden vom Oberinspektor auf eine Art verschluckt, die Palinskis Widerspruchsgeist erneut auf den Plan rief.

»Nochmals, deutlicher und lauter«, forderte er den Freund auf.

»Oberstleutnant Kranzjennm ist ein Arsch.« Jetzt war wenigstens der zweite Teil der Botschaft klar verständlich gewesen und Palinski war zufrieden damit.

Ein Mann am Nebentisch drehte sich um. »Ich mag diese Scheißer vom Bundesheer auch nicht«, bestätigte er, doch das ging bereits im brüllenden Gelächter der vier Freunde unter.

Dann erzählte Palinski dem Oberinspektor von dem Kleinbus mit dem Roten Kreuz am Dach. Dank der Bemerkung des Herren vom Nebentisch glaubte er jetzt auch zu wissen, woher das dunkel lackierte Fahrzeug stammte oder zumindest stammen konnte.

Fasziniert blickte Wallner den Freund an. »Großartig« anerkannte er, »das Monster hat heute zwei Fehler gemacht, die ihm das Genick brechen werden.«

»Ich habe noch etwas für dich«, kündigte Palinski an. »Aber vorher möchte ich dich bitten, mir morgen und für den Rest der Woche wieder diesen jungen Polizeischüler zuzuteilen.«

»Das geht sicher in Ordnung« zeigte sich der Oberinspektor großzügig. »Aber du kannst auch jemanden anderen haben.«

»Danke, aber ich will den Florian Nowotny, das ist ein ganz cleverer Bursche. Der hat mir wirklich sehr geholfen. Hast du übrigens das Etwas, dass dir mein Partner überbracht hat, schon ans Labor weiter gegeben?«

»Noch nicht, aber das geht gleich morgen Früh weg.«

»Dann gib doch gleich das hier zur Untersuchung mit«, Palinski holte den Buchkalender aus seiner Tasche, den Nowotny unter den Sachen der Frau Kommerzialrat gefunden hatte.

»Und sag den Leuten auch, sie sollen den Glasteil auf Rizin untersuchen«, forderte Palinski Wallner auf. »Ausdrücklich auf Rizin.«

»Wie kommst du auf Rizin?«, der Oberinspektor wirkte echt überrascht.

»Der vife Florian ist einige Minuten am Computer gesessen und hat sich mit meiner Datenbank vertraut gemacht«, erklärte Palinski. »Dabei hat er etwas gefunden, im Internet gegen gecheckt und ist auf den so genannten ›Regenschirmmord‹ 1975 in London gestoßen.«

»Ist das nicht der Anschlag auf einen Dissidenten, der vom bulgarischen Geheimdienst umgebracht worden ist?«, erinnerte sich Franca, die ihren Ruf, nicht nur äußerst gebildet zu sein, sondern auch über ein überdurchschnittliches Gedächtnis zu verfügen, wieder einmal eindrucksvoll unter Beweis stellte.

»Korrekt«, bestätigte Palinski, »und damals war Rizin im Spiel. Und die Umstände beim Tod der Frau Stauffar erinnern irgendwie an die Geschichte in London. Die Frau hat sich wahrscheinlich auf diesen winzigen kegelförmigen Glasbehälter gesetzt und dabei die Spitze abgebrochen. Dann hat sie sich das Ding von der Pobacke gewischt. Von der Duschtasse ist es dann in den Abfluss gespült worden.«

»Teuflisch einfach, wenn es so gewesen ist«, merkte Wallner an. »Ich muss sagen, gute Arbeit. Wirklich gute Arbeit»

»Das Gift ist leicht zu bekommen und schwer nachzuweisen, wenn man nicht direkt danach sucht. Denn die Symptome setzen erst nach einigen Tagen ein und sind unspezifisch.« Nonchalant fuhr Palinski fort, sein Wissen vorzutragen und wirkte sehr überzeugend damit.

»Woher weißt du das alles?«, Schneckenburger war sichtlich beeindruckt.

»Das hat mein Partner Florian alles aus dem Internet«, bekannte Mario, der sich nicht mit falschen Federn schmücken wollte. »Es ist erstaunlich, was man in diesem Medium alles finden kann. Man muss nur richtig danach suchen.«

3

Worauf sich Palinski bei seinem Besuch des Innenministers besonders freute, war der Kaffee. Dr. Josef Fuscheé schätzte ebenfalls die von Palinski bevorzugte italienische Marke, die englisch-kundige Ignoranten zu völlig falschen Assoziationen verleitete. Und das aus Steuergeldern.

Die Vorfreude auf den Genuss war durchaus berechtigt, wie der frühe Besucher gleich nach Betreten des eindrucksvollen Ministerbüros am angenehm vertrauten Geruch feststellen konnte.

»Guten Morgen, Mario«, begrüßte ihn »der Josef.« Tatsächlich, die beiden waren seit knapp einem Jahr per Du, allerdings nur im vertraulichen Kreis. Ministerialrat »Miki« Schneckenburger durfte noch einen Cappuccino mit dem Chef und seinem Besucher schlürfen, wurde dann aber hinaus gebeten.

»Ich habe ein ziemlich delikates Problem eher privater Natur«, kam der große Meister dann rasch zur Sache. »Und ich habe lange überlegt, wem ich mich anvertrauen und wen ich um Hilfe bitten soll.« Der Minister blickte Palinski direkt in die Augen.

»Nach reiflichen Überlegungen ist meine Wahl oder besser meine Hoffnung auf dich gefallen.«

Fuscheés Neffe Werner Labuda, der Sohn seiner Schwester, war das, was man das »schwarze Schaf« der Familie nannte.

»Werner war immer schon ein schwieriges Kind, hat

bereits in der Schule polarisiert und ständig gegen seine Eltern opponiert.« Josef lachte gequält auf. »Und sein Verhalten mir gegenüber, ich bin für ihn der miese, karrieresüchtige Opportunist, der leibhafte Ungustl. Alleine, was er mir in Sachen Asylpolitik an den Kopf geworfen hat.«

»Der Bursche ist mir jetzt schon sympathisch« warf Palinski ein, grinste gleichzeitig aber beschwichtigend.

»Ihr habt leicht reden«, jammerte der Minister. »Glaubst du allen Ernstes, dass mir alles, was ich politisch vertreten muss, persönlich Freude macht?«

»Du wirkst halt immer sehr überzeugend.«

Das war eine jener Äußerungen, bei denen sich der Innenminister fragte, warum er diesen unmöglichen Menschen nicht einfach seines Büros verwies.

Er kannte die beiden Antworten. Erstens war Palinski einer der wenigen, der ihm ungeschminkt seine Meinung sagte und zweitens der Einzige, der ihm in dieser Situation helfen konnte, ohne dass die pikanten Details sofort publik werden würden.

Aber es gab auch noch einen dritten Grund, so schwer es Fuscheé auch fiel, das zuzugeben. Dieser Palinski war mitunter arrogant, zeitweise von einer beneidenswerten Präpotenz und politisch ganz gewiss kein Gesinnungsgenosse. Aber er war der einzige Mensch, dem der Minister in dieser Situation ver- und dem er gleichzeitig auch eine Lösung des Problems zutraute.

»Langer Rede kurzer Sinn, Werner ist verschwunden«, fuhr der Minister fort. »Er hat vor fünf Tagen das Haus seiner Eltern in Mank nach einem wilden Streit verlassen und wollte in seine Studentenbude nach Wien.«

Fuscheé holte tief Atem. »Da ist er aber nicht. Entweder ist er untergetaucht oder verschollen.«

»Befürchten die Eltern ein Verbrechen?«, Palinski kam gleich auf den Punkt.

»Eher nein. Werner ist knapp 2 Meter groß und wiegt an die 100 Kilogramm. Er hat was weiß ich für einen Gürtel im Judo und war letztes Jahr Dritter der Europameisterschaft im Kickboxen. Also der Bursche kann sich sehr gut zur Wehr setzen«, zeigte sich der Minister zuversichtlich. »Abgesehen davon hätte ich in diesem Fall die Polizei eingeschaltet. Nein, die Sache ist wesentlich heikler. Werner ist ein Ausbund an Bosheit. Beim Weggehen hat er gedroht, es seinem Vater zeigen, ihn bis auf die Knochen blamieren zu wollen.«

»Der Vater, ist das der Ing. Labuda, der Landtagsabgeordnete in Niederösterreich?« Palinski kannte den Mann eigentlich nicht, hatte den Namen wohl einmal irgendwo aufgeschnappt. Komisch, was man unbewusst alles im Gedächtnis speicherte.

»Den kennst du?«, wunderte sich auch Palinskis ministerieller Haberer, »den kennt doch kaum jemand. Na, ist ja auch egal.«

Der mächtige Mann zögerte etwas, holte tief Luft, eher er weiter sprach. »Also das, was jetzt kommt, ist top secret. Das vergisst du gleich wieder. Ist das klar?«

Nachdem Palinski kurz genickt hatte, ließ Fuscheé die Kuh kurz aus dem Stall. »Mitte September sind doch Landtagswahlen und mein Schwager ist im Gespräch für einen Posten in der neuen Landesregierung. Er ist einer der Kandidaten für den neuen Landesrat für Umwelt und Familie.«

Langsam wurde Palinski ungeduldig. »Und was habe ich damit zu tun?«

»Johann, also mein Schwager fürchtet, dass Werner irgend etwas machen wird, was seinen Vater derart blamiert, dass er als Mitglied der Landesregierung nicht mehr in Frage kommt.«

»Aber da gibt es doch sicher nichts, oder?« Palinski konnte ganz schön naiv sein. Oder scheinheilig.

Jetzt musste der Minister lachen. »Mein Gott, ich gebe ja zu, dass die Nominierung Johanns gerade für diese Geschäftsbereiche die reinste Provokation ist. Ich weiß wirklich nicht, was dem Ferdinand«, das war der Landeshauptmann, »dabei eingefallen ist. Ist unsere Personaldecke im Land wirklich schon so dünn?«

»Und was kann ich dabei helfen?« wollte Palinski jetzt endlich wissen. »Soll ich mich als Landsrat aufstellen lassen?«

Fuscheés neuerliches Lachen fiel schon wesentlich schwächer aus. »Das ist gar nicht lustig, obwohl«, der Mann hatte doch einen Rest von Humor, »du sicher die bessere Besetzung wärst. Also, ich möchte dich bitten, Werner zu finden.«

»Um was zu tun, falls mir das gelingen sollte? Ich meine, ich kann ihn zu nichts zwingen.»

»Du sollst ihn in diesem Falle nur überreden oder überzeugen, nichts zu unternehmen, eher er nicht mit mir oder mit seinem Vater gesprochen hat.« Dem Minister war zunehmend nicht wohl in seiner Haut. Er seufzte tief auf. »Wie ich das hasse. Diese unsinnigen Interventionen von Parteifreunden, noch dazu, wenn sie mit einem verwandt sind. Ich mag diesen Kerl überhaupt nicht. Aber meine Schwester. Sie hat mich als Kind quasi aufgezogen und ich liebe sie. Und sie liebt diesen Hannes. Was kann ich da machen? Ich kann ihr diese Bitte nicht abschlagen.«

Fast schien es, als ob sich eine Träne in den Winkel des linken Auges Fuscheés verirrt hätte. Palinski war beinahe gerührt ob soviel Geschwisterliebe. Nur der leise Verdacht, dass ihn die vor ihm stehende österreichische Ausgabe eines Niccolo Machiavelli mit dieser Tränennummer lediglich manipulieren wollte, hielt ihn davon ab, den Mann in die Arme zu schließen und ihm beruhigend über das leicht angegraute Haar zu fahren.

»Also gut, ich werde mich der Sache annehmen«, räumte er ein, »aber mehr als zwei, drei Tage kann ich nicht dafür aufwenden. Und ich habe eine Bedingung.«

»Die wird erfüllt, wenn es mir irgendwie möglich ist«, sicherte der Minister rasch zu. »Um was geht es?«

»Da gibt es einen Polizeischüler, einen Florian Nowotny, der gerade so etwas wie ein Praktikum im Koat Döbling macht«, erklärte Palinski, »und ich möchte, dass er mir bis Ende der Woche als Unterstützung zugeteilt wird.«

»Das ist alles« wunderte sich Fuscheé. »Also das wird sich sicher machen lassen. Sagst du mir auch noch, warum du diesen jungen Mann benötigst?«

»Florian ist ein talentierter Bursche, der mir schon sehr geholfen hat. Und ich denke, dass ein 20-jähriger mit einem Gleichaltrigen besser sprechen kann als ich«, erklärte Palinski. »Ohne diesen Kollegen läuft in der Sache gar nichts.«

Das leuchtete dem Minister ein und zwei Telefonate später war die Sache im Sinne Palinskis geregelt. »Aber für seine Diskretion bist du mir verantwortlich.«

Die Zeit drängte, Fuscheé musste zum wöchentlichen Ministerrat. »Dein Freund Schneckenburger wird dich noch mit den erforderlichen Details vertraut machen. Und deine Rechnung geht direkt an mich.«

»Das läuft pro bono«, wehrte Palinski ab, »mir ist lieber, du bist mir noch etwas schuldig.«

* * * * *

Mit den 7 Uhr Nachrichten des Rundfunks ging der erste Aufruf der Polizei um Mithilfe der Bevölkerung »on air.« Um 9 Uhr folgte das Fernsehen. Von da an sollten die beiden Medien die wegen der besonderen Umstände wenig sensibel klingende Aufforderung, vermisste Personen zu melden, auf die die Merkmale: »Weiblich, 18-25 Jahre alt, Bruch des linken Wadenbeines vor fünf bis zehn Jahren, Tattoo in Form einer schwarzen Rose mit dem vorangestellten Zusatz »I love ...« auf der Innenseite des linken Oberschenkels« zutrafen, stündlich wiederholen.

Kurz vor 7 Uhr hatte sich die Familie Mayerhofer in ihrem Haus in Urfahr zum Frühstück gesetzt. Die Stimmung am Tisch war etwas gespannt, da Susanne schon einige Tage nicht angerufen und sich auch nicht am Handy gemeldet hatte. Die 22-jährige Nichte der Mayerhofers war mit 15 Jahren verwaist und wohnte seit damals bei der Familie. Sie war vor mehr als zwei Wochen mit zwei Freundinnen nach Italien gefahren und hatte sich das letzte Mal vor sechs Tagen von einer Autobahnraststätte in der Nähe von Udine gemeldet. Die nächsten Tage wollte sie in ihrer Bude in Wien verbringen, um einige Vorbereitungen für das neue Studiensemester zu treffen. Seither hatten die Mayerhofers nichts mehr von dem Mädchen gehört.

Als Martha Mayerhofer, die bei der Durchsage im Rundfunk zunächst blass im Gesicht geworden war, von dem Tattoo hörte, atmete sie erleichtert auf. Der vorangegangene Hinweis auf das gebrochene Wadenbein hatte sie zutiefst erschreckt. Doch ein Tattoo hatte ihre Nichte gottseidank nicht.

Lili, die 16-jährige Cousine Susannes, wusste es allerdings besser, sie kannte das Geheimnis der Rose. Während sie sich um ihre zusammengebrochene Mutter kümmerte, rief ihr Vater die Polizei an. Einige Minuten, nachdem das Rettungsfahrzeug mit Martha Mayerhofer abgefahren war, traf auch schon ein Wagen des Landeskriminalamtes ein.

* * * * *

Als Palinski in seinem Büro in der Döblinger Hauptstrasse eintraf, hatte sich Margit Waismeier, seine Assistentin, bereits mit Florian angefreundet. Beide unterhielten sich angeregt über die Ereignisse des vergangenen Tages und ihr Chef freute sich über das sichtbar gute Betriebsklima. Aber auch darüber, dass er sich das Briefing Margits hinsichtlich des Falles »Stauffar« offenbar schenken konnte.

Ehe Palinski mit der eigentlichen Arbeit begann, wollte er noch mit der Mutter seiner Kinder Kontakt aufnehmen, um die seit gestern vorherrschende Eiszeit nicht überflüssigerweise zu perpetuieren.

Wilma, die heute ihren freien Vormittag hatte, war wieder milder gestimmt und schien tatsächlich geneigt zu sein, Marios gestrige Gedanken- und Nachlässigkeit zu vergessen. Sie einigten sich rasch, sich am Abend auszusprechen. »Ich koche dir auch etwas Gutes«, versprach sie. »Was hältst du von einer schönen Gemüseplatte mit Tofulaibchen? Und dazu grünen Tee.«

Den Hedonisten Palinski schüttelte es bei dem Gedanken, doch der Diplomat quetschte sich ein »Wie schön, ich freue mich schon« über die Lippen.

Dann widmete er sich mit Florian dem Studium der Kalenderblätter, die er fotokopiert hatte, ehe er das Beweisstück gestern zur weiteren Untersuchung an Wallner weitergegeben hatte.

Neben verschiedenen Terminen hatte Elisabeth Stauffar sich gelegentlich auch Notizen und andere Eintragungen gemacht. Die beiden arbeiteten sich sukzessive vom Todestag zurück und notierten alles, was ihnen irgendwie von Bedeutung zu sein schien.

Nach knapp 40 Minuten hatte Palinski fast drei Seiten Din A 4 voll gekritzelt und Kopien davon gemacht. Einen Satz gab er Florian, über den anderen machte er sich selbst her und in einer halben Stunde wollten sie ihre Gedanken dazu austauschen.

Einige Telefonate später, die Rufnummern hatte Palinski in dem an den Kalender angeschlossenen Register gefunden, stand fest, um welche Personen es sich bei den immer wieder auftauchenden Vornamen handelte.

Verena Markovic war die Nichte der Frau Kommerzialrat, die sie im ganzen Jahr nur vier Mal besucht hatte. Zweimal davon allerdings in der Woche vor dem Mord. Und um einen solchen handelte es sich, davon war Palinski inzwischen überzeugt.

Bei Isabella, die mit Ausnahme von drei Wochen im

Juni regelmäßige zwei Mal pro Woche gekommen war, handelte es sich um die Lieblingsfriseuse. Sie arbeitete beim Coiffeur »mahler&strigel« und kam jedes Mal extra aus der Inneren Stadt, um Frau Stauffar das Haar zu machen. Im Juni war Maggie gekommen, weil Isabella in Spanien auf Urlaub gewesen war. Über der Zahlenkolonne 3 5 22 29 31 36 39 43 rätselten sie ziemlich lange, bis Florian auf die Idee kam, dass es sich um Glückszahlen handeln könnte. Ein Anruf bei Tante Nettie bestätigte diese Annahme. Elisabeth Stauffar hatte regelmäßig Lotto gespielt, aber anscheinend nie wirklich gewonnen.

»Sie hat sich geärgert, weil ich zweimal einen Vierer gemacht habe«, berichtete Nettie, »einmal mit 31 und das zweite Mal sogar mit 43 Euro Gewinn. Und sie hat viel mehr eingesetzt und immer nur Dreier gemacht. Zu 3,90 oder 4,30, wenn es hoch gekommen ist. Nur einmal hat sie auch einen Vierer gehabt, im Juni, glaube ich. Elisabeth hat sich darüber gefreut wie ein kleines Kind.«

Dann waren da noch einige unregelmäßige Besucher, die sich später als ein Lebensmittelhändler, ein Notar, ihr Rechtsanwalt und der ehemalige Fahrer ihres Mannes herausstellen sollten.

Nach Aussage Tante Netties würde Verena Markovic als einzige Verwandte das gesamte, nicht unbeträchtliche Vermögen der Ermordeten erben und hatte damit als einzige der bisher bekannten Personen ein handfestes Motiv.

Sie war auch am Tatort gewesen, zuletzt vier Tage, bevor sich der Zustand Frau Stauffars plötzlich deutlich verschlechtert hatte. Das entsprach ziemlich genau dem Mittelwert zwischen Kontamination mit dem Gift und dem Auftreten der ersten Symptome, wie Florian im Internet recherchiert hatte. Damit war Frau Markovic wohl in hohem Maße tatverdächtig. Ihr musste nur noch nachgewiesen werden, dass sie auch die technische Möglichkeit gehabt hatte, ihre Tante zu vergiften. Woher also hatte sie das Rizin und woher dieses winzige kegelförmige Glasbehältnis? So etwas konnte man sicher nicht so ohne weiteres im Geschäft besorgen. Es musste wahrscheinlich speziell angefertigt worden sein.

Zufrieden mit dem, was sie am Vormittag geschafft hatten, saßen Palinski und Florian danach bei Marios Lieblingsitaliener »Mama Maria« vis à vis vom Büro. Nach der besten »Quattro stagioni« nördlich der Alpen stiegen die beiden in Wilmas Van und fuhren zur Westautobahn und weiter nach Mank. Palinski, der noch immer kein eigenes Auto hatte, hoffte nur, dass seine »Geliebte«, wie komisch das nach 24 Jahren und zwei Kindern klang, den Wagen nachmittags nicht selbst benötigen würde. Er hatte ganz vergessen, sie um ihre Zustimmung zu fragen.

* * * * *

Marisa Freiberger war fest entschlossen, ein Zweizimmerappartement in dem von Arthur Melham verwalteten Haus am Döblinger Gürtel zu mieten. Sie hatte sich besonders frech herausgemacht und stürmte ohne anzuklopfen in das Büro des schmierigen Kerls. Der war so überrascht, dass er ganz darauf vergaß, den Finger, mit dem er gerade in der Nase bohrte, wieder herauszuziehen.

Marisa baute sich vor dem Schreibtisch auf, zog ein

Bündel Hunderter aus der Tasche und knallte sie auf die Tischplatte.

»Hier sind die Ablöse und drei Monatsmieten im Voraus«, herrschte sie ihn an, »wo muss ich unterschreiben.«

Arthur war sichtlich im Stress. Einerseits war er heftig bemüht, den Popel an seinem Finger so verschwinden zu lassen, dass Marisa es nicht bemerkte. Andererseits irritierte ihn das freizügige Arrangement zwischen dem Hals und dem ebenso frei liegenden, reizvoll gepiercten Nabel des Mädchens in einem Maße, das ihn sogar das vor ihm liegende Geld vergessen ließ. Und das war ihm noch nie zuvor passiert.

»Gggut, du hast mich überzeugt«, endlich hatte er seine Sprache wieder gefunden. »Willst du ein Ein- oder ein Zweizimmerappartement?«

»Zwei Zimmer, wenn möglich im hinteren Haus im obersten Stockwerk und mit Zugang zum Flachdach.« Sie grinste lasziv oder was sie dafür hielt.

»Du hast dich aber gut umgesehen«, anerkannte Arthur, der sich wieder gefasst hatte. »Du hast Glück. Zufällig wird morgen eines der beiden Schmuckstücke frei. Es gibt zwar eine eigene Warteliste, aber du hast mich überzeugt.«

Sein Lächeln war richtig dreckig. »Das ist aber etwas teurer«, fuhr er fort. »Die Miete macht 650 im Monat und die Ablöse 2500, dazu kommt noch eine Kaution.«

»Überspanne den Bogen nicht, Arthur«, Marisas Stimme klang ziemlich kalt. Sie legte noch einen 500 Euro Schein auf den Tisch. »So, dass muss reichen. Und das weißt du auch.«

Endlich setzte sie sich und schlug ihre wirklich sehenswerten Beine übereinander.

Arthur Melham holte ein Vertragsformular aus der Schreibtischlade und trug händisch die restlichen Daten ein. Nach einigen Minuten schob er Marisa das Papier hin und reichte ihr einen Kugelschreiber.

»Du kannst das ruhig unterschreiben, es ist ein Standardvertrag«, beruhigte er sie, als sie beginnen wollte, den Text näher zu studieren.

»Mit dem Schmäh bescheißt auch mein Vater seine Kunden«, merkte die junge Frau an und widmete sich weiter dem Kleingedruckten. Nachdem sie einige Male den Kopf geschüttelt und mehrere Textpassagen gestrichen hatte, setzte sie ihre Unterschrift unter das Papier. Dann stand sie auf, ging zu dem in der Ecke stehenden Fotokopierer und machte eine Kopie. Dabei drehte sie sich zu Arthur um und fragte. »Sag einmal, gibt es wirklich Leute, die blöd genug sind, diesen Scheiß ungelesen zu unterschreiben?«

Dann warf sie Melham die Kopie auf den Tisch, winkte ihm zu und ging zur Türe. »Ich bin übermorgen Nachmittag mit meinen Sachen hier und werde einziehen. Und dass bis dahin alles in Ordnung ist«, drohte sie scherzhaft mit dem Finger. Dann war das Naturereignis auch schon wieder weg.

Arthur Melham hing fasziniert in seinem Drehsessel. Was für ein Weib, dachte er und langte sich in die Hose, um seine schon die ganze Zeit drängende Anspannung mit kurzen, kräftigen Auf- und Abbewegungen wieder weg zu machen. Danach griff er zum Telefonhörer und rief den Hausmeister an.

»Viktor«, wies er seinen Gesprächspartner mit noch

immer leicht belegter Stimme an. »Wir müssen B 32 früher vergeben als geplant. Keine Widerrede, das ist eben so. Die Wohnung muss bis übermorgen Mittag tipptopp sein. Ist das klar?«

* * * * *

Zwischen 14.45 und 15.12 wurden zwei weitere Leichenteilfunde gemeldet. Sowohl im Büro der SOKO »Schlächter von Döbling« im Bundeskriminalamt als auch im euphemistisch als SOKO-Dependance bezeichneten Büro Oberinspektor Wallners war die Hölle los. Die zur Verfügung stehenden personellen und technischen Resourcen reichten bei weitem nicht aus, um die Fülle an neuen Meldungen, Funden und daraus erforderlichen Untersuchungen sowie die laufend eintreffenden Ergebnisse des Labors und der Gerichtsmedizin mit der notwendigen Aufmerksamkeit zu beachten. Geschweige denn zu analysieren, die richtigen Schlüsse zu ziehen und die entsprechenden Maßnahmen zu ergreifen.

Auf den Punkt gebracht, die aufwendigen Ermittlungen hatten die Beamten bisher keinen Schritt weiter gebracht. Was den Innenminister besonders in Rage brachte, da er für die um 17 Uhr angesetzte Pressekonferenz etwas benötigte, das er den Medien vorwerfen konnte.

Das wiederum bedeutete, dass Ministerialrat Schneckenburger rotierte wie ein Windrad bei Windstärke 6 und mehr. Und Palinski, seinen Freund und oftmaligen Retter aus solchen Situationen nicht erreichen konnte, weil der irgendwo unterwegs war und sein Handy nicht eingeschaltet hatte.

Zur Ehrenrettung des Koats Hohe Warte musste allerdings angemerkt werden, dass Oberinspektor Wallner und sein Team doch etwas erfolgreicher waren als die zahlenmäßig wesentlich größere Ermittlergruppe im BKA. Trotzdem oder vielleicht gerade deshalb.

Immerhin konnte Wallners Team inzwischen mit an Sicherheit grenzender Wahrscheinlichkeit ausschließen, dass ein Fahrzeug oder Angehöriger des Bundesheers am Leichenteilverstecken im Hugo Wolf Park beteiligt gewesen war. Allerdings, so hatte man Wallner mitgeteilt, wurden immer wieder ausrangierte Militär-, also auch Sanitätsfahrzeuge an Private verkauft. Häufig auch an ehemalige Angehörige der bewaffneten Macht. Sollte das Fahrzeug gefunden werden, konnte die Frage aber anhand von Motor – oder Fahrgestellnummer neu beleuchtet werden.

Über allfällige Psychopathen mit chirurgischen Kenntnissen, die während ihrer Dienstzeit beim Bundesheer auffällig geworden waren, wusste man so aus dem Stand nichts. Diese Thematik sollte allerdings noch genau geprüft werden, aber das dauerte eben.

Inzwischen waren auch die Ergebnisse im Falle »Stauffar« bei Wallner eingetroffen. Die Antworten, auf die sein Freund Palinski sicher schon mit größter Spannung wartete, waren zweimal ja.

Ja, die alte Dame hatte eine Verletzung an der rechten Pobacke, eine zweite war auf der Sohle des linken Fußes gefunden worden. Offenbar war sie auf das Etwas versehentlich auch noch drauf gestiegen.

Und ja, in dem Etwas, einem Mini-Kegel aus Glas, der wahrscheinlich aus Italien stammte, waren Spuren von Rizin gefunden worden. Fingerabdrücke waren allerdings keine mehr festzustellen gewesen.

Etwas widerwillig musste der Oberinspektor anerkennen, dass Palinski und ein 20-jähriger Polizeischüler in den letzten 36 Stunden wesentlich mehr weiter gebracht hatten als die Polizei mit all ihren Möglichkeiten. Er hatte auch schon zweimal versucht, seinen Freund zu erreichen und zu informieren.

* * * * *

Der Besuch bei den Labudas im lieblichen Örtchen Mank, das war in der Nähe von Kilb, also der Besuch bei den Labudas in Mank im Bezirk Melk, das sollte aber schon bekannt sein, war kurz und schmerzlos gewesen.

Die Mutter machte sich Sorgen um ihr Kind, der Vater um seine politische Karriere. Sonst wussten die beiden nicht viel über ihren Sohn. Die Mutter nannte ihn schwierig und schob das auf die Pubertät, immerhin war der Knabe ja erst 23 Jahre alt. Für den Vater, der das Alter seines ältesten Sprosses nicht genau zu kennen schien und erst nachrechnen musste, war er schlicht bösartig und wahrscheinlich drogenabhängig.

Immerhin hatte Palinski jetzt ein Foto des jugendlichen Riesen mit einer gewissen Ähnlichkeit mit dem Schauspieler Nick Nolte und die Adresse von zwei Freunden in Wien. Das war nicht viel, aber besser als gar nichts.

Palinski und Florian unterbrachen die Heimfahrt, um in der Autobahnraststätte Grossram Pause zu machen. Bei Kaffee und Kuchen erzählte Mario dem jungen Kollegen von seinem Gespräch mit dem Minister. »Ich hoffe, es ist für dich in Ordnung, dass du mir bis Ende der Woche offiziell zugeteilt worden bist.«

Was Palinski so an Florian gefiel, war, dass er sich trotz seiner 20 Jahre und seiner überraschenden Reife noch soviel Kindlichkeit bewahrt hatte, dass er sich freuen und diese Freude auch zeigen konnte. Das war bei jungen Menschen seines Alters durchaus nicht selbstverständlich. Im Gegenteil.

Nachdem Palinski die Familiengeschichte Florians gehört hatte, er kannte seinen Vater nicht, die Mutter hatte ihn und seine jüngere Schwester Sabine mithilfe der Großmutter großgezogen, verstand er den Burschen viel besser. Die Nowotnys wohnten in einem kleinen Bauernhaus in der Nähe von Korneuburg, wo Anna Nowotny als Kundenbetreuerin bei einer örtlichen Bank arbeitete und Sabine die letzte Klasse der Musikhauptschule besuchte. Florian war nur am Wochenende zu Hause, unter der Woche hatte er eine Unterkunft in der Polizeischule.

Palinski blickte auf seine Uhr. Es war erst kurz nach 18 Uhr und der Schachklub begann nicht vor zwei Stunden. Und wenn er etwas später kam, war das auch kein Problem. Ja, es stimmte wirklich, er spielte seit mehr als einem Monat Schach. Spielen war sicher noch zu hoch gegriffen für die bisher angeeigneten Fähigkeiten. Aber es machte ihm von Mal zu Mal mehr Spaß und er hatte auch Talent. Das sagte zumindest sein alter Freund, der »Oberlehrer« und der musste es schließlich wissen.

Vor allem aber verschaffte es Palinski zweimal pro Woche die Möglichkeit, den Topfenaufstrichen, Körndlmischungen und Kräutertees seiner lieben Wilma zu entkommen und ins Cafe »Kaiser« zu gehen.

»Was hältst du davon, Florian«, wandte er sich jetzt

an seinen Partner, »wenn wir einen kleinen Umweg einlegen. Bei Tulln über die Donau fahren und einen kurzen Besuch bei Euch zu Hause machen. Ich möchte gerne deine Familie kennen lernen.«

Und so geschah es auch.

* * * * *

Der Besuch bei den Nowotnys war überraschend angenehm verlaufen. Besonders angetan war Palinski von der jederzeit spürbaren Zuneigung gewesen, die diese vier Menschen mit einander verband. Abschließend hatte er Florian ermuntert, doch wieder einmal eine Nacht zu Hause zu verbringen und am nächsten Morgen ganz gemütlich ins Büro zu kommen.

»Es genügt völlig, wenn du um 9 Uhr da bist, also schlaf dich ordentlich aus. Und wenn du willst, kannst du den Rest der Woche im Gästezimmer des Büros nächtigen. Dann ersparst du dir das hin und her Fahren. Falls du das möchtest, bring Sachen zum Wechseln mit.«

Florian hatte der Vorschlag gefallen und so war Palinski alleine nach Wien zurückgefahren.

Die Schachfreunde im Cafe »Kaiser« hatten schon ihre Positionen bezogen und ihre Eröffnungen begonnen. Da er keinen Partner gefunden hatte, beschloss Palinski, heute eben etwas früher nach Hause zu gehen. Siedend heiß war ihm plötzlich der Gedanke durch den Kopf geschossen, dass er seine Verabredung mit Wilma total vergessen hatte. Ein Blick auf die Uhr hatte ihm gezeigt, dass die Abendessenszeit selbst bei tolerantester Auslegung dieses durchaus dehnbaren Begriffes schon lange vorbei war. Man kam nicht kurz vor

10 zu einem Essen, zu dem man um 7 Uhr erwartet worden war.

Na egal, einmal musste er Wilma ja gegenübertreten, hatte er gedacht. Da war es wahrscheinlich besser, es gleich zu tun. Als er am Würstelstand des »Flotten Heinzi's« vorbei gekommen war, einem der bekanntesten Betriebe dieser Art in Wien, hatte er der Versuchung wieder einmal nicht widerstehen können. Erstens, weil er Hunger hatte und zweitens, um der möglicherweise doch noch auf ihn wartenden, inzwischen schon verkochten und erkalteten Gemüseplatte mit diesen gummiartigen Tofuburgern gegebenenfalls besser widerstehen zu können.

Und so stand Palinski jetzt beim »Kleinen Sacher« und sog gierig diesen einmaligen Geruch in sich, diese Mischung aus heißem Fett, Bier und anderen Dingen. Dingen, deren genaue Zusammensetzung man eigentlich gar nicht so genau wissen wollte. Oder zumindest nicht wissen wollen sollte.

Er wartete auf die Spezialität des Hauses, eine köstlich heiße Burenwurst mit süßem Senf. Man konnte zwischen süßem und scharfem Senf wählen, ebenso zwischen einer Scheibe Brot und einem Semmerl dazu.

Palinski gab normalerweise dem scharfen Senf den Vorzug. Aber beim »Burenhäutl«, wie diese Wurstzubereitung aus welchem Grund auch immer in Wien liebevoll gerufen wurde, stand er auf die süße, auch »Kremser« genannte Alternative. Dazu ein Stück Brot und das Himmelreich gehörte einem. Die Option »Semmerl« war um diese Tageszeit natürlich nur reines Wunschdenken.

Für die Nichtwiener wird es interessant sein zu wissen, dass die Burenhaut eine der ausgesprochenen Spezialitäten der Stadt ist. Nicht so bekannt wie die Sachertorte und nicht so verbreitet wie das Wiener Schnitzel, aber ebenso typisch. Und erheblich budgetschonender.

Burenwurst gab es nicht nur abgepasst, sondern auch als Meterware. Die man sowohl als »Portion« als auch nach Zentimetern bestellen konnte.

Palinski hatte schon rund acht der ursprünglich gut zwanzig Zentimeter auf einem Pappteller liebevoll aufgeschnittenen Köstlichkeit vertilgt, als der »Flotte Heinzi« endlich Zeit fand, sich dem alten Bekannten zu widmen.

»Na, wie geht´s dir, Mario?«, erkundigte er sich bei dem Mann, der schon seit seiner Zeit als Student, also seit gut 25 Jahren, gelegentlich seinen nächtlichen Hunger bei ihm stillte. Gerade in letzter Zeit wieder öfters. »Was tut sich?«

Aufgrund gewisser Umstände, auf die wir nicht näher eingehen müssen, war Palinski heute Nacht nach Reden. So erzählte er dem Heinz von Wilma, seinen aktuellen Patzern in dieser Beziehung und wie sehr er Grünkernauflauf hasste.

»Hast schon einmal an gessn?«, unterbrach ihn der Standlwirt interessiert.

»Na, wieso?«, unwillkürlich passte der Leidende seine Diktion den Gegebenheiten an. »So a Zeug rühr ich doch net an.«

»Solltest aber, Mario. Schmeckt nämlich net schlecht, wirklich net.« Heinzis Stimme nahm einen fast schwärmerischen Ton an.

»Wenns richtig gwürzt is, so mit Kräuterln, kann des a Genuss sein. Mei Freundin steht auf sowas und mir gehts gut dabei, echt.«

Palinski verstand die Welt nicht mehr. Schieres Unverständnis ließ ihn wieder ins vertraute Hochdeutsch verfallen.

»Du, der du von all diesen Köstlichkeiten umgeben bist, der täglich in Käsekrainer, Frankfurter und heißem Leberkäs schwelgen kann, stehts auf Grünkernauflauf«, brach es aus ihm heraus.

»Na, hast eh recht, des Dinkelrisotto is ma eigentlich lieba«, gestand der Heinz. »Aber des Wurschtzeug ess ich schon lang nimmer. Ich waas ja, was da manchmoi drinn is.« Er schüttelte sich. »Des Zeug muss ich net wolln, des verkauf ich nur.«

Ein neu angekommener Gast und die mit der Fortsetzung dieses Gespräches verbundene Gefahr der Geschäftsschädigung ließ die beiden Männer verstummen.

»Und was gibt's Neues bei die Kieberer?«, eröffnete der Heinz ein neues Thema.

Palinski erzählte ihm vom »Schlächter«, vom Tod der Frau Kommerzialrat und von seiner Rolle in diesen Fällen. Natürlich hatte der Gastronom mit dem höchsten Umsatz pro Quadratmeter im Bezirk, wenn nicht sogar in der ganzen Stadt, schon von den makabren Funden in der näheren Umgebung seines Standortes gehört.

»Ich sag dir, Mario, die gfährlichen Spinner werdn von Tag zu Tag mehr«, konstatierte Heinz. »Zu mir kummt seit a paar Wochn a so eine total kaputte Typn. Erstens rennt der Trottl bei dem Wetter immer mit an langen weißn Mantl herum, bumfest zurgmacht bis oben. Zweitens lasst er sich die Haaße nicht aufschneidn, na, das macht er sich selba, sagt er. Na, denk ich mia, soll ma recht sein. Aber dann muss ich dem Scheißer noch mein einziges normales Messer gebn, weil er des Plastikklumpert net mag. Bitte, denk ich mia, der Gast is King.«

Palinskis Reaktionszeit war heute schon reichlich herabgesetzt, aber schließlich war der Groschen, pardon, der Cent doch noch gefallen.

»Was hast du eben gesagt? Was hat der Mann angehabt?«, sein Geist beschleunigte jetzt von 0 auf 100 in 0,4 Sekunden. »Hast du etwas von einem langen weißen Mantel gesagt?«

»Ja, warum? Wieso, is des wichtig?«

Palinskis Erregung stieg weiter. »Und was war noch mit dem Mann?«

»Vorgestern war er wieder da, so uma 3 in der Früh, da war er ganz oarg. Oiso er wart ungeduldig auf des Wüschtl, ich such noch des Messer für erm. Aber dem Herrn is net schnell genug gangen und er fahrt mitn Arm rein in mei Bude, um den Teller z'nehmen. Dabei rutscht ihm der Ärmel in die Höh und sei Manschettn kommt vor. Und die war ganz blutig, ich bin richtig derschrockn.« Heinz atmete tief durch. »Aber des Beste kommt no. Wie er sich den Teller schnappt, haut er mir des Messer aus da Hand und es fliagt aufn Bodn. Tut mir leid, sag ich zu eam, heut müssns doch an Plastikfeitl nehmen. Da is er richtig bös wordn.

›Das Zeug rühre ich nicht an‹, ist er mich angfarn, ›jetzt geben Sie mir endlich das Brot‹. Na bitte, hab ich mia dacht, dann wird er heut halt amal abbeißn müssn. Aber na, er is da in die Eckn gangen«, Heinz deutete an das eine Ende des Stehpultes. »Dann hat er a kleines Tascherl aus sein weißn Mantl gnommen und a Messer rausgholt. So a komisches kleins. Ich hab des ganz genau in mein Spiegl gsehn.« Er deutete auf einen der beiden Rückspiegel, die es ihm ermöglichten, auch das Geschehen außerhalb seines direkten Blickfeldes beobachten zu können.

»Und dann«, wie Heinz sich jetzt in Position warf, musste die Pointe unmittelbar bevorstehen, dachte Palinski. »Dann hat er des arme Würschtl mit dem Messer malträtiert wia a Berserker. Er hats net aufgschnittn, nein. Sondern ..... ja, hingerichtet, regelrecht ermordet.« Heinz hatte die letzten Worte in astreinem Hochdeutsch von sich gegeben, wohl um ihre Bedeutung noch zu unterstreichen. »Es war a echter Overkill, des reinste Burenwurschtmassaker.«

Palinski konnte vor Erregung kaum atmen. Der vage Gedanke, der ihm nach der Erwähnung des weißen Mantels gekommen war, hatte sich inzwischen zu einem handfesten Verdacht verdichtet.

»Eine Frage ...«, Palinski musste wegen spannungsbedingter Atemnot seinen Satz abbrechen. »Eine Frage noch, wie hat das Messer ausgesehen? War es so ein kleines Ding aus Edelstahl mit einer ganz scharfen Schneide?«

»Ja, des is richtig«, bestätigte Heinz.« I hab so eins einmal in an Dokterfilm im Fernsehn gsehn. Des war a Messer ...»

»Wie es Chirurgen benützen«, komplettierte Palinski den Satz.

Heinz nickte heftig mit dem Kopf. »Ja, genau. Aber warum regst dich denn deswegn so auf?«

»Weil ich«, Palinskis Herz klopfte wie wild und seine Stimme drohte fast zu versagen, »weil ich glaube, hoffe, fürchte, dass du den Schlächter von Döbling gesehen hast. Und weil er das möglicherweise auch weiß. Hast du einen Schnaps für mich?«

Nach zwei mindestens dreifachen Obstlern war er soweit, Oberinspektor Wallner zu verständigen. Helmut war natürlich noch im Büro, eben erst von einer Besprechung aus dem BKA zurückgekommen.

Palinski wiederholte knapp das eben Gehörte und empfahl ihm, sofort zum »Flotten Heinz« zu kommen, aber ohne »Tatü Tata«, sondern als Würschtelfan getarnt.

»Und der Stand muss ab sofort observiert werden. Ich glaube, der Heinz schwebt in Gefahr.«

Bereits zehn Minuten später hatten Helmut Wallner und sein Stellvertreter Martin Sandegger eine Burenhaut in Arbeit. Und auf der gegenüberliegenden Seite des Gürtels sowie unter dem Bogen der U-Bahn-Brücke richteten sich zwei Beamte in unauffälligem Zivil auf eine lange Nacht ein.

4

Der Wettergott meinte es wieder einmal gut mit Europa und gestattete dem Azorenhoch weiterhin, seinen Einfluss von den Britischen Inseln bis weit hinter den Ural und vom Nordkap bis Sizilien geltend zu machen. Manchen Leuten wurden die auch für heute wieder prognostizierten Tageshöchstwerte für Wien von 34 Grad Celsius allerdings auch schon langsam zu viel.

Der strahlend blaue Augusthimmel konnte Palinskis mäßige Laune allerdings nur wenig verbessern. Als er gestern Abend vor der Wohnungstüre gestanden war, hatte ihn ein blassgelber, mit einem Klebeband befestigter Zettel mit der knappen Aufforderung: »Bleib doch, wo der Pfeffer wächst«, erwartet. Sein als erster Impuls erfolgter Versuch, die Wohnung dennoch zu betreten und Wilma alles zu erklären, blieb erfolglos. Offensichtlich hatte die Frau, die er seit 24 Jahren nicht geheiratet hatte, den Schlüssel innen stecken lassen. Seine nächste Intention, ihr alles zu erklären und die Erklärung auf der Rückseite der »gepfefferten Aufforderung« niederzuschreiben, scheiterte an dem Umstand, dass er kein funktionierendes Schreibgerät bei sich hatte.

Vor allem auch, was hätte er ihr eigentlich erklären sollen? Dass er auf das am Vormittag vereinbarte Abendessen vergessen hatte, für das sie extra etwas für ihn zubereitet hatte. Auch wenn das eine Gemüseplatte mit

Tofutrümmerln gewesen war. Er konnte und wollte sich auch nicht damit ausreden, dass ihm möglicherweise ein Durchbruch im »Schlächter«-Fall geglückt war. Denn zu dem Zeitpunkt war sein Sündenfall schon längst eingetreten gewesen. Schließlich musste man aufrichtig sein, mit sich selbst und auch mit den anderen. Obwohl, falls nichts anderes helfen würde, Wilmas Zorn zu besänftigen, konnte man immer noch … … schließlich rechtfertigte der Zweck mitunter durchaus die Mittel.

Am Tonband im Büro hatte er dann noch vier Anrufe seiner Holden vorgefunden, die das gesamte Stimmungsspektrum von leicht besorgt bis stinksauer abdeckten. Das Schlimmste war aber, dass sie beim letzten Gespräch auch geweint hatte. Und weinende Frauen hatten Palinski immer schon fertig gemacht. Selbst wenn sie ihm nicht so nahe standen wie Wilma.

Fazit : Die Lage war ernst und, hoffentlich nicht, aber vielleicht doch hoffnungslos. Und genau so fühlte er sich jetzt auch.

Daneben hatte er auch eine Nachricht von Inspektor Martin Sandegger gefunden, der ihm die Ergebnisse der Untersuchung des Buchkalenders durchgab. Auf dem Umschlag waren vier verschiedene Fingerabdrücke festgestellt worden, einer davon stammte von dem Opfer. Im Inneren des Kalenders fanden sich nur drei verschiedene Prints, wovon ebenfalls einer der Toten gehörte.

Unter den weiteren Details fand sich nur eine wirklich interessante Information. Die beiden Kalenderblätter, die die Tage von 11. bis 14. August betrafen, also die Zeit eine Woche bis zehn Tage vor dem Tod der Frau Kommerzialrat, waren fein säuberlich entfernt worden.

So vorsichtig und gekonnt, dass es weder Palinski noch Florian aufgefallen war.

Auf der Seite des 15. August war der Abdruck einer Eintragung festgestellt worden, der als: »V. heute schon wieder hier. Hat angeblich gestern etwas vergessen, wollte aber nur verhandeln. Aber nicht mit mir. Sie hat noch Zeit bis Monatsende« entziffert werden konnte. Die alte Methode mit dem Schraffieren des Abdruckes mittels Bleistift hatte sich wieder einmal glänzend bewährt.

In Verbindung mit der Eintragung vom 19.Juli: »Das wird mir V. aber erklären müssen »warf das einige Fragen auf. Wie es schien, hatte Verena Markovic einigen Erklärungsbedarf. Interessant war auch, dass die wenigen Eintragungen, die den Besuch der Nichte betrafen, offenbar vom Opfer selbst vorgenommen worden waren. Die regelmäßigen, jeweils am Dienstag und Freitag gelegenen Friseurtermine waren dagegen in einer anderen Handschrift notiert.

Wie ihm Sandegger noch mitteilte, sollte die Nichte am nächsten Vormittag, also heute, zur Befragung ins Kommissariat gebracht werden. Falls er, Palinski, dabei sein wollte, sollte er gegen 10 Uhr vorbeikommen.

Natürlich wollte Palinski dabei sein. Immerhin war das »sein« Fall. Zu allen bisherigen Fällen war er zugezogen worden, auf diesen hatte er die Polizei überhaupt erst aufmerksam gemacht. Er blickte auf die Uhr, es war kurz vor 9 und er hatte noch genug Zeit für einen guten Cappuccino.

Während das Spitzengerät italienischer Provenienz noch sein typisches »Chchchrrrrrr« von sich gab und die Milch vor sich hin schäumte, hörte er, wie Margit und

Florian im Büro eintrafen. Vorsorglich stellte er zwei weitere Häferln bereit und öffnete eine Packung Kekse. Die in Schokolade getunkten, die er so gerne mochte.

* * * * *

Dr. Christian Reithmayer war Mitarbeiter am gerichtsmedizinischen Institut der Universität Graz. Er war gestern Abend in Wien eingetroffen, um einem Hilferuf der Kollegen des hiesigen Instituts zu entsprechen, die mit der durch den Schlächter verursachten Mehrarbeit nicht zurande kamen.

Nach einem kurzen Antrittsbesuch beim Leiter der Gerichtsmedizin stand er bereits kurz nach 8 Uhr an einem der Tische und nahm sich einen der gestern aufgefunden Arme vor. Widerwillig musste er die chirurgisch einwandfreie, ja hervorragende Amputation bewundern. Der Schlächter hatte sogar die durch das Abtrennen entstandenen Hautlappen am Ende des Oberarms wieder fein säuberlich und kunstgerecht vernäht. Irgendetwas veranlasste ihn, sich die fast zierlichen Nähte unter einer starken Lupe genauer anzusehen, als dem Anlass eigentlich entsprochen hätte.

Irgendetwas stimmte da nicht. Oder es stimmte ganz besonders. Nach einigen Minuten glaubte er zu wissen, was sein spezielles Interesse geweckt hatte. Die Schlussnaht erinnerte ihn an seine Ausbildungszeit an der Uniklinik Innsbruck, wo er unter dem legendären Professor Strasshammer viel Zeit in der Pathologie verbracht hatte. Der Professor hatte einen ganz besondern Kniff, die Naht so abzuschließen, dass selbst führende Haute Couture Schneider in Paris in Jubel darüber ausgebrochen wären. Und die Schlussnaht bei diesem Oberarm sah ganz genau so aus. Reithmayer schloss zwar definitiv aus, dass sein alter Mentor mit der Sache zu tun hatte oder gar mit diesem wütenden Monster ident war. Dazu glaubte er den Alten viel zu gut zu kennen. Vor allem war er nach wie vor in Innsbruck und derzeit sicher noch in seinem Ferienhaus in Umbrien. Aber warum sollte nicht einer aus der Legion von Studenten und Jungärzten, die im Lauf von zwanzig und mehr Jahren durch die Schule Strasshammers gegangen waren, auf Abwege geraten sein. Ganz schlimme Abwege. Reithmayer organisierte sich eine Kamera mit einem starken Objektiv und machte einige Fotos.

Der Institutsvorstand wunderte sich nicht wenig, dass der junge Kollege aus Graz nach nur einer halben Stunde schon wieder vor ihm stand. Nachdem er den Grund dafür gehört hatte, griff er sofort zum Telefon und ließ sich mit dem Bundeskriminalamt verbinden.

* * * * *

Obwohl der genetische Fingerabdruck, der dank einer mit Haaren verfilzten Bürste ermittelt werden sollte, noch nicht vorlag, ging die Polizei bereits davon aus, dass es sich bei einem der Opfer des Schlächters um Susanne Bartl, der Nichte der Mayerhofers aus Urfahr handelte. Das gebrochene Wadenbein des Opfers, Schuhgröße 38 und vor allem das Tattoo in Form einer Rose an der Innenseite des linken Oberschenkels sprachen – leider – nur eine allzu deutliche Sprache.

Die 22-jährige junge Frau war Studentin an der Wirtschaftsuniversität Wien gewesen und hatte eine kleine

Studentenwohnung am Döblinger Gürtel bewohnt. Diese Meldung war kurz nach Palinskis und Florians Eintreffen im Kommissariat Hohe Warte eingelangt. Gegen Mittag wurde das von einem Polizeizeichner nach den Angaben des »Flotten Heinz« erstellte Phantombild des Schlächters erwartet. Das Verkehrsamt hatte inzwischen herausgefunden, dass in Wien derzeit 22 ehemalige Bundesheersanitätsfahrzeuge zugelassen waren und eine Liste der entsprechenden Fahrzeughalter übermittelt.

Ersuchen um Bekanntgabe der entsprechenden Daten waren auch an die Behörden der an Wien angrenzenden Bezirke Niederösterreichs gegangen. Die Antworten darauf würden erfahrungsgemäß allerdings einige Zeit auf sich warten lassen. Das bedeutete immer mehr Arbeit für die SOKO, aber alle Anwesenden hatten das gute Gefühl, dass in dem Fall nun endlich einiges in Bewegung geraten war.

Pardon, nicht alle, denn Verena Markovic, die mit steinernem Gesichtsausdruck auf ihre Einvernahme wartete, hatte sicher andere Sorgen. Für sie ging es immerhin um ›Lebenslang‹ und das wusste die 42-jährige sicher auch.

Die attraktive Frau war geschieden, kinderlos und Eigentümerin einer aus 7 Betrieben bestehenden Kette von Nagelstudios in Wien. Sie war teuer und geschmackvoll gekleidet und wirkte sehr selbstsicher.

»Darf ich fragen, aus welchem Grund Sie mich hierher gebracht haben?« wollte sie freundlich, aber durchaus bestimmt wissen. »Habe ich mir etwas zuschulden kommen lassen, ohne es zu bemerken?«

»Ihre Tante, Frau Elisabeth Stauffar ist keines natürlichen Todes gestorben, sondern wurde vergiftet«, stellte Sandegger lakonisch und ohne Rücksicht auf die Gefühle der Frau fest. Ein Indiz dafür, dass er sie für schuldig hielt, fand Palinski.

Falls das tatsächlich zutraf, verstand es die Markovic sehr gut, den gegenteiligen Eindruck zu erwecken. Ihr bis jetzt wacher, lebhafter Blick erstarrte und ein trockenes Schluchzen entfuhr ihr, ehe sie die Hände vor dem Gesicht zusammenschlug und in Tränen ausbrach.

Nach einigen Minuten hatte sie sich wieder soweit gefasst. »Wie konnte das geschehen?«

»Jemand hat es mit besonderer Raffinesse verstanden, Rizin in den Blutkreislauf Ihrer Tante zu bringen«, erläuterte Sandegger. »Nach einigen Tagen stellten sich Wirkungen des Gifts ein und führten schließlich zu ihrem Tod in der Nacht von Sonntag auf Montag.«

»Ich bin sehr erschüttert über das, was Sie gesagt haben«, entweder war die Frau eine exzellente Schauspielerin oder sie war unschuldig, dachte Palinski. »Aber ich weiß nicht, wie ich Ihnen bei Ihren Ermittlungen helfen könnte.«

»Fangen wir mit dem Motiv an«, schlug Sandegger scheinbar konziliant vor. »Wer könnte ein Interesse am Tod Ihrer Tante haben? Einen Vorteil daraus ziehen?«

»Ich nehme an, dass ich, abgesehen von einigen Legaten, alles bekommen werde, ich bin Tante Sissis einzige Verwandte«, räumte Frau Markovic unumwunden ein. »Aber ich habe genug eigenes Geld und bin auf die Erbschaft überhaupt nicht angewiesen.«

»Das trifft zweifellos zu«, räumte der Inspektor ein, er hatte sich schon vorher über den finanziellen Status der Nichte informiert. »Andererseits kann man nie genug Geld haben. Also eigenes Vermögen ist kaum ein Beweis für Unschuld.«

»Soll ich jetzt besser einen Anwalt anrufen«, die Nichte fing langsam an, sich Sorgen zu machen.

»Sie sind hier als Auskunftsperson, die wir zu dem Fall um Informationen bitten, und nicht als Verdächtige«, klärte sie Sandegger auf. »Was würde das für einen Eindruck machen, wenn Sie diese Bürgerpflicht einem Anwalt übertragen? Sollten wir zu einem späteren Zeitpunkt zur Auffassung gelangen, dass Sie tatverdächtig sind, haben Sie noch immer die Möglichkeit Ihren Anwalt anzurufen.«

Sandeggers Verhalten erinnerte Palinski an das einer Katze, die mit einem Wollknäuel spielte, einem Knäuel namens Markovic.

»Ersparen Sie mir die Flötentöne«, konterte die Markovic, die alles andere als dumm war. »Mir ist bewusst, dass ich für die Polizei verdächtig sein muss. Also spielen Sie nicht mit mir herum, sondern fragen Sie, was Sie wissen wollen?«

»Gut«, der Inspektor anerkannte sichtlich die offenen Worte der Frau. »Sie hatten ein Motiv, Sie waren am Tatort, zweimal sogar. Das erste Mal haben Sie den Glasbehälter mit dem Gift auf dem Badezimmerhocker platziert, am nächsten Tag wollten Sie die Reste der Mordwaffe beseitigen.« Er hielt kurz inne, um Luft zu holen. »Das Einzige, was wir noch nicht wissen, ist, wie sind Sie an das Gift gekommen und wie haben Sie es in dieses winzige Glasbehältnis hinein bekommen?«

Das waren zwar noch zwei offene Fragen, fand Palinski, wollte in dieser Situation aber nicht kleinlich erscheinen.

»Zu meinem Motiv oder besser, nicht vorhandenem Motiv habe ich mich schon geäußert.« Die Nichte wurde langsam böse. »Und ja, es stimmt. Ich war zwei Mal hintereinander bei Tante Sissi, die ich in Vergangenheit lediglich ein, zwei Mal im Jahr besucht habe. Der Grund dafür war, dass ich am Vortag mein Etui mit den Autopapieren und meinem Führerschein liegen gelassen habe. Und das habe ich mir abgeholt.«

Nervös stand sie auf und fing an, im Raum auf und ab zu gehen. »Und Ihre zwei Fragen«, die differenzierte Betrachtung brachte ihr bei Palinski einen Sonderpunkt, »kann ich nicht beantworten. Weil ich mit der Sache nichts zu tun habe und daher nichts darüber weiß.« Die letzten Worte hatte sie förmlich herausgebrüllt.

»Und was werden Sie sagen, wenn wir Ihnen nachweisen, dass sich Ihre Fingerabdrücke sowohl außen auf dem Kalender Ihrer Tante befinden als auch innen«, donnerte Sandegger zurück.

»Ich würde sagen, dass mich das nicht wundert. Ja, dass es gar nicht anders sein kann. Meine Tante hat mich nämlich zunächst gebeten, ihr den Kalender zu bringen. Und dann auch noch, eine Eintragung für sie nachzusehen. Was soll denn daran so Verdächtiges sein?« Sie funkelte ihn böse an, dann hielt sie ihm beide Hände hin.

Sandegger war etwas irritiert. »Was wollen Sie mit Ihren Händen?« wollte er wissen.

»Nun, Sie müssen mir doch die Fingerabdrücke abnehmen?«, sie lachte zynisch, »oder sind Sie Hellseher?«

Der Inspektor war noch immer irritiert. Eher mehr als weniger. »Haben Sie Ihren Reisepass bei sich?«

»Den habe ich immer bei mir«, sie lachte ihn böse an.

»Und wissen Sie warum?« Sie wartete die Antwort auf die wahrscheinlich nur rhetorisch gemeinte Frage nicht ab. »Damit ich sofort flüchten kann, sobald mir jemand so auf die Nerven geht wie Sie jetzt.«

Das war wohl in seinem Grundtenor eher als Scherz gedacht, wurde von Sandegger aber nicht so verstanden. »Darf ich Ihren Pass einmal sehen?«, erkundigte er sich mit verwirrender Höflichkeit. Zögernd reichte ihm Verena Markovic das dunkelrot gebundene Papier.

Der Inspektor nahm das amtliche Dokument und steckte es in seine Tasche. »Ich ziehe Ihren Pass vorläufig ein. Sie bekommen im Büro eine entsprechende Bestätigung. Dann können Sie für heute nach Hause gehen.« Er stand jetzt ebenfalls auf. »Aber halten Sie sich zu unserer Verfügung. Wir sind noch nicht fertig miteinander.« Dann verließ er wortlos den Raum.

»Aber wieso, das ....«, wollte die Markovic schon protestieren, doch Palinski besänftigte sie mit ruhiger Stimme.« Die Alternative wäre eine vorläufige Festnahme«, er flüsterte fast.

»Ist es so ernst«, flüsterte sie schockiert zurück.

Palinski nickte ernst. »Noch ernster. Suchen Sie sich unbedingt schon einen guten Anwalt. Das Match hat erst begonnen.«

* * * * *

Auf dem Weg zur ersten Adresse, die ihm Frau Labuda gegeben hatte, ließ Palinski das Taxi bei einer Blumenboutique anhalten. Nachdem man ihm versichert hatte, innerhalb zweier Stunden auch zu liefern, stellte er einen Strauss aus roten, rosa und gelben Rosen zusammen. Das Mischungsverhältnis von 12 zu 6 zu 3 entsprach exakt dem Code, mit dem er Wilma vor mehr als 24 Jahren seine Liebe mitgeteilt hatte. Er wusste zwar nicht mehr genau die Bedeutung, die er in die jeweilige Anzahl und Farbe hinein gelegt hatte, aber er erinnerte sich genau an rot/rosa/gelb/ 12/6/3. Und er hoffte, nein, war sich sicher, auch Wilma würde sich daran erinnern. Während er vorsorglich auch noch ein Billett mit den Worten: »Ich bin ein Riesenidiot, bitte sprich mit mir« voll kritzelte, blickte ihn die noch sehr junge Floristin an wie einen eben dem Irrsinn anheim gefallenen Weihnachtsmann.

»Da wird sich die Dame aber freuen«, meinte sie fast scheu. »Und Sie sind sicher, dass Sie nicht nur rote Rosen wollen?«

An der ersten Adresse, einem riesigen hässlichen Altbau am Döblinger Gürtel, wo Werner Labuda eine kleine Studentenwohnung besaß, erfuhr Florian, der heute in Zivil angetreten war und den Palinski wegen des geringeren Altersunterschieds vorgeschickt hatte, dass man den Gesuchten seit zwei Wochen nicht mehr gesehen hatte. Der Hausmeister vermutete, dass »der Werner noch irgendwo Urlaub im Süden macht.«

Unter der zweiten Anschrift fanden Palinski und Florian eine dieser »Schulen« für fernöstliche Kampfsporttechniken. Hier war Werner bestens bekannt, dank seiner hervorragenden Platzierung bei der Kickboxmeisterschaft »the local hero.«

In dieser Situation erwies sich Palinskis alter Presseausweis als überaus hilfreich. Bereitwillig gab man ihm Auskunft auf alle Fragen, alleine der Gesuchte war auch hier nicht anzutreffen.

»Seit er Sandy kennt, hilft er viel in der Asylantenbetreuungsstelle in der Quellenstrasse mit«, gab ihm ein älterer Kämpfer («Ich bin Werners Trainer») einen guten Tipp.

Und wirklich, der Tipp war goldrichtig gewesen. In dem geräumigen Kellerlokal, in dem zahlreiche aus der Bundesbetreuung gefallene oder abgewiesene Asylbewerber verpflegt wurden und einige von ihnen auch die Nacht verbrachten, gab der mit seinen annähernd 2 Metern Körpergröße nicht zu übersehende Werner eben Suppe aus. Heute mit Gemüse und Nudeln als Einlage.

Während Palinski noch rätselte, welche der beiden älteren Frauen wohl Sandy sein mochte und welcher Art ihre Beziehung zu dem Gesucht/Gefundenen wohl sein könnte, betrat ein Bild von einem Schwarzafrikaner den riesigen Raum.

Mit einem Schlag kapierte Palinski, wovor sich der politkarrieregeile Ing. Labuda so fürchtete. Und er konnte seine Angst in Hinblick auf die politische Klientel des potenziellen Landrates sogar verstehen. Nicht gutheißen, auch nicht entschuldigen, aus der subjektiven Perspektive aber durchaus nachvollziehen.

Sandy war ein 24-jähriger, prachtvoll gebauter Bursche aus Nigeria und erkennbar mit Werner liiert.

* * * * *

Nachdem ihn der Anruf erreicht hatte, hatte sich Professor Strasshammer für seine Mitarbeiter völlig überraschend in sein Büro zurückgezogen und sich bis auf Widerruf jegliche Störung verbeten. Er hatte seine Sekretärin angewiesen, keinerlei Gespräche durchzustellen, die restlichen Termine des Tages zu verschieben und alle Besucher abzuwimmeln.

Obwohl ihn die eben erhaltene Nachricht im höchsten Maße erschüttert hatte und er das Gespräch am liebsten ungeführt gemacht hätte, war er seinem ehemaligen Studenten dankbar. Er konnte sich jetzt wieder gut an Christian Reithmayer erinnern. Der Bursche war ungemein begabt gewesen und sicher ein guter Arzt geworden. Dass er nach mehr als zehn Jahren noch die »Handschrift« des ehemaligen Lehrers erkannt haben wollte, schmeichelte dem Professor natürlich. Die näheren Umstände, die dazu geführt hatten, machten ihm dagegen Angst, schreckliche Angst.

Ungeduldig wartet er auf das angekündigte Fax mit dem Foto, das jeden Zweifel beseitigen oder seine Ängste bestätigen würde. Er wusste nicht ganz genau, wie viele Studenten er während seiner akademischen Laufbahn in die Aufdeckung der letzten Geheimnisse eines Menschen durch eine Autopsie eingeweiht hatte. Aber es mussten mindestens an die Tausend gewesen sein, eher mehr.

Hatte er irgendwelche Auffälligkeiten bei einem der jungen Menschen erkennen können, die auf ein derartiges abnormes Verhalten zu einem späteren Zeitpunkt hätten schließen lassen? An irgendwelche völlig aus jeder Norm gefallene Verhaltensmuster konnte er sich beim besten Willen nicht erinnern. Wäre ihm so ein Verhalten überhaupt aufgefallen? Und wie wären Merkmale wie spezielles Interesse oder besonderer Eifer vor dem Hintergrund der aktuellen Ereignisse in Wien zu bewerten gewesen? Damals hatte er diese Eigenschaften ohne Zweifel positiv beurteilt und würde das heute sicher wieder tun. War es überhaupt vorstellbar, dass ein Mediziner sich so ungeheuerlich an Menschen vergreifen konnte? An Leben, das zu schützen und zu erhalten das Wesen der ärztlichen Ethik war?

Es war nicht nur vorstellbar, sondern es geschah auch, gab er sich selbst die Antwort. Immer wieder, wie genügend mehr und auch weniger bekannte Beispiele aus der Geschichte bewiesen.

Plötzlich musste er an Johannes denken, seinen Stiefsohn aus erster Ehe. Der Bub sollte jetzt, Strasshammer rechnet kurz nach, also mindestens 28 Jahre alt sein. Vor sieben Jahren hatte Hannes das Haus im Streit verlassen, weil er sich dem Stress des Medizinstudiums und dem vom Stiefvater ausgeübten Druck nicht länger gewachsen fühlte. Das letzte Lebenszeichen, das der Professor von dem Buben erhalten hatte, war eine Karte aus San Francisco gewesen. Das war jetzt auch schon sechs Jahre her. Mein Gott, was wäre Hannes für ein brillanter Chirurg geworden.

Strasshammer hatte dem enormen Interesse des Buben schon früh Rechnung getragen und ihn bereits mit 14 Jahren das erste Mal zu einer Obduktion mitgenommen. Und mit 16 hatte Hannes seine erste Autopsie durchgeführt. Beides natürlich ganz geheim. Der Bub war ein Jahrhunderttalent gewesen.

Ein fürchterlicher Zweifel befiel den Professor und bereitete ihm Gänsehaut. Konnte es möglicherweise sein, dass ...? Nein, das ging ja gar nicht, Hannes war ja in Amerika. Der Gedanke wirkte ausgesprochen beruhigend auf ihn.

Leise summend schob das Faxgerät das Blatt mit dem

dringend erwarteten Foto aus der dafür vorgesehenen Öffnung. Ein Blick genügte Strasshammer um zu erkennen, was Christian Reithmayer gemeint hatte. Und festzustellen, dass sein ehemaliger Schüler ein scharfes Auge hatte.

Was das Foto zeigte, war zweifellos die Arbeit von jemandem, der durch seine Schule gegangen war. Er nahm sich vor, seinen Rechtsanwalt mit Nachforschungen über den Aufenthaltsort seines Stiefsohns zu beauftragen. Vor allem sollte er feststellen, ob in Wien ein Johannes Grabitzer gemeldet war. Nicht, dass er ernsthaft daran glaubte, aber ....

»Ich habe doch gesagt, ich will nicht gestört werden«, donnerte der Professor seine eben das Büro betretende Sekretärin an. »Darauf hat uns Frau Riegler aufmerksam gemacht«, stellte der ältere der beiden hinter ihr eintretenden Männer fest, »wir können uns aber leider nicht abhalten lassen. Gestatten Sie, Wildhaber, Landeskriminalamt Tirol. Und das ist mein Kollege Herbeck.«

* * * * *

Der Schlächter von Döbling, der sich ungemein über diese seiner Meinung nach abqualifizierende Bezeichnung ärgerte und sie für einen Mann mit seinen begnadeten Händen als infame Beleidigung empfand, saß in seinem spartanisch eingerichteten Zimmer und verfolgte die Mittagsnachrichten in Fernsehen.

Am Beginn der Berichterstattung in den Medien vor etwas mehr als drei Wochen hatte er sich zunächst gar nicht durch diesen abwertenden Titel angesprochen gefühlt, ja nicht einmal erkannt, dass er damit gemeint war.

Langsam überwog aber die Freude an der immer intensiver werdenden Berichterstattung über seine Arbeit den Ärger wegen der unsensiblen Bezeichnung.

Um 11 Uhr hatte der Innenminister die vielen in- und zunehmend zahlreicher werdenden ausländischen Journalisten über den letzten Stand der Ermittlungen informiert. Oder zumindest darüber, was die Polizei dafür hielt. Kompliment, dachte er sich, immerhin hatten sie die blonde Tussi aus Linz identifizieren können. Gleichzeitig ärgerte ihn aber die unbestreitbare Tatsache, dass er das Tattoo übersehen haben musste. Solche Fehler durfte er sich nicht mehr leisten, ermahnte er sich und war richtig sauer auf sich selbst.

Der Mann vom Würstelstand hatte offensichtlich keinen Verdacht geschöpft, wie er insgeheim befürchtet hatte. Er konnte den Meldungen keinerlei direkte oder auch nur indirekte Hinweise darauf entnehmen.

Jetzt ergingen sich einige so genannte »Fachkommentatoren« in wilden Spekulationen. Das waren jene Menschen, die zwar wussten oder zumindest wissen müssten, dass sie eigentlich fast oder gar nichts wussten. Das aber nicht zugaben und der breiten Masse vorgaukelten, die Weisheit mit Löffeln gefressen zu haben. Und dafür noch gutes Geld kassierten.

Der Schlächter musste über den Blödsinn, der da verzapft wurde, herzlich lachen und wollte schon in die kleine Küche gehen, um sich ein Glas Milch zu holen, als die nächste Information wie ein Hammer auf ihn nieder krachte. Der verantwortliche Redakteur hatte sich mit einem untrüglichen Gespür für Spannung das Beste für den Schluss aufgehoben.

Als das nach den Angaben des »Flotten Heinzis« gemachte Phantombild jetzt über den Bildschirm flimmerte, entschlüpfte dem Schlächter ein wilder Schrei. Verdammt noch einmal, das waren bad news. Noch dazu, da ihm das Gesicht, das ihn in schwarz-weiß vom Bildschirm angrinste, tatsächlich ziemlich ähnlich sah. Obwohl eigenartigerweise das kaum zu übersehende Muttermal fehlte. Gottseidank hatte er die Brille aufgesetzt und den Schnauzer aufgeklebt gehabt. Was er sofort machen musste, war seine Frisur zu verändern. Jetzt war der Mann von der Würstelbude tatsächlich ein Problem geworden, das er wohl oder übel lösen musste.

Nach einigen Minuten hatte sich die Laune des Schlächters aber wieder gebessert. Dieses Problem war zu lösen und er würde es auch bewältigen. Wie er schon bisher mit allen Problemen fertig geworden war.

* * * * *

Nachdem die Essensausgabe beendet war, hatte Werner Labuda Zeit, mit dem scheinbaren Journalisten zu sprechen. Palinski hatte nicht die Absicht, den jungen Mann weiter zu täuschen. Je länger er ihm etwas vormachte, desto schwerer würde es sein, eine Vertrauensbasis aufzubauen.

»Worüber wollen Sie eigentlich mit mir sprechen?« wollte Labuda jetzt wissen. »Sagen Sie bloß nicht, dass sich noch irgendeine Sau für meine Kickboxerei interessiert.«

Obwohl der Mann absolut nicht gemein wirkte oder boshaft, wie der Minister angedeutet hatte, wollte Palinski sicher gehen. »Ehe ich Ihnen die Wahrheit sage, müssen Sie mir versprechen, nicht sauer zu werden.«

»Mister Palinski, Werner is the most gentle and peaceable person I've ever met.« Sandy, der neben Werner saß und bisher noch kein Wort gesagt hatte, gab jetzt sein Schweigen auf. »Why should he become angry?«

»Oh, you understand German«, freute sich Palinski.

»Ich kann auch etwas sprecken, just a litte bit«, antwortete Labudas Freund, »aber that doesn't answer mein Frag.«

»Weil ich Ihnen jetzt etwas sagen werde, was Sie wahrscheinlich zornig machen wird«, bekannte Palinski offen. Manche Sachen lassen sich eben nicht schön reden.

»Na, dann schießen Sie am besten los damit«, ermunterte ihn Labuda«, ich werde es schon verkraften.«

Der junge Mann wurde Palinski immer sympathischer. Vor allem aber entsprach er so überhaupt nicht dem Bild, das er sich nach dem Gespräch mit den Eltern, vor allem dem Vater von ihm gemacht hatte.

»Also gut«, er holte tief Luft, »ich bin kein Journalist, nicht mehr. Ihr Onkel hat mich gebeten, mit Ihnen zu sprechen, weil er Schwierigkeiten in der Familie befürchtet.« So, jetzt war´s raus.

Werner blickte interessiert. »So, mein Onkel hat Sie geschickt. Welcher denn? Onkel Ferdinand oder Onkel Willi?«

Palinski hatte keine Ahnung gehabt, dass die Auswahl so groß war. Dabei war ja noch gar nicht klar, ob sie schon alle Optionen durchhatten. Das wollte er jetzt aber wissen.

»Nein«, antwortete er vorsichtig, »es war weder Willi noch Ferdinand.«

»Dann war´s sicher Onkel Karl?« Labuda ging die Sache an, wie ein Kandidat bei der »Millionenshow«, der hoffte, dem Assinger die richtige Antwort entlocken zu können. Aber aus wie vielen Möglichkeiten?

»No«, verneinte Palinski. »Wäre es jetzt nicht Zeit für den Publikumsjoker? Oder zumindest die 50:50-Chance?«

Jetzt musste Labuda grinsen und Sandy lachte sogar herzhaft. Erstaunlich, der Bursche schien die Sendung zu kennen. Dann pfiff der Neffe leise durch die Zähne. »Damit bleibt nur noch eine Möglichkeit.«

»Und die wird ja dann wohl die richtige sein«, fügte Palinski dazu. »Ja, es ist der liebe Onkel aus der Herrengasse.«

Aus welchen Gründen auch immer, Werner schien Sandy noch nicht alles über sich erzählt zu haben, denn der dunkelhäutige Feschak reagierte überhaupt nicht auf diese verdeckte Klarstellung. Das könnte hilfreich sein, dachte der ministerielle Emissär.

»Und was will der Onkel Pepi von mir?«

»Ihr Onkel macht sich Sorgen um ihre Mutter, seine Schwester, die sich Sorgen wegen der politischen Pläne Ihres Vaters macht. Sie weiß nicht, wie Ihr Vater reagieren wird, wenn Sie seine Chancen als Landesrat durch was immer auch kaputt machen.« Viel geschwollener konnte man kaum noch um den heißen Brei herumreden, fand Palinski. »Natürlich hat er auch die negativen Auswirkungen im Auge, die der großen Gesinnungsgemeinschaft daraus erwachsen könnten. Sie wissen schon, das ist die, der der Onkel Pepi im Gegensatz zu mir auch angehört. Und das in prominenter Position.«

»What is he talking about?«, wunderte sich Sandy. »Sprecken Sie always so complicated, Mister?«

»Ich glaube, ich weiß, warum Sie die ganze Zeit versuchen, die Tatsache zu verschleiern, dass Onkel Pepi der Innenminister dieses Landes ist. Das ist aber nicht notwendig, Sandy weiß Bescheid und die anderen hier auch. Aber dennoch, danke.« Labuda hielt ihm die Hand hin.

Nachdem dank dieses kleinen Missverständnisses so etwas wie eine Vertrauens- und damit auch Gesprächsbasis entstanden war, taten sich alle Beteiligten leichter. Selbst die Tatsache, dass sich der bis dahin schweigsame Florian letztendlich als Polizeischüler outete, belastete die gute Stimmung nicht weiter.

»Ich habe gar nicht vorgehabt, irgend etwas gegen meinen Vater zu unternehmen«, gestand Werner. »Wir hatten einen schlimmen Streit und ich habe beim Weggehen gedroht, es ihm schon noch zeigen zu wollen. Aber das war nicht wirklich ernst gemeint. Seine Reaktion beweist aber deutlich, dass es Einiges geben muss, vor dessen Bekanntwerden er gewaltig Schiss hat.«

Die Vorstellung, dass ein Mann, der sich kaum um Frau und Kinder kümmerte, zu Gewaltanwendung neigte und eine Geliebte hatte, in der neuen Landesregierung ressortmäßig für die »Familie« zuständig sein sollte, war ja unfreiwillig komisch. Und dass er regelmäßig das in seinem Betrieb anfallende Altöl und andere giftige Rückstände überwiegend direkt in die nur mehr scheinbar noch intakte Natur entsorgte, machte aus ihm ja auch nicht gerade den Idealkandidaten für das Umweltressort.

»Man kann ja über Onkel Josef durchaus geteilter

Meinung sein, vor allem politisch«, gab Palinski zu bedenken, »aber eines ist er sicher nicht, nämlich dumm. Warum unterstützt er eigentlich einen politisch so problematischen Kandidaten wie deinen Vater?«

»Ich glaube, er meint, damit meiner Mutter einen Gefallen zu tun«, versuchte Labuda zu erklären. »Für die würde er alles tun. Dabei weiß ich aber, dass es meiner Mutter viel lieber wäre, wenn Vater nicht Landesrat, sondern wieder etwas vernünftiger und umgänglicher werden würde.« Er zuckte mit den Achseln. »Trotz allem liebt sie diesen Mistkerl. Das entzieht sich jeder logischen Beurteilung, das ist eben so.«

Palinski grinste listig. »Na, wie wäre es, wenn wir Ihrer Mutter diesen Gefallen täten? Ich habe da eine Idee.«

Nach einer knappen Stunde hatten sie diese Idee durchgekaut, verbessert und ergänzt. Schließlich waren alle vier der Meinung, dass das durchaus klappen könnte und auf jeden Fall einen Versuch wert wäre. Den Vater später auf die harte Tour zur Räson bringen konnte Werner immer noch.

Palinski und Florian wollten sich eben verabschieden, als ein kleines, höchstens 12 Jahre altes Mädchen am Tisch stehen blieb.

»Hallo Natascha«, begrüßte sie Labuda. »Kann ich etwas für dich tun?«

»Wann spielen wir wieder einmal Schach miteinander?«, wollte die Kleine scheu wissen.

»Jetzt geht es leider nicht«, bedauerte er freundlich, »aber vielleicht am Abend.« Als die Kleine gegangen war, erklärte er. »Natascha ist mit ihrer Großmutter aus Tschetschenien geflohen. Ihre Eltern sind in Grosny umgekommen, der Vater war Schachgroßmeister. Die Kleine spielt heute schon Schach ...«

»Sie spielen Schach?«, unterbrach ihn Palinski aufgeregt, »ich spiele auch. Bei uns im Cafe »Kaiser«, jeden Dienstag und Freitag.«

»Wir wohnen ganz in der Nähe vom »Kaiser««, freute sich Labuda«, »und im »Kaiser« habe ich schon oft gespielt. Ich habe Sie aber noch nicht dort gesehen.«

»Na ja, ich spiele erst seit einigen Wochen«, räumte Palinski ein. »Und spielen ist vielleicht auch noch etwas übertrieben. Ich schiebe halt die Figuren so lange hin und her, bis ich keine mehr habe. Vielleicht können wir einmal ...«

»Warum nicht«, ließ Labuda diese Türe offen, »ich wollte ohnehin wieder einmal vorbei schauen. Freitagabend hat Sandy sowieso immer seinen Dance-Workshop«

* * * * *

Kein Tag ohne neue Leichenteilfunde: Heute waren es ein weiblicher Rumpf in einem Müllcontainer am Parkplatz am Cobenzl und ein rechter Oberarm im Gebüsch des Türkenschatzparks gewesen.

Leider hatte die Gerichtsmedizin feststellen müssen, dass sich die Zahl der Opfer des Schlächters inzwischen um eines erhöht hatte. Der genetische Fingerabdruck des rechten Beines, das man vorgestern gefunden hatte, war keinem der bisher aufgefundenen Teile zuzuordnen gewesen.

Die Überprüfung der Eigentümer der ausrangierten Bundesheerfahrzeuge ging trotz intensivsten Polizeieinsatzes nur schleppend voran. Die meisten der 22 Personen auf der Liste waren auf Urlaub, mit und ohne den dazu gehörenden Vehikeln.

Die Frage, ob die Universität verpflichtet werden konnte, der Polizei die Daten jener Medizinstudenten auszufolgen, die ihr Studium nach dem Erwerb gewisser chirurgischer Kenntnisse abgebrochen hatten, sollte jetzt von einem Richterkollegium entschieden werden.

Bei der Erörterung dieser aus datenschutzrechtlicher Sicht hochinteressanten Frage wurde die pragmatische Seite völlig übersehen. Es gab nämlich bzw. es konnte nur ein einziger Fall festgestellt werden. Und der entsprechende Kommilitone hatte sich bei einem Autounfall die rechte Hand so schwer verletzt, dass er diese Berufslaufbahn nicht weiter verfolgen konnte. Er hatte sich daher entschlossen, Arztromane (»Schwester Karins große Liebe«, »Dr. Bergers Berufung«) für einen deutschen Verlag zu diktieren. Heute verdiente er ein Schweinegeld damit und weinte seiner früheren Berufung keine Träne mehr nach.

Erstaunlich waren die bisher festgestellten Gemeinsamkeiten der beiden identifizierten Opfer. Sowohl Roman Sefcik als auch Susanne Bartl kamen aus den Bundesländern, aus gutbürgerlichen, finanziell gut situierten Familien. Beide hatten Wirtschaft studiert und wohnten in der Nähe der Universität. Sefcik hatte sein Appartement allerdings schon kurz vor seinem Tod aufgegeben. Susanne Bartl dagegen war ganz einfach nach ihren Ferien nicht mehr in ihrem Zimmer im Studentenheim aufgetaucht.

Das sah nach einem Muster aus. Ob es sich tatsächlich

um ein solches handelte oder ob das nur Zufall war, wagte zu diesem Zeitpunkt noch niemand zu entscheiden.

Am frühen Morgen war Inspektor Sandegger mit einem akuten Blinddarm und viel »Tatü Tata« ins Krankenhaus gebracht worden und lag jetzt schon wieder in seinem Zimmer. Da er mindestens zwei Wochen nicht zur Verfügung stehen konnte, hatte sich Franca, seit drei Wochen verehelichte Wallner, von ihrer Dienststelle im Koat Josefstadt vorübergehend nach Döbling versetzen lassen. Nachdem sie dem frisch Operierten Blumen ins Zimmer hatte stellen lassen, vertiefte sie sich in den Fall »Stauffar.«

In Innsbruck hatte Professor Stasshammer eben einen Anruf seines Anwaltes erhalten, der ihn ungemein erleichtert hatte. Dank seiner guten Kontakte zum Meldeamt hatte Dr. Blas innerhalb weniger Stunden in Erfahrung gebracht, dass in Wien kein Johannes Grabitzer gemeldet war. Der Professor war froh, dass er der Kriminalpolizei nichts von seinen absurden Gedanken anvertraut und sie damit auf eine falsche Spur geführt hatte. Ob er in San Francisco nach Johannes suchen lassen sollte? Wäre doch interessant zu wissen, was aus dem Buben geworden war. Aber vielleicht hatte er inzwischen ja auch den Namen geändert. Nach dem Vorfall seinerzeit wäre das durchaus verständlich.

* * * * *

Als Palinski gegen 15 Uhr sein Büro erreichte, erwartete ihn ein ziemlich voller Speicher des Anrufbeantworters sowie einige handschriftliche Nachrichten seiner Assistentin Margit.

In der Tageswertung lag Tante Nettie mit 6 Anrufen unangefochten an der Spitze vor den 4 »Tom Dooleys«, wie Palinski die »Aufgehängten« nannte, also die Anrufer, die sich standhaft weigerten, ihre Nachricht einem unpersönlichen Band anzuvertrauen. Dann waren da noch die Rückrufwünsche von Franca Aigner, die jetzt Wallner hieß, von ihrem Mann Helmut, von »Miki« Schneckenburger und von einigen Leuten, die er nicht kannte.

Und was er vor allem gehofft hatte, war auch eingetreten. Wilma hatte offenbar mit Margit gesprochen und die hatte ihm die Nachricht auf den Tisch gelegt.

Palinski hielt das für ein gutes Zeichen, wollte aber zuerst hören, was Tante Nettie so Wichtiges mitzuteilen hatte.

»Na endlich«, die Erleichterung war der alten Dame richtig anzumerken. »Wieso lässt du dir solange Zeit? Du musst sofort herkommen. Es ist noch etwas aufgetaucht, das möglicherweise mit dem Mord an Elisabeth zu tun hat. Also ich erwarte dich in der nächsten Stunde.«

Bei aller Liebe zu Nettie, aber so herumscheuchen lassen konnte er sich nicht. Er hatte heute einfach nicht die Zeit dazu. »Beruhige dich, Nettie, und sage mir erst einmal, um was es geht.«

»Das musst du dir schon selbst ansehen, also komm schon her«, beharrte der alte Feldwebel.

»Ich habe jetzt gleich ein Gespräch mit dem Innenminister«, schwindelte Palinski, nicht wirklich, aber doch ein wenig. »Und dem muss ich berichten. Der wird wissen wollen, um was es geht«,

Die alte Dame war wirklich nicht zu schlagen. »Dann bring den Herrn eben mit. Ich erwarte euch beide.«

»So geht das nicht«, beschwor Palinski Nettie, »der

Mann hat einen Termin nach dem anderen und keine Zeit, zu dir in die Seniorenresidenz zu kommen.«

»Hat er nicht? Na dann muss er sich die Zeit eben nehmen. Ich sehe gar nicht ein, warum wir einfache Staatsbürger uns immer nach den Wünschen der Großkopferten da oben richten sollen.«

Das musste der genetische Einfluss ihres Großvaters mütterlicherseits sein, der ein waschechter Austromarxist gewesen sein soll. Aber so unrecht hatte sie eigentlich gar nicht.

»Aber gut«, lenkte Nettie selbst ein, »sag ihm, Elisabeth hat mir vor einigen Wochen etwas zur Aufbewahrung gegeben. Mir ist das wieder eingefallen und ich glaube, dass es sich dabei um neues Beweismaterial handelt.«

»Danke Nettie, das klingt sehr interessant. Ich komme entweder noch heute oder spätestens morgen früh«, Palinski war mit einem Schlag wieder vom Jagdfieber gepackt worden. Aber das musste noch etwas warten.

Franca war unterwegs und auch nicht auf ihrem Handy erreichbar. Ihr Mann wollte mit Palinski sprechen und seine Meinung zu einigen Punkten im Falle des »Schlächters von Döbling« hören. Die beiden verabredeten sich für 20 Uhr bei »Mama Maria.«

Freund Schneckenburger war wieder einmal als Terminbote im Einsatz. »Der Minister fragt mich schon den ganzen Tag, ob du dich nicht bereits gemeldet hast. Ich weiß zwar nicht, um was es geht, aber es muss sehr wichtig für ihn sein. Melde dich bitte beim ihm, ehe mich der Mensch noch völlig fertig macht.«

Also suchte Palinski die Handynummer heraus, die ihm der Minister für besondere Fälle verraten hatte.

»Ja«, meldete sich der mächtige Mann auch gleich, ohne seinen Namen zu nennen. Wer diese Nummer wählte, wusste ohnehin, wen er erwarten durfte.

»Hier Mario, ich habe deinen Neffen gefunden. War ein hartes Stück Arbeit«, flunkerte Palinski, das hatte er von den Politikern gelernt. »Aber ich habe mit ihm gesprochen.«

»Wir müssen unbedingt heute noch darüber sprechen«, Fuscheé klang sehr, sehr interessiert. »Kannst du gegen 21 Uhr ins Ministerium kommen.«

Langsam begann die ewige »Ministeriumgeherei« zu nerven. Aber auch Netties klassenkämpferische Worte gingen ihm durch den Kopf. »Tut mir leid, Josef, aber heute Abend bin ich unabkömmlich. Verstehe mich bitte nicht falsch. Falls das Staatswohl auf dem Spiel stände, würde ich Wilma nach gestern auch heute wieder versetzen. Aber um das Staatswohl geht es dabei nicht.« Was wiederum nicht ganz stimmte, aber das spielte in diesem Moment keine Rolle.

»Aber du bist gegen 21 Uhr herzlich willkommen im Ristorante »Mama Maria« in der Döblinger Hauptstrasse. Ich lade dich gerne auf die beste Pizza nördlich des Brenners ein. Und bring doch deine Frau mit, die wird sich sicher freuen, auch einmal einen Abend mit ihrem Mann zu verbringen.«

Das sekundenlange Schweigen des Ministers war nicht zu überhören. Sein »Das war wieder einmal ein echter Palinski«, entbehrte nicht eines gewissen pikierten Untertons. Sein abschließendes: »Aber eine gute Idee, ich werde da sein« klang dann wieder recht freundlich.

War er zu forsch gewesen, überlegte der »Echte.« Und wenn schon, der Minister hatte bereits früher bewiesen, dass er seinem Freund Mario eine gewisse Narrenfreiheit einräumte und sogar dankbar war, wenn der sie auch nützte.

So, jetzt war es soweit. Palinski atmete tief durch, dann nochmals und dann wählte er die Telefonnummer, die ihn mit Wilma verbinden sollte.

5

Nachdem sie sie nicht in ihrem Appartement angetroffen hatten, fanden Palinski und Florian Tante Nettie in der Cafeteria, wie das gute, alte Kaffeehaus jetzt sogar in einer Seniorenresidenz genannt wurde. Egal, wie die Einrichtung hieß, der Kaffee war gut und das Ambiente ansprechend.

Während Florian genüsslich eine Sachertorte mit Schlag verdrückte, rückte Tante Nettie mit »den neuen Beweisen«, wie sie es nannte, heraus. »Ich habe die Schachtel gleich mitgebracht«, sie stellte eine jener Schmuckdosen, in denen üblicherweise besonders hochwertige Kekse zum Verkauf gelangten, auf den Tisch.

Neugierig öffnete Palinski das mit einem dicken Gummiband verschlossene Behältnis und riskierte einen ersten Blick ins Innere. Soweit er erkennen konnte, handelte es sich bei dem Inhalt um ein etwa 2 Zentimeter dickes Packerl Kopien von Lottoscheinen. Tatsächlich waren es aber zwei Stapel, ein dickerer und ein zweiter, der aus 14 Kopien bestand. Auf dem dünneren, von einem Gummiringerl zusammen gehaltenen Stapel befand sich dazu noch ein mit einer Büroklammer fixiertes Blatt mit handschriftlichen Vermerken.

»Na, die Frau Kommerzialrat hat ja offenbar regelmäßig gespielt und sich das einiges Geld kosten lassen«, stellte Palinski nach dem ersten flüchtigen Hinsehen fest.

»Ja, Elisabeth war wie besessen vom Lotto«, erinnerte sich Nettie. »Soviel ich weiß, hat sie keine Runde ausgelassen.«

»Darf …, darf ich auch was fragen?«, meldete sich Florian ein wenig unsicher.

»Natürlich« strahlte Nettie den jungen Mann an, »frag nur, was du willst. Ich darf doch du sagen?«

»Natürlich, gnä Frau.«

»Ach was, gnädige Frau. Sag doch auch Tante Nettie zu mir, so wie Mario«, bot sie an, was heißt, sie forderte es geradezu von Florian.

Der wurde ganz rot. »Wenn du nichts dagegen hast, Mario«, meinte er, »dann sage ich gerne Tante Nettie, gnädige Frau.«

»Willkommen im Club«, scherzte Mario, der Florians Verlegenheit lustig fand. »Wir sind jetzt so was wie Brüder, adoptiert von ein und derselben Tante Nettie. Aber jetzt stell endlich deine Frage.«

»Ja richtig. Hat Frau Stauffar ihre Scheine immer selbst zur Annahmestelle gebracht oder hat ihr das jemand abgenommen? Und bei welcher Annahmestelle sind ihre Tipps angenommen worden?«

»Zwei sehr gute Fragen«, anerkannte Palinski. »Kannst du was dazu sagen, Nettie?«

Die alte Dame überlegte. »Früher ist sie immer zu der Trafik in der Peter Jordan Strasse gegangen, das weiß ich sicher. Aber die letzten Monate ist sie kaum mehr aus dem Haus gekommen, geschweige denn zur Trafik. Sie hat sich schon recht schwer mit dem Gehen getan. Aber wer die Scheine für sie abgegeben haben könnte«, sie schüttelte den Kopf. »Ich weiß es nicht. Vielleicht weiß der Dr. Leuburger mehr, mit dem hat sie sich immer über das Lotto unterhalten.«

Wie sich herausstellte, war besagter Herr vor knapp 3 Monaten Bewohner der Residenz geworden. Das gemeinsame »Laster« Lotto hatte die beiden sich rasch anfreunden lassen.

Palinski wollte natürlich sofort mit dem Mann sprechen, aber Leuburger war wegen einer Familienfeier einige Tage in Baden und wurde erst am Wochenende zurück erwartet. Wahrscheinlich wusste er noch gar nichts vom Tod seiner Lottofreundin.

Auf dem Weg zurück ins Büro hielt Palinski kurz an der rund 300 Meter von der Seniorenresidenz entfernten Trafik. Hinter der Budel stand eine junge Frau, die sich sofort als Aushilfe outete und »keine Ahnung von nix« hatte. Der Chef, der alles wusste, war immer vormittags anzutreffen.

Florian sollte heute das erste Mal im Gästezimmer des »Instituts für Krimiliteranalogie«, wie Palinski sein Büro etwas bombastisch nannte, übernachten. »Und vorher gehen wir in das italienische Restaurant«, lud ihn Mario ein, »die haben eine voll coole Pizza.«

Florian musste ein Lachen unterdrücken und Palinski, der das bemerkt hatte, wollte wissen warum.

»Und du bist nicht sauer, wenn ich es dir sage?«, wollte sich der junge Mann absichern.

»Nein, überhaupt nicht. Offenheit ist das Geheimnis jeder guten Zusammenarbeit.« Klang gut, aber ein bisschen großspurig, musste er sich selbst eingestehen. Vor allem aber hielt er sich selbst häufig nicht daran.

»Also gut! Versuch doch nicht, die Sprache meiner Generation nach zu machen. Erstens kannst du's nicht und zweitens wirkt es nur lächerlich. Selbst wenn du's perfekt könntest.«

Das saß, und Palinski hatte Mühe, eine spontan hochkommende, etwas bissige Bemerkung zu unterdrücken. Schließlich hatte Florian recht und er die Kritik herausgefordert.

»Bist du jetzt sauer?«, Florian war nicht ganz sicher, ob er die Toleranz des älteren Freundes nicht doch zu sehr strapaziert hatte.

»Nein«, brummte Palinski zurück, »aber Freude habe ich auch keine damit. Daran bin ich aber selbst schuld. Du hast völlig recht.«

»Bist du mir sehr böse, wenn ich nicht zum Essen mitkomme?« Florian wollte offenbar das Fußballspiel sehen, das am Abend im Fernsehen übertragen wurde.

»Aber du versäumst eine Spitzen ..., eine ganz hervorragende Pizza. Allerdings kann ich schon verstehen, dass du lieber das Match sehen möchtest«, räumte er ein. »Ich würde mir die Partie auch gerne geben. Na, vielleicht schaffe ich ja die zweite Halbzeit noch. Also ich habe nichts dagegen.«

»Aber ich will mir gar nicht das Fußballspiel ansehen«, widersprach Florian. »Ich möchte mich mit den Lottoscheinen befassen. Dahinter kommen, warum das Opfer die Scheine Tante Nettie zum Aufbewahren gegeben hat. Das muss doch einen Grund gehabt haben.«

Palinski war sprachlos. Der Bursche war wirklich gut, der geborene Kriminalist, der eine Spur erkannte und sich sofort in sie verbiss. »Das ist natürlich auch ok«, er grinste breit. »Ich glaube, wir haben auch einige Angaben zum Suchwort »Lotto« in der Datenbank. Welche Pizza magst du denn am liebsten?«

Jetzt grinste auch Florian. »Eigentlich jede, nur nicht die mit Ananasstücken und die mit Spinat.«

»Sehr gut, dann lasse ich dir später was ins Büro bringen. Wer gut arbeitet, muss auch gut essen.«

* * * * *

Wilma stand am Fenster und blickte auf die Straße hinunter. Hinüber zu dem italienischen Restaurant, das für Mario in den letzten Jahren so etwas wie ein Refugium geworden war. In das er sich häufig zurückzog, sobald ihre eigenartige, wie eine Sinuskurve verlaufende Beziehung wieder einmal auf die Talsohle zusteuerte oder bereits dort angelangt war. Nein, das stimmte so nicht. Sein Refugium war natürlich diese ursprünglich schäbige, ehemalige Hausbesorgerwohnung auf Stiege IV, die er inzwischen in ein, wie sie gehört hatte, gemütliches, komfortables und durchaus herzeigbares Wohnbüro verwandelt hatte. »Mama Maria« dagegen war die zu diesem Refugium gehörige Küche, sein externes Esszimmer. In das er sie heute zum ersten Mal eingeladen hatte.

Ebenso wie das Büro kannte sie das italienische Restaurant bisher nur von den gelegentlichen flüchtigen Bildern, die sie beim Vorübergehen oder aus der abgehobenen Perspektive des dritten Stockwerks einfangen hatte können. Sie fragte sich, ob sie den Besuch dieser beiden im Leben Palinski so wichtigen Stätten bewusst vermieden hatte. Vielleicht aus der unbewussten Angst, ihm damit seine letzten Geheimnisse zu entreißen, mehr von ihm zu erfahren, als sie eigentlich wissen wollte? Oder hatte es sich ganz einfach nur nie ergeben und sie ließ sich von der eigenartigen Stimmung, die sie gerade erfasst hatte, nur dazu hinreißen, etwas hineinzuinterpretieren?

In einem Punkt war sie sich aber sicher. In einem

gewissen Sinn war sie eifersüchtig auf »Mama Maria.« Das lag wahrscheinlich daran, dass diese Frau viel besser kochen konnte als sie. Eine moderne Frau, als die sie sich trotz ihrer 43 Jahre sah, definierte sich gewiss nicht über ihre Fähigkeit zu kochen, es sei denn, sie war Haubenköchin oder etwas in dieser Art. Und dennoch, wenn sie sich daran erinnerte, wie tapfer und ohne zu klagen sich Mario letzte Woche mit ihren mit Blattspinat und Mozzarella gefüllten Cannelloni auseinander gesetzt hatte, überkam sie ein Gefühl des Zorns auf diese kleine, ältere, italienische Frau. Die zumindest bei seinen Lieblingsspeisen das Maß der Dinge war. Ob ihr »Mama Maria« vielleicht raten konnte, was sie falsch gemacht hatte? Natürlich nur bei den Cannelloni.

Nach den Vorkommnissen der letzten beiden Tage, eigentlich waren es ja Nicht-Vorkommnisse gewesen, die sie so in Rage gebracht hatten, also nachdem, was Mario sich in den beiden Tagen erlaubt hatte, hatte sie eigentlich auf längere Zeit auf stur schalten wollen. Aber dann hatte Tante Nettie angerufen. Bei der Gelegenheit hatte sie endlich erfahren, was eigentlich vorgefallen war.

Etwas später war plötzlich der Mann vom Blumengeschäft mit diesem prachtvollen Rosenstrauß vor der Türe gestanden. Das hatte sie eigentlich sehr lieb gefunden. Dass Mario ihren damaligen Code d' Amour etwas durcheinander gebracht hatte, spielte dabei keine Rolle.

Schließlich hatte sich auch noch Franca gemeldet und in höchsten Tönen von der Arbeit Palinskis und seinem Talent geschwärmt, Probleme unkonventionell anzugehen. Und Francas Meinung hatte Gewicht, Wilma hielt sie für eine der intelligentesten, taffsten Frauen, die sie kannte.

Spätestens nach diesem Gespräch war ihr Zorn auf Mario geschmolzen wie der Schnee unter den warmen Strahlen der Frühjahrssonne. Im Grunde genommen war sie froh darüber, denn trotz ihres häufig martialischen Gehabens, eines reinen Schutzmechanimus', war sie ein Mensch, der nichts mehr liebte als Konsens und Frieden.

Noch dazu, wo sie Mario heute ohnehin von dem Brief der Bittners aus Singen berichten musste. Die zukünftigen Schwiegereltern ihrer Tochter Tina würden sich freuen, die »Bachlers« bald wieder im Hegau begrüßen zu können. Es wäre doch langsam an der Zeit, die Einzelheiten der Hochzeit der »Kinder« zu besprechen. Das schlampige Verhältnis der beiden ging dem erzkonservativen Anwalt und seiner Frau wohl stark gegen den Strich.

Als Mario vorhin angerufen, sich leidenschaftlich »meaculpisiert« und sie fast angefleht hatte, sich heute Abend mit ihm bei seiner »Mama Maria« zu treffen, hatte sie keine Kraft mehr gehabt nein zu sagen. Vor allem aber auch keine Lust. Er hatte eingeräumt, noch mit einigen Leuten sprechen zu müssen, aber »das wird nicht so lange dauern. Dann gehört der Abend uns.« Das hatte sie gerne zur Kenntnis genommen, obwohl ein Rest von Skepsis geblieben war. Aber sie würde ihn schon an sein Versprechen erinnern.

Schon wieder klingelte das Telefon. Diesmal war es Harry, der sich wieder einmal meldete. Ihr Sohn wollte jetzt doch noch bis Ende des Monats in London bleiben, er habe einen interessanten Job gefunden, den er unbedingt wahrnehmen wollte.

»Schönen Gruß an alle und tschüss, Mami.« Und das war´s dann auch schon gewesen. Obwohl sie noch so viel länger und mehr mit ihrem Buben hätte sprechen wollen.

* * * * *

Als Palinski das kleine Extrazimmer bei »Mama Maria« betrat, das er vorsorglich hatte reservieren lassen, waren bereits die Wallners und die Schneckenburgers anwesend. Ja tatsächlich, der Ministerialrat hatte heute wirklich einmal seine Moni mitgebracht. Wahrscheinlich hatte er von Wilmas Kommen gehört und gemeint, es sei eine gute Gelegenheit, seiner Frau nach der Geburt des kleinen Lukas vor einem knappen Jahr wieder einmal Auslauf zu verschaffen. Oder um zu beweisen, dass es seine Monika im Gegensatz zur Frau des legendären Inspektors Columbo wirklich gab und sie nicht nur ein dramaturgischer Schmäh war. Wie manche schon scherzhaft gemunkelt hatten.

Nach dem das im Falle der Anwesenheit hübscher Frauen auch von Männern gerne praktizierten »Bussi-Bussi«-Begrüßungsritual vorüber war, folgte zunächst der Abbau der drängendsten Informationsdefizite.

»Oma sittet das Baby; es hat letzte Woche die ersten Schritte getan; stellt Euch vor, er kann schon Papa sagen; nein das war kein P, das war ein M.«

Die Flut von Neuigkeiten strömte an dem artig Interesse heuchelnden Palinski vorbei. Just in dem Augenblick, als die Strömungsgeschwindigkeit leicht nachzulassen begann, erschien Wilma.

Sie sah hinreißend aus, fand nicht nur ihr Mario, und

das ganze »Bussi-Bussi«-Getue fing wieder von vorne an. Wenigstens hatten sie die babysittende Großmutter schon hinter sich, hoffte er. Aber Palinski unterschätze Wilmas subtile Neugierde ganz gewaltig. Denn mit der harmlos wirkenden Frage »Haben Sie vielleicht ein Foto von Lukas mit?«, eröffnete sie eine neue Front, gegen die die vorangegangene Sturzflut nachträglich wie ein sanftes Bächlein wirkte.

Endlich, nachdem sich Palinski versehentlich sogar die Fotos seiner eigenen Kinder zwei Mal ansehen hatte müssen, war auch dieses Bedürfnis der anwesenden Muttertiere befriedigt. Oder ein anderer Trieb gewann die Oberhand. Die Zeit des Kellners war endlich gekommen, die Speisenwünsche entgegen zu nehmen. Diese Aufgabe hatte sich heute Mama Maria persönlich nicht nehmen lassen.

Fröhlich hüpfte sie zwischen den Gästen ihres »carissimo Mario« herum und notierte, dass eine Pizza »Quattro stagioni« und sicherheitshalber auch noch eine »Margherita« mit zwei Flaschen Cola »al instituto di Palinski« gebracht werden sollten. E subito, per favore. Dann wandte sie sich auch den anderen Gästen zu.

Während sich Schneckenburgers Moni noch immer nicht zwischen »Fegato a la Veneziana« und »Osso bucco a la Milanese« entscheiden konnte, begann die Hand ihres Mannes »Miki« plötzlich zu zittern. Rasch stellte er sein Weinglas ab und zischte Palinski zu: »Ich werde verrückt, da kommt die Frau vom Alten. Was macht denn die da?«

»Ich nehme an, sie wird sich zu uns gesellen«, antwortete Palinski, der sich diese Überraschung aufgehoben hatte. »Nun, dann wollen wir sie herzlich willkommen heißen.« Während er »Frau Minister« noch unauffällig taxierte und fand, dass der Josef auch keinen schlechten Geschmack hatte, beeilte sich der Ministerialrat, »His Masters Lady« formvollendet zu begrüßen. Das wirkte vorerst etwas lächerlich, da er vor lauter Eifer fast hingefallen wäre. Der Handkuss, mit dem er Frau Mag. Erika Fuscheé dann aber seine Referenz erwies, war wirklich große Klasse. Selbst Knigge hätte seine Freude daran gehabt.

Dann machte Schneckenburger die Anwesenden mit der Frau Minister, wie man in Wien sachlich zwar zu Unrecht, aber der vorauseilenden Einschleimerei entsprechend zu sagen pflegte, bekannt.

»Sie müssen dieser ungewöhnliche Mensch sein, der es schafft, meinem Mann immer wieder Paroli zu bieten«, Mag. Fuscheé warf Palinski einen prüfenden Blick aus ihren smaragdgrünen Augen zu. »Das ist bemerkenswert. Wir zwei sind die einzigen Menschen, die das schaffen. Vielleicht auch noch der Bundeskanzler hin und wieder. Aber der zählt nicht, dem hilft bloß die Autorität seines Amtes.«

Ministers Gattin oder nicht, Wilma fand die Art, wie die Frau ihren Mario anging etwas aufdringlich. Sie beschloss, die weitere Entwicklung dieses Gespräches mit besonderer Aufmerksamkeit zu beobachten.

Dann kam auch schon der Minister. Sein Auftritt war ein beeindruckendes Beispiel dafür, wie wichtig der richtige Rahmen für die Wirkung vieler Bilder ist. Was Dr. Fuscheé heute Abend fehlte, um in der breiten Öffentlichkeit die gewohnte Aufmerksamkeit zu erregen, war der Rahmen, den ihm das Fernsehen normalerweise bot. Um nicht aufzufallen, hatte er dazu statt der Kontaktlinsen seine Brille aufgesetzt und einen Hut auf den Kopf gesetzt. Die Tarnung war perfekt, selbst sein enger Mitarbeiter erkannte ihn erst, als er schon 5 Meter vor ihm stand. Wie er sich dazu noch gab, charmant, einsichtig und liebenswürdig. Niemand, der ihn nicht näher kannte, hätte vermutet, was für ein gerissener, knallharter und häufig richtig rücksichtsloser Politiker eben das Extrazimmer »Mama Marias« betreten hatte.

Schneckenburger, der darin schon enorme Routine zu haben schien, stellte seinem Chef die Damen vor, die kennen zu lernen er bisher das Vergnügen noch nicht gehabt hatte. Und das war lediglich Wilma.

Als ihr Fuscheè beim folgenden Handkuss tief in die Augen schaute und dabei etwas von »unverschämtem Glück« faselte, das dieser Mario hatte, nahm sich Palinski vor, ein strenges Auge auf die weitere Charmeoffensive dieses Machtmenschen haben zu wollen. Wilma war für diese Art Komplimente durchaus empfänglich.

Während des exzellenten Essens, Mama Maria hatte wirklich wieder einmal alle Register ihres Könnens gezogen, ließ sich der Minister über den aktuellen Stand im »Schlächter«-Fall informieren. Mit leichtem Ärger registrierte Palinski die geschickt zwischen den Zeilen, aber auch direkt platzierten kleinen Komplimente, die Fuscheé in Richtung Wilma auf die Reise schickte. Nach einiger Zeit wurde es ihm zu blöd und er begann, auf die subtilen Signale und die darin versteckte Einladung der Frau Magistra, einer echten Apothekerin zu reagieren.

Der nun einsetzende Monolog Palinskis über das klassische Schönheitsideal und wie erstaunlich die Frau Minister diesem entspräche, wurde wiederum von Wilma fast schon seismografisch registriert. Die ihrerseits mit einem noch glockenhelleren Lachen auf die inzwischen immer müder werdenden Scherze des Innenministers reagierte und dem mit höchstens 1,80 gar nicht so »großen Mann« sogar gestattete, für ein, zwei Sekunden ihre Hand zu berühren.

Keine Ahnung, wie weit sich Palinski und Wilma noch gegenseitig hochgeschaukelt hätten. Aber das infantile, eifersüchtige Verhalten der beiden fand ein abruptes Ende, als plötzlich ein Mann zum Minister trat und ihm etwas ins Ohr flüsterte.

»Danke, Bosmeier«, murmelte der Minister, »ich brauche Sie heute nicht mehr. Meine Frau ist ja mit dem Wagen da.« Er blickte auch die Uhr. »Können wir uns irgendwo unter vier Augen unterhalten, Herr Palinski?«

Da das Lokal voll war, fiel dem Befragten nur das Besprechungszimmer im Institut ein. »Wenn Sie mir folgen wollen, Herr Minister« forderte er Fuscheé auf und ging voran. Da die Nacht so mild und der Hof vor Palinskis Büro so ruhig war, nahmen die beiden dann allerdings auf »Palinskis Bank« Platz. Jener Bank, auf der er im Mai vorigen Jahres die Leiche Jürgen Lettenbergs gelegen war. Mit der sein kriminalistischer Höhenflug begonnen hatte.

»Im Gegensatz zu allem, was du über deinen Neffen Werner gehört hast oder noch hören wirst«, kam Palinski dann gleich auf den Punkt, »ich halte ihn für einen ganz patenten, sympathischen Burschen mit vernünftigen Ideen. Die einzige Sorge, die ihn plagt, ist, dass sein Vater Landesrat werden könnte.«

Er erläuterte Fuscheé die einzelnen Vorbehalte und der Minister nickte immer wieder dazu.

»Vor allem sorgt sich Werner in dem Zusammenhang um seine Mutter, deine Schwester. Er fürchtet, dass die Ehe, die offenbar ohnehin nicht mehr ganz intakt ist, dann endgültig den Bach hinunter geht. Das würde aber seine Mutter, die diesen Mann aus unerklärlichen Gründen immer noch liebt, sehr treffen.«

Wieder nickte Fuscheé. »Und was schlägt Werner vor?«

»Entweder du bringst deinen Schwager dazu, von sich aus auf den Landesrat zu verzichten. Oder den Landeshauptmann, Ing. Labuda einfach nicht zu nominieren«, stellte Palinski fest. »In den Landtag gewählt kann er ruhig werden, das stört Werner nicht. Aber in der Landesregierung will er ihn nicht sehen.«

Der Minister überlegte nicht lange. »Ich bin ohnehin nicht begeistert von diesem Vorschlag meiner Parteifreunde in Niederösterreich. Also das sollte sich machen lassen. Falls es mir nicht gelingt, was hat Werner denn in petto?«

»Ein unschönes Video über das praktizierte Umweltbewusstsein seines Vaters«, das mit dem Video war gemogelt. »Und dann noch etwas, was eurer ländlichen, überwiegend katholischen Klientel nicht gefallen würde. Er würde sich mit Sandy den Medien stellen.«

Der Minister verstand nicht. »Na, so schlimm kann seine Freundin doch nicht sein. Oder ist sie gar praktizierende Kommunistin?« Er lachte dieses besonders selbstgefällige Lachen, das es Palinski so schwer machte, den Mann wirklich zu mögen.

»Sandy ist ein äußerst fescher, gebildeter Bursche aus Nigeria. Hat genau die richtige Hautfarbe für deine Partei.« Wie Palinski vermutet hatte, war das Lächeln mit einem Schlag aus dem Gesicht Fuscheés verschwunden. Nach einer Schrecksekunde flüsterte er »Und die beiden sind ...?«

»Und wie«, Palinski genoss die Situation. »Ich weiß, dir als toleranten, aufgeklärten Menschen ist das völlig egal. Aber den Wählern?«

Der Minister nahm es mit Humor. »Hauptsache, Werner ist glücklich.« Das klang erstaunlich echt und machte den hässlichen Lacher von vorhin wieder gut. Fast zumindest. »Hat er sonst noch irgendwelche Forderungen?«

»Nein, nur noch eine Bitte, eine Empfehlung, wenn man so möchte«, antwortete Palinski. »Er hält einen gewissen Magister Reinhard Führich für den besten Mann für die Ressorts Familie und Umwelt. Ich kenne den Mann nicht, aber was Werner erzählt hat, war durchaus beeindruckend.«

»Führich ist wirklich ein guter Mann«, bestätigte Fuscheé, »ein wenig progressiv vielleicht, aber sehr kompetent, Wieso ich nicht selbst auf ihn gekommen bin. Ich denke, ich werde Werners Empfehlung weitergeben.«

Während der letzten Worte Fuscheés war Helmut Wallner aus »Mama Marias« getreten und überquerte die Strasse. Als er die Männer auf der Bank sitzen sah, trat er zu den Beiden.

»Herr Minister«, sagte er leise. »Eben habe ich einen Anruf vom BKA erhalten. Major Kranzjenich ist es angeblich gelungen, den als »Schlächter von Döbling« bekannten Massenmörder zu verhaften. Mit viel Glück, aber immerhin. Bei einem Planquadrat in Grinzing ist der Bursche den Kollegen wegen seines fahrigen Verhaltens aufgefallen. Der Alkotest hat 1,1 Promille ergeben. Im Wagen wurden Blutspuren auf der Rückbank gefunden. Außerdem eine Kühltasche mit einem in Plastikfolie eingewickelten Körperteil. Wahrscheinlich ein Oberschenkel. Aber das wird in der Gerichtsmedizin noch untersucht.«

Das war eine Botschaft, die dem Herrn über Österreichs Polizei gut gefiel, sehr gut sogar. »Hervorragende Arbeit«, freute er sich. »Bitte rufen Sie den Oberstleutnant an und gratulieren Sie in meinem Namen zu dem tollen Erfolg. Und sagen Sie ihm, ich brauche die wichtigsten Ergebnisse bis morgen 9 Uhr auf meinem Schreibtisch. Na, die Medien werden sich wundern.«

Palinski kam die Sache irgendwie komisch vor. Nach all dem, was er über den Schlächter bisher wusste, passte einiges im Verhalten des Festgenommenen überhaupt nicht ins Bild. Wieso sollte jemand, der inzwischen mindestens acht Personen zerstückelt hatte, mit einem Leichenteil im Auto zum Heurigen fahren und sich ansaufen? Es sei denn, er hatte es darauf angelegt, erwischt zu werden.

»Vorsicht, Herr Minister«, ermahnte er Fuscheé, den er nur privat duzte, »nicht dass Ihnen vorschnelle Schlüsse später auf den Kopf fallen. Irgendwas stimmt an der Sache nicht.« Er blickte zu Wallner, der ebenfalls etwas skeptisch wirkte.

»Ich schließe mich der Empfehlung Palinskis an«, legte sich auch der Oberinspektor fest.

»Aber meine Herren«, die Stimme des Ministers hatte wieder jenen leicht arroganten Unterton, für den der Mann allgemein bekannt war. »Höre ich da berufliche Eifersucht heraus? Sind Sie dem Oberstleutnant Kranzjenich vielleicht den Erfolg neidig? Ich weiß, Sie mögen den Mann nicht sehr, aber …«, die Stimme hatte einen wohlwollend ermahnenden Klang angenommen. So wie man mit Kindern spricht, die es nicht besser verstehen.

»Das ist durchaus möglich«, konzidierte Palinski, »aber worin die Leistung besteht, wenn ein selbstzerstörerischer Massenmörder beschließt, einen Alkotest zu nutzen, um sich zu stellen, muss mir erst jemand erklären. Das ist bestenfalls Glück. Aber«, er blickte Fuscheé streng an, »sag später einmal bloß nicht, wir hätten dich nicht gewarnt.« Dann stand er auf und machte sich auf den Weg zurück zu »Mama Maria.«

»Ist Palinski immer so rasch eingeschnappt?« wunderte sich der Minister.

»Eigentlich nicht, Herr Minister, »nur wenn er sicher ist, dass er recht hat. Und ich fürchte, das ist in diesem Fall so.« Dann stand auch Wallner auf und ließ seinen obersten Chef sitzen.

»Lauter Mimosen«, brummte der Minister, der sich die gute Laune nicht verderben lassen wollte. Langsam schlenderte auch er zum Restaurant zurück, pfiff vor sich hin und freute sich schon auf seinen morgigen Auftritt vor den Medien. Mein Gott, wie er die Bekanntgabe derart spektakulärer Neuigkeiten liebte. Das würde mindestens 2 – 3 Prozentpunkte plus in der wöchentlichen Popularitätsskala geben. Und damit war er schon knapp an den Werten des Kanzlers dran.

6

Der an Ereignissen wahrlich nicht arme gestrige Tag hatte dann noch einige nicht unerhoffte, aber in ihrer Intensität völlig unerwartete Höhepunkte für Wilma und Palinski bereitgehalten. Und das im existenziellsten Sinne des Wortes.

Das durch Mitwirkung des Ministers und seiner Frau besonders inspirierende Flirtgeplänkel hatte die sowohl bei Wilma als auch bei ihrem Mario vorhandene Bereitschaft zur Versöhnung so richtig angeheizt. Kaum in der Wohnung angelangt, war es daher auch gleich zum wiederholten Abbau der beiderseits aufgebauten Spannungen gekommen.

Heute Morgen fühlten sich die beiden wieder wie die verliebten Turteltäubchen, die sie vor 20 und mehr Jahren gewesen waren. Palinski, der sich für einige Stunden als »lover of the universe« gefühlt hatte, bereitete das Frühstück, ganz so, wie er es am Beginn ihrer Beziehung und auch noch einige Jahre länger immer getan hatte. Und Wilma wartete ungeduldig, dass er wieder an seinen Platz unter ihrer Decke zurückkehrte. Um sich zu nehmen, wonach ihm – hoffentlich noch einmal – war.

Gerade vorher hatten sie über die Einladung der Bittners nach Singen gesprochen und beschlossen, die Gelegenheit wahrzunehmen und im Anschluss daran einige Tage im Hegau zu verbringen. Heuer hatte der Urlaub wegen Wilmas Sommerakademie bisher ohnehin nur aus zwei verlängerten Wochenenden im Waldviertel bestanden. Und »es muss ja nicht immer Italien sein, die Gegend um den Bodensee ist ja auch wunderschön.«

Als plötzlich das Telefon so unverschämt fordernd klingelte, hatte Wilma das ungute Gefühl, dass damit das kuschelige gemeinsame Frühstück mit Mario in weite Ferne rücken könnte.

Mit dem Zuruf: »Lass es ruhig klingeln, das wird bloß Maria sein. Die meldet sich sicher später noch einmal«, wollte sie noch retten, was zu retten war. Doch vergebens, so sehr ihr Mario auch dem polyphonen »Tidelidi tidelidu tidelidei« seines Handys widerstehen konnte, dem schrillen »Drrr Drrr Drrr« des Festnetzanschlusses war er nicht gewachsen. »Hallo«, hatte er sich auch schon gemeldet und damit den Alltag wieder in ihre Liebeslaube eingelassen.

Es war »Miki« Schneckenburger, der im Stau steckte und vor Aufregung stotterte. »Dddu musst mir unbedingt helfen, Mmario«, der Ministerialrat schien in einer Verfassung zu sein, die Palinski keine Chance zum Nein sagen ließ. »Ddder Alte hat Dünnschiss. Hat angeblich vor dem Schlafengehen noch einige Shrimps fressen müssen, die im Kühlschrank herumgestanden sind. Und jetzt soll ich die Pressekonferenz mit dem Kranzjenich abhalten.« »Miki« schnaufte ins Mikrofon. »Der Minister hat mir gestern noch von deinen Bedenken erzählt. Und die decken sich ziemlich genau mit meinen.«

Da war allerdings Gefahr in Verzug. Allergrößte Gefahr, dass sich der alte Freund, diese Seele von einem Bürokraten, unsterblich blamieren könnte. Obwohl Oberstleutnant Kranzjenich für das wahrscheinliche Informationsdebakel verantwortlich sein würde, würde es dieser rücksichtslose Karrierist sicher so drehen, dass die meiste Häme den formal übergeordneten Mann aus dem Ministerium träfe.

»Am besten wäre, du bleibst bis Mittag im Stau stecken, dann erledigt sich die Sache von selbst«, scherzte Palinski, fand die Empfehlung plötzlich aber schließlich irgendwie bestechend.

»Verarschen kann ich mich selbst«, grollte der gestresste Ministerbüttel, »fällt dir nichts besseres ein?«

»Nicht auf die Schnelle. Aber ich komme, und am Weg ins Ministerium wird mir schon etwas einfallen«, beruhigte Palinski den Freund. »Und vor allem so wenig wie möglich sagen und davon soviel wie möglich im Konjunktiv.«

Er zuckte bedauernd mit den Schultern. Mehr musste er Wilma nicht erklären, sie hatte auch so verstanden. Da sie nicht wusste, was sie jetzt sagen sollte, meinte sie »Monika Schneckenburger ist aber eine nette Frau. Die Frau Minister hat mich dagegen etwas enttäuscht.«

»Findest du?« Auch Palinskis Eloquenz hatte in den letzten Minuten etwas gelitten. So verließ er sich auf seine nonverbalen Qualitäten und küsste sie sanft.

Doch der Zauber des jungen Morgens war vorbei und was blieb, war die schöne Erinnerung. Und das leise Ziehen des wieder einsetzenden leichten Hexenschusses.

»Und vergiss bitte nicht, dass wir heute Abend bei meinen Eltern eingeladen sind«, rief Wilma dem hinausgehenden Mario nach. »Du weißt doch, Tante Miriam und Onkel Carlo sind zu Besuch.«

Oje, ging es Palinski durch den Kopf, darauf hätte er fast wieder einmal vergessen. Er wollte den neuen Frieden, die wunderbaren Versprechungen, die die letzte

Nacht für die Zukunft gemacht hatte, nicht gefährden. Es würde wohl besser sein, diesmal in den sauren Apfel zu beißen.

* * * * *

Obwohl die Zeit drängte, die Pressekonferenz sollte in einer knappen Stunde beginnen, beschloss Palinski, kurz ins Büro und nach Florian zu sehen.

Der junge Kollege erklärte Margit eben aufgeregt etwas und deutete immer wieder auf seine Aufzeichnungen. Als Palinski eintrat, konnte Florian es nicht erwarten, mit der frohen Botschaft herauszurücken.

»Ich glaub, ich hab das Rätsel gelöst«, freute er sich aufgeregt, »ich weiß jetzt, was die beiden Stapel mit den Lottozetteln zu bedeuten haben. Und warum Frau Stauffar sie zur Aufbewahrung weggegeben hat.« Er strahlte über das ganze Gesicht.

Palinski brachte es nicht über das Herz, das Engagement Florians dadurch zu dämpfen, dass er ihn mit der Besprechung der Sache auf einen späteren Zeitpunkt vertröstete.

»Ausgezeichnet«, lobte er Florian und er meinte es wirklich so. Wenn der Bursche so weiter machte, würde es Palinski schwer fallen, kommende Woche wieder auf seine Dienste verzichten zu müssen. »Du solltest versuchen«, wies er Florian an, »diesen Dr. Leuburger in Baden zu erreichen. Vielleicht lässt sich der Verdacht zunächst einmal telefonisch erhärten. Margit soll dir dabei behilflich sein.« Dann wandte Palinski sich auch schon wieder zum Gehen. »Übrigens, es wurde schon wieder ein Leichenteil gefunden, ein Oberschenkel«, informierte er seine beiden Mitarbeiter beiläufig.

»Also, wenn das ein Linker ist, dann bedeutet das Opfer Numero 9«, stellte Florian lakonisch fest.

Palinski verstand nicht sofort. »Was meinst du damit?«

»Ich habe mitgezählt und der einzige Körperteil, der von allen acht Opfern bereits gefunden worden ist, ist das linke Bein«, erläuterte der bemerkenswerte Bursche. »Das würde bedeuten, dass wir's schon mit 9 Toten zu tun haben.«

Wenn je etwas logisch gewesen war in Palinskis Leben, dann war es diese in ihrer Knappheit bestechende Feststellung. »Du wirst mir langsam unheimlich, Florian«, anerkannte er, aber das war nicht alles. In Wirklichkeit fing er an, ihn zu bewundern.

* * * * *

Trotz des Nachrichtenmonopols, das der Minister für sich bzw. von Fall zu Fall ausdrücklich für von ihm benannte Mitarbeiter in Anspruch nahm, war die Nachricht über die mögliche Festnahme des »Schlächters« irgendwie bereits in die Redaktion des auflagenstärksten Kleinformats des Landes gelangt. Die Leute da hatten so ihre Kanäle. Und dass sie eine über die nackten, in diesem Fall dazu auch noch höchst ungewissen Fakten hinausgehende, die Auflagezahlen explodieren lassende Schlagzeile auf der Titelseite daraus machten, versteht sich von selbst.

Die frohe Kunde

»SCHLÄCHTER VON DÖBLING ENDLICH GEFASST -

Wien kann wieder aufatmen«,

sprang an diesem Morgen den erleichterten Bewohnern der Bundeshauptstadt an allen Ecken förmlich ins Gesicht.

Als der tatsächliche Schlächter das Haus verließ, um sich frische Semmeln aus der Bäckerei an der Ecke zu holen, erwartete ihn eine Überraschung. Er liebte nichts mehr, als das resche, dick gebutterte Gebäck mit der selbst gemachten Erdbeermarmelade. Nein, das stimmte nicht ganz. Noch mehr als sein Frühstück liebte er es seit Kurzem, in den Medien erwähnt zu werden.

Er war daher höchst beeindruckt von der Nachricht, dass er gestern verhaftet und in Untersuchungshaft gebracht worden war. Das musste gefeiert werden, dachte er und beschloss, sich heute einmal eine zweite Buttersemmel zu gönnen, ausnahmsweise vielleicht sogar mit Nutella.

Dann kam ihm der Gedanke, dass es sich bei dem glücklosen Kollegen um einen Nachahmungstäter handeln könnte, der ihm den in den letzten Wochen in harter Arbeit aufgebauten Ruf streitig machen wollte. Nach einigen Überlegungen beschloss er, sein Recht auf den Titel »Schlächter von Döbling« zu verteidigen. Entschlossen betrat er die Telefonzelle gegenüber der Bäckerei und wählte die Nummer des Polizeinotrufes.

* * * * *

Im gerichtsmedizinischen Institut war der Teufel los. Der durch die Urlaubszeit ohnehin reduzierte Personalstand, der immense, »schlächterbedingte« Arbeitsmehranfall und die qualitativ zwar ausgezeichneten, quantitativ aber eher nur symbolischen personellen Leihgaben anderer

Institute bedeuteten schon ohne zusätzliche Probleme eine äußerst angespannte Situation, die sich durch den Beinbruch eines Kollegen sowie plötzlich einsetzende Blutungen bei einer im 5. Monat schwangeren Mitarbeiterin der Verwaltung über Nacht noch dramatisch zugespitzt hatte.

In dieser von Hektik, Übermüdung und zeitlichem Druck geprägten Atmosphäre konnten Fehler passieren. Das war allen hier Beschäftigten bewusst. Und die Tatsache, dass man es »bloß« mit Leichen zu tun hatte und daher niemandem mehr schaden konnte, war den Verantwortlichen nur ein geringer Trost. Also bemühte man sich nach bestem Wissen und Gewissen und hoffte, dass der Albtraum bald vorüber sein würde.

Eben hatte ein dringender Anruf des BKA, mit dem der Befund der als »vordringlich« eingestuften Untersuchung des gestern Abend eingelieferten »Oberschenkels« urgiert wurde, für allgemeine Heiterkeit gesorgt.

Der bereits emeritierte. Prof. Buchinger, den man vor drei Tagen aus dem wohlverdienten Ruhestand zurückgeholt hatte, rief selbst im Büro an und wies eine dort den ersten Tag tätige Aushilfskraft an, das Gutachten direkt an das Büro des Innenministers zu faxen. Und das pronto, bitte. »Na, da wird die Presse aber Augen machen« war sein launischer Kommentar, der die Umstehenden neuerlich zum Lachen brachte.

Die 56-jährige Frieda Wellisch, die man sich in aller Eile aus der Personalverwaltung geborgt hatte, war überfordert. Diese ständigen Anrufe von Menschen, die sie nicht kannte, die Sachen wollten, von denen sie keine Ahnung hatte und die dann auch gleich ungeduldig, ja unfreundlich wurden, standen ihr inzwischen bis hier. Ach, Sie können das ja nicht sehen. Also bis zum Hals.

Fahrig blätterte sie die Mappe mit den Gutachten durch, konnte aber keinen Bericht über einen Oberschenkel finden. Dann kam schon wieder ein Anruf, mit dem sie nichts anfangen konnte, außer ihn zu notieren. Genervt ging sie nochmals den vor ihr liegenden Papierstapel durch. Endlich, da stand etwas von einem Oberschenkel, auch das Datum stimmte.

Erleichtert nahm sie das Blatt, schob es in das Faxgerät und schickte die darauf befindliche Expertise auf ihre Reise zum Büro des Innenministers.

Dort wurde das schon dringend erwartete Papier sofort in den kleinen Festsaal gebracht, wo die zahlreichen Vertreter der in- und ausländischen Medien darauf warteten, dass die Pressekonferenz endlich begann.

* * * * *

Ministerialrat Schneckenburger, der bereits bedauerte, Palinskis Rat, sich im Stau zu verstecken, nicht befolgt zu haben, saß neben Oberstleutnant Kranzjenich hinter dem Tisch am Podium. Die Art, wie sich dieser selbsternannte »Shootingstar« des Bundeskriminalamtes aufführte, wie er seine Mitarbeiter herumscheuchte und sich Verdienste anrechnete, die ihm einfach nicht zustanden, machten Schneckenburger zunehmend zu schaffen. Dazu kam, dass der BKA-Mann, der die Sonderkommission »Schlächter von Döbling« leitete, fürchterlich über die Indiskretion verärgert war, die zu der Headline in dem großen Kleinformat geführt hatte. Damit war seinem heutigen Auftritt die Sensation, das Überraschungsmoment genommen worden.

Der Minister hatte seinen Verdauungstrakt inzwischen wieder so weit unter Kontrolle gebracht, dass er riskieren zu können glaubte, sich länger als 5 Minuten und weiter als 10 Meter von einem »sicheren Hafen« entfernen zu können. Er fahre jetzt von zu Hause weg und würde direkt zur Pressekonferenz kommen, hatte er Schneckenburger wissen lassen. Aber er sollte doch schon einmal mit der Veranstaltung beginnen.

Als Palinski endlich den Raum betrat, fühlte sich der Ministerialrat plötzlich etwas besser. Er stand auf und das Gemurmel im Saal verstummte.

»Ich darf Sie namens des Herrn Innenminister, der etwas später zu uns stoßen wird, herzlich begrüßen.« Bisher hatte sein Freund noch nichts Verfängliches von sich gegeben, fand Palinski. Hoffentlich blieb das auch so.

»Wie Sie den Meldungen einer großen Tageszeitung und den Nachrichten im Rundfunk sicher schon entnommen haben, könnte der Polizei letzte Nacht ein entscheidender Fang gelungen sein«, Schneckenburger machte jetzt einen etwas sichereren Eindruck. Hoffentlich wurde er bloß nicht übermütig.« Auch wenn wir das zum großen Teil Kommissar Zufall verdanken.«

Freundliches Gelächter folgte dieser sympathischen Offenheit, die dem daneben sitzenden Kranzjenich aber offenbar überhaupt nicht ins Konzept passte.

»Ich darf das Wort jetzt an Herrn Oberstleutnant Kranzjenich übergeben, den Leiter der Sonderkommission.«

»Miki« hatte seine Sache gut gemacht, er hatte sich keine Blöße gegeben und den Konjunktiv an den strategisch richtigen Stellen verwendet. Palinski wusste nicht, ob er dem nun folgenden Akteur ebenso viel Geschick wünschen sollte oder nicht.

Der Oberstleutnant begann mit einer Relativierung des Begriffes »Zufall« und redete solange herum, bis die Festnahme fast ausschließlich das Resultat seiner und der Arbeit seiner Kollegen war. Und, dass das bisschen Zufall, also der kaum nennenswerte Anteil, den er beim besten Willen nicht wegreden konnte, der eigentliche Zufall war.

Mit tollen Wortschöpfungen der Kategorie »Superlative« strich er immer wieder seine Bedeutung bei dem erfreulichen Abschluss dieser schrecklichen Mordserie heraus und beglückwünschte den Staat indirekt, so außergewöhnliche Diener zu haben wie ihn.

Der Eklat begann sich abzuzeichnen, als ein Reporter des besagten Kleinformates die unerhörte Frage einwarf, ob es zutreffe, dass es sich bei dem angeblichen Oberschenkel, der im Wagen des Festgenommenen gefunden worden war, tatsächlich um eine Schweinsstelze* handelte. Wie er von einem Informanten aus der Gerichtsmedizin erfahren haben wollte.

Für solche Ungehörigkeiten war in seinen Pressekonferenzen kein Platz, fand Kranzjenich und verbat sich den Unsinn. Triumphierend hob er das zugefaxte Gutachten in die Höhe und begann vorzulesen:

»Bei dem untersuchten rechten Bein, das am 21. August«, das war vor vier Tagen gewesen, fuhr es Palinski blitzartig durch den Kopf. »in einem Altpapiercontainer in der ...«

Blitzschnell sprang Schneckenburger auf, nahm seinen gesamten Mut in Vertretung des Ministers zusam-

* Schweinshaxe, Eisbein

men und erklärte die Pressekonferenz für vorübergehend unterbrochen. Dann bat er die Damen und Herren von den Medien in den Nebenraum, wo eine von den Wiener Fleischhauern gesponserte Schlachtplatte auf die Sensationshungrigen wartete. Die Fleischer der Bundeshauptstadt hatten damit ein erstaunliches, ja fast visionäres Feeling für die Situation bewiesen, in die diese Veranstaltung geraten war. So was von Gespür, das konnte man nicht lernen. Man hatte es oder man hatte es nicht. Es war wirklich beeindruckend.

Das war der Augenblick, in dem Minister Dr. Fuscheé den Saal betrat und verkündete, dass der echte »Schlächter« eben mit Oberinspektor Wallner gesprochen und sich jeglichen Missbrauch seines wohlerworbenen Titels verbeten hatte.

Kranzjenich, der ob des ungeheuerlichen Geschehens zunächst erstarrt war, verlor nun sämtliche Nerven und begann zu toben. Dem sonst so angepassten, übervorsichtigen Karrieristen kamen plötzlich Worte wie »Sauerei«, »Sabotage«, »Verschwörung« und »Scheißpresse« stakkatoartig über die Lippen. Als er dann noch hämisch bemerkte, dass »der Fisch am Kopf zu stinken beginnt« und den Minister dabei unverschämt anstarrte, wurde es Fuscheé zu viel. Wichtiger Mann in der Personalvertretung hin oder her, er suspendierte den Oberstleutnant einfach wegen vorübergehender Unzurechnungsfähigkeit und wies ihn an, sich unverzüglich in psychologische Betreuung zu begeben. »Und das ist keine Empfehlung, sondern ein Befehl«, brüllte er Kranzjenich an.

Die Medienvertreter waren über diese Entwicklung nicht traurig, im Gegenteil. Die Berichterstattung über das Monster, das Leichenteile über den ganzen 19. Bezirk verteilte, war gesichert. Und die Geschichte über diese sonderbare, ja außergewöhnliche Pressekonferenz gab schließlich auch einiges her. Also war das sonst so gefürchtete Sommerloch dieses Jahr weiterhin noch nicht zu sehen, weitere Schlagzeilen waren erst einmal gesichert.

Aber auch Palinski war zufrieden. Kranzjenich, ein erbitterter Gegner, hatte sich selbst aus dem Spiel genommen.

* * * * *

Kurz nach 11.30 Uhr hatte Marisa Freiberger einen Parkplatz in der Nähe ihres neuen Domizils am Döblinger Gürtel gefunden. Sie hatte sich einen Kleintransporter aus dem väterlichen Betrieb organisiert und mit ihren Sachen voll beladen. Einige Möbel- und Dekorstücke, Bilder und andere Dinge, an denen sie besonders hing. Und die aus einer Mietwohnung so etwas wie ein Zuhause machten.

Arthur Melham, der sie schon erwartete, hatte sich heute extrafein gemacht. Das kräftig gestreifte »button down«-Hemd und die lustig gepunktete Krawatte, die auch in der Nacht leuchtete, gaben ihm das gewisse Etwas. Meinte er und grinste die junge Frau verführerisch an. Oder was er dafür hielt.

»Hallo Marisa«, begrüßte er sie, »wie schön, dich zu sehen.«

»Ciao Arthur«, reagierte sie knapp. Sie wollte sich in keine längeren Gespräche mit dem schleimigen Kerl einlassen. »Hast du jemanden an der Hand, der meine Sachen nach oben bringen kann?«

»Ich bin sicher, Viktor wird dir gerne helfen.« Er griff zum Telefon und klingelte den Hausmeister an.

Als der einige Minuten später vorbei kam, stellte Marisa erfreut fest, dass es in diesem Haus offensichtlich auch nette und vor allem attraktive Männer gab. Sie schätzte Viktor Balanow, Sohn einer deutschen Mutter und eines russischen Vaters, wie Arthur ihr erklärt hatte, auf maximal 30 Jahre. Er war mindestens 1,90 groß und sah wirklich gut aus.

»Viktor ist seit sechs Wochen unser Hausmeister«, stellte Melham fest. »Wir sind sehr froh, ihn so rasch gefunden zu haben, nachdem sein Vorgänger über Nacht spurlos verschwunden ist.«

Viktor erklärte, dass es ihm eine Freude sein werde, der neuen Mitbewohnerin helfen zu können.

Im Gang vor dem Büro kam ein Mann vorbei. »Das trifft sich aber bestens«, rief Arthur aufgeregt, »da kann ich dir gleich deinen Nachbarn vorstellen, Marisa. Werner«, rief er hinaus, »kannst du einen Moment hereinkommen?«

»Ich wusste gar nicht, dass die Französin ausziehen wollte«, wunderte sich Labuda, der uns schon in einem anderen Zusammenhang bekannt geworden war.

»Sie hat ihre Zelte von heute auf morgen abgebrochen und wird ihre Sachen später abholen lassen«, erklärte Melham. »Übrigens, du kennst ja unseren neuen Hausmeister auch noch nicht«, er deutete auf Viktor. »Das ist Viktor, das hier ist Werner, Herr Labuda von B 31.«

Marisa beglückwünschte sich zur Wahl ihrer Wohnung. Sie fand, dass die Konstellation immer interessanter wurde. Ihr Nachbar sah noch besser aus als Viktor. Vielleicht nicht besser, aber mit gut zwei Metern Größe und einer Figur wie ein junger Gott auf jeden Fall beeindruckender, korrigierte sie sich.

Natürlich war auch Werner Labuda sehr erfreut und gerne bereit, der netten neuen Nachbarin beim Einzug behilflich zu sein. Eine Stunde später waren Marisas komplette Habseligkeiten im Appartement B 32 verstaut und sie konnte beginnen, den beiden Räumen ihre persönliche Note zu verleihen.

Schon bald hatte sie ihre Bilder aufgehängt, einen guten Platz für den Wandteppich aus Peru gefunden und den schon etwas schäbigen, aber ungemein bequemen Ohrenfauteuil von der Omi ans Fenster gerückt. Dann schloss sie ihr Notebook, den kleinen Fernseher sowie das Radio mit dem CD-Player an und verstaute ihre Lieblingsdiscs im Wandregal. Jetzt musste sie nur noch sehen, wo sie ihre Papiere und den sonstigen Kleinkram verstauen sollte. Sie versuchte, die Lade des Arbeitstisches herauszuziehen, der neben dem Fauteuil am Fenster stand. Ein leichter Widerstand zwang sie dazu, etwas kräftiger daran zu ziehen, als sie erwartet hatte. Sie nahm sich vor, die Kanten und Laufflächen der Lade mit Hirschseife einzureiben. Das war ein simpler, aber sehr wirkungsvoller Trick, den sie von ihrem Großvater kannte.

Marisa nahm die Lade gänzlich heraus und stellte sie am Boden ab. Dann fuhr sie mit der rechten Hand die Innenseiten der so entstandenen Nische ab, um die Ursache dieses Widerstandes zu ergründen. Zunächst konnte sie nichts entdecken und vermutete schon, dass sich nur das Holz etwas verzogen hatte. Plötzlich fühlte sie aber etwas unter ihren tastenden Fingern, griff danach und zog einen Packen Briefe heraus. Vorsorglich tastete sie nochmals die Rückwand der Nische ab und fand noch zwei weitere Kuverts.

Alle Briefe, es waren insgesamt sieben, waren an eine Roseanne Mercier gerichtet und stammten von einer Susanne Bartl. In welchen Zusammenhang hatte sie diesen Namen bloß schon gehört?

Während Marisa überlegte, was sie mit ihrem Fund anfangen sollte, klopfte es an der Türe. Es war Werner, ihr Nachbar, der eine Vase mit einem bunten Blumenstrauß in Händen hielt.

»Ein kleiner Willkommensgruß«, meine er freundlich, »ich habe mir gedacht, mit Blumen sieht die Wohnung gleich viel freundlicher aus.«

Marisa fand das wirklich nett, vor allem auch, dass Werner nicht die Gelegenheit ausnutzte und ihren nur mit BH und Slip bekleideten Körper schamlos mit seinen Blicken verschlang.

»Willst du auf einen Kaffee hereinkommen?«, forderte sie ihn auf, während sie in ihren Bademantel schlüpfte.

»Danke, keine Zeit«, Werner deutet auf seine Armbanduhr, »aber ich muss weg. Ein wichtiger Termin. Vielleicht ein anderes Mal.«

»Also dann bei nächster Gelegenheit«, schnurrte Marisa ein wenig enttäuscht, »und vielen Dank. Übrigens«, rief sie dem davon gehenden Mann nach, »kennst du eine Roseanne Mercier?«

»Ja«, Werner drehte sich um, »das war deine Vorgängerin in dieser Wohnung. Was ist mit Rose?«

Marisa zögerte etwas. »Ach nichts, der Name ist mir nur irgendwann untergekommen«

Nachdem ihr Nachbar gegangen war, setzte sich die junge Frau über ihre Skrupel hinweg und ans Fenster und begann, die Briefe zu lesen. Das anfängliche Gefühl, damit in geschmackloser Weise in die Intimsphäre ihr völlig fremder Menschen einzudringen, wich aber bald einer steigenden Erregung und zuletzt der Gewissheit, dass irgendetwas nicht stimmte. Ganz und gar nicht stimmte.

Das war, als sie sich plötzlich erinnerte, in welchem Zusammenhang sie den Namen Susanne Bartl schon gehört oder besser gelesen hatte.

* * * * *

Als Palinski in sein Büro zurückgekommen war, hatten ihn seine Hunde Max und Moritz heftig wedelnd begrüßt, waren an ihm hochgesprungen und hatten ihm ihre ganze Liebe gezeigt. Er hatte den Beiden gegenüber direkt ein schlechtes Gewissen. Max, den Golden Retriever hatte er einem Mörder und späteren Opfer quasi abgekauft, den Mischling Moritz an einem Tatort gefunden. Die Arbeit der letzten Tage hatten ihn nicht nur Wilma, sondern auch seine beiden vierbeinigen Lieblinge vernachlässigen lassen. Wilma hatte sich dagegen gewehrt und sie hatten sich wieder versöhnt. Und wie. Die Hunde hatten die Vernachlässigung dagegen hingenommen und leise maunzend gelitten.

Spontan hatte sich Palinski die Leinen geschnappt und mit den Hunden eine größere Runde durchs Grätzel gedreht. Sozusagen als erste Wiedergutmachung. Und als Versprechen für die Zukunft.

Jetzt saß er mit Florian zusammen, der wieder sehr gute Arbeit geleistet hatte. Gestern Abend hatte er nach langem Tüfteln erkannt, dass die 14 quittierten Lottoscheine, die den zweiten der beiden Stapel ausmachten, die Tante Nettie für die Tote aufbewahrt hatte, nicht von der Frau Kommerzialrat ausgefüllt worden waren.

»Die alte Dame hat ständig nur acht Lottozahlen gespielt«, erklärte der Polizeischüler, »das heißt, immer 6 davon und eine siebente als Zusatzzahl. Und zwar alle Varianten, die mit ihren Lieblingszahlen 3 5 22 29 31 36 39 43 möglich waren.« Als Beweis legte er einige Scheine aus dem größeren Stapel auf den Tisch.

»Auf den anderen, den 14 Scheinen, kommen diese Zahlen aber gar nicht oder nur vereinzelt vor.« Triumphierend legte Florian jetzt diese Belege vor.

Was sein junger Kollege sagte, stimmte, wie Palinski unschwer feststellen konnte. Ihm war aber noch nicht klar, welche Bedeutung diese Erkenntnis für den Fall haben sollte. »Und was schließt du daraus?«

»Ich hab auf den Websites der Lotteriegesellschaft recherchiert, welche Zahlen bei diesen Runden«, er deutete auf den kleinen Stapel, »gewonnen haben. Und jetzt kommt das Beste.« Mit einem unverkennbaren Gespür dafür, wie man Spannung erzeugt, hielt Florian inne und blickte Palinski fröhlich-frech an.

»Also los, spann mich nicht auf die Folter«, murrte Palinski scherzhaft.

»Je nachdem, welche ihrer Zahlen die Frau Kommerzialrat gespielt hat«, und das war leider nicht bekannt, erinnerte sich Palinski, »hätte sie mit den vierzehn Scheinen zwischen 1 400 und 7 800 Euro gewonnen. Hat sie aber nicht, weil jemand die Scheine ausgetauscht und die Gewinne selbst kassiert hat.«

Also Menschen waren schon wegen weniger Geld umgebracht worden. Jetzt ergaben auch einige der anderen Eintragungen im Kalender einen Sinn. »Und die

Frau Kommerzialrat hat den Betrug entdeckt und wurde deswegen umgebracht«, vermutete Palinski und traf damit den Nagel auf den Kopf.

»Genau«, bestätigte Florian. »Ich hab den Doktor Leuburger in Baden erwischt und der hat folgendes erzählt: Die Elisabeth, so hat er die Tote genannt, also die Elisabeth hat sich vorher nie die Scheine angeschaut, weil sie schon recht schlecht gesehen hat. Seid der Leuburger in der Residenz war, hat er ihr immer die Zahlen gesagt. Und da hat sie rasch geschnallt, dass sie betrogen worden ist. Dann hat der Doktor alle Scheine durchgecheckt und herausgefunden, dass genau diese vierzehn Scheine ausgetauscht worden sind.«

Ein originelles Verbrechen, fand Palinski. Obwohl, wer wusste schon, wie oft alte Menschen in ähnlichen Situationen schon auf diese Weise um ihre Spielgewinne gebracht worden waren. Ohne dass das aufgefallen, aber auch ohne dass jemand deswegen umgebracht worden wäre. Oder?

»Hat der Doktor Leuburger eine Ahnung, wer die Spielscheine für Frau Stauffar in die Trafik gebracht hat?«, wollte Palinski jetzt wissen.

»Er hat die Frau Kommerzialrat gefragt, wer denn so was macht. Aber sie hat nur gemeint, sie will diese Person nicht bloßstellen, ihr noch eine Chance geben.«

»Es muss jemand sein, der regelmäßig zur Frau Stauffar gekommen ist«, rekapitulierte Palinski. »Also die Nichte scheidet bei diesem Motiv aus. Wahrscheinlich jemand vom Personal, eine geheime Vertraute aus dem Haus.«

»Oder die Friseuse«, warf Florian ein.

»An die habe ich auch schon gedacht«, räumte sein

Partner ein, »aber die heißt Isabella. Ich glaube, wir müssen jemand suchen, dessen Namen mit V beginnt.«

»Richtig, die Eintragungen im Kalender«, erinnerte sich der junge Kollege. »Aber vielleicht haben die auch ganz etwas anderes zu bedeuten.«

* * * * *

Nachdem Marisa die Briefe Susannes an Rose zwei Mal gelesen hatte, war die sonst so selbstsichere junge Frau völlig durcheinander. Zunächst hatte sie der seltsame Reiz dieser Dokumentation einer wachsenden Zuneigung, ja Liebe zwischen den beiden Frauen irritiert, dann fasziniert.

Als sie die Passage erreicht hatte, in der Susanne berichtete, dass sie sich »I love ...« und eine schwarze Rose auf den Schenkel hatte tätowieren lassen, war ihr eingefallen, dass und was sie über Susanne Bartl und die schwarze Rose erst vor Kurzem in den Nachrichten gehört hatte.

Die Frau, die diese wunderbaren Worte geschrieben hatte, war tot, ihr Leichnam in mehrere Teile zerstückelt worden. Und Rose, die hier gewohnt, die Briefe Susannes gelesen und sicher auch beantwortet hatte, war plötzlich über Nacht verschwunden. Und das, ohne die höchst intimen Briefe mitzunehmen, die sie extra vor den neugierigen Augen Dritter versteckt hatte. Das passte absolut nicht zu dem Bild, dass sich Marisa von dieser feinfühligen, gefühlvollen jungen Französin machte. Sie hatte vielmehr den schrecklichen Verdacht, dass Rose ebenfalls Opfer des »Schlächters« geworden sein könnte und ihre unidentifizierten Teile bereits in der Gerichtsmedizin lagen. Fieberhaft überlegte Marisa, was sie jetzt tun sollte, ja musste. Rasch zog sie sich an, steckte die Briefe in ihre Handtasche und verließ ihre neue, kleine Wohnung. Sie hatte Angst, alleine zur Polizei zu gehen, abgesehen davon, dass sie gar nicht wusste, wo sich das nächste Kommissariat befand.

Sie überlegte, wem sie sich anvertrauen konnte. Als Erstes probierte sie es an Werners Türe, doch der hatte ja auswärts einen Termin. An den schmierigen Arthur wollte sie sich nicht wenden. Sie vertraute diesem psychopathischen Schleimer nicht. Niemand wusste, wer der Schlächter war. Und sie wollte Herrn Melham auch wirklich nichts unterstellen. Aber konnte sie sicher sein, dass nicht gerade er ...? Nicht, dass sie ihn ernsthaft verdächtigt hätte, aber von allen Menschen, die sie in Wien kannte, traute sie es diesem Komplexler noch am ehesten zu.

Der Hausmeister schien auch ein ganz netter Bursche zu sein. Ein halber Russe, wie aufregend. Die slawische Seele im Verbund mit der deutschen, welch teuflische Mischung. Was wohl Erwin Ringel* davon gehalten hätte.

Sie beschloss, den Zufall entscheiden zu lassen. Sollte sie beim Hinuntergehen auf Viktor treffen, wollte sie ihn um Hilfe bitten. Sonst würde sie sich eben ein Taxi nehmen und zur Polizei bringen lassen.

Das Leben, das für Glücksspiele offenbar viel übrig hatte, ließ sich viel Zeit mit seiner Entscheidung. Marisa war schon aus dem Haus getreten und wollte den nächsten vorbei kommenden Passanten nach dem nächsten Taxistandplatz fragen. Da die erste Person, auf die die junge Frau auf der Straße traf, der sie freundlich

* Österr. Psychiater, u.a. bekannt für seine Befassung mit der »Österreichischen Seele«

anlächelnde Hausmeister war, schlug das Schicksal in diese Richtung aus.

Viktor war nur zu gerne bereit, der neuen Hausbewohnerin gefällig zu sein. Auf dem Weg zu seinem Wagen erzählte ihm Marisa von ihrem Fund und dem sich daraus ergebenden schrecklichen Verdacht. Mit seiner freundlichen, ruhigen Art gelang es ihm aber rasch, die aufgeregte junge Frau wieder zu beruhigen.

* * * * *

Da Palinski und Florian den Chef der Trafik, in der Frau Stauffars Lottotipps regelmäßig angenommen worden waren, schon wieder verpasst hatten und Tante Nettie wegen eines Ausfluges ins Burgenland nicht anwesend war, begaben sich die beiden ins Koat Döbling.

Kaum hatten sie Franca Wallner, die den Fall »Stauffar« in Vertretung des von seinem Blindarm befreiten Inspektors Sandegger übernommen hatte, über ihre letzten Erkenntnisse informiert und die Beweismittel übergeben, erschien auch schon ihr Mann Helmut.

Der Oberinspektor war in einer vor einer Stunde zu Ende gegangenen Sitzung im BKA gemeinsam mit Ministerialrat Schneckenburger mit der vorläufigen Leitung der SOKO betraut worden. Nach dem Debakel, das er heute Vormittag mit Oberstleutnant Kranzjenich erlebt hatte, wollte der Minister wohl auf Nummer sicher gehen. Mit dem bewährten Kriminalisten und dem loyalen Ministerialrat hatte er jedes Risiko vermieden und eine gute Wahl getroffen, fand Palinski.

Auf seinem Schreibtisch erwartete den Oberinspektor eine interessante Meldung. Ein gewisser Franz Josef Haberfilz, ein Hotelier aus dem Stubaital, hatte an diesem Vormittag seinen Sohn Fritz, 22 Jahre alt und Student der Wirtschaftsuni in Wien, als vermisst gemeldet. Der junge Mann war vor 12 Tagen aus dem heimatlichen Tirol in die Bundeshauptstadt zurückgekehrt. Hier hatte er nicht nur eine kleine Studentenwohnung, sondern auch einen Job in einem In-Beisl, in dem es dank des wunderschönen Schanigartens gerade im Sommer hoch herging und die Kasse wie verrückt klingelte.

Fritz war nie an seinem Arbeitsplatz eingetroffen, seine Eltern nach einem Anruf des Beislwirts daher reichlich beunruhigt. Da sich der Junior konstant auch nicht am Handy gemeldet hatte, hatte sich der Vater nach einer Besprechung in der Bundeskammer in Wien auf den Weg zur Wohnung seines Sohnes gemacht.

Hier musste der nun wirklich ernsthaft besorgte Vater von einem gewissen Arthur Melham erfahren, dass Fritz zwar in seinem Appartement eingetroffen, am nächsten Morgen aber verschwunden war. Im Verlauf des Vormittags hatte er sein Mietverhältnis telefonisch aufgekündigt und gemeint, seine Sachen demnächst abholen lassen zu wollen. Nein, in die Wohnung konnte der Vater nicht, da man sie schon wieder vermietet hatte.

»Übrigens schuldet uns Fritz noch die letzte Monatsmiete und die Endreinigung«, Melham hatte tatsächlich die Hand aufgehalten und dem äußerst besorgten Vater noch 435 Euro abgeknöpft.

Die Rache des übervorteilten Hoteliers an der miesen Type scharrte aber schon in den Startlöchern. Im Hinausgehen hatte Haberfilz noch rund 12 Euro in Münzen in die mit »Licht im Dunkeln« beschriftete Sammelbüchse geworfen. Angesichts seiner Sorgen um den

Sohn hatte er zunächst nicht weiter darauf geachtet, dass das physikalisch zwangsläufig mit Geräusch verbundene Auftreffen dieser Münzen auf dem metallischen Boden der Büchse ausblieb. Es war absolut nichts zu hören gewesen.

Später, als er sich über den unverschämten Menschen, vor allem aber über seine eigene Dummheit aufzuregen begann, kam ihm das Ausbleiben dieses Geräusches wieder in den Sinn. Als gewiefter Geschäftsmann fielen ihm einige Erklärungen ein, die vor allem in Verbindung mit der Feststellung »Wir sammeln für Licht im Dunkeln« eines gemeinsam hatten. Sie waren entweder für die Polizei oder das Finanzamt interessant, wahrscheinlich sogar für beide Behörden. Diese Überlegungen fanden sich als eine Art Post Scriptum im Anhang der Abgängigkeitsanzeige.

»Melham«, der Name kam Wallner bekannt vor. Als er die Adresse las, an der Fritz Haberfilz gewohnt hatte, wusste er auch sofort warum. »Das wäre jetzt ein Zufall zu viel«, stellte der Oberinspektor entschieden fest. »Es wird Zeit, dass wir uns das Haus der »verschwundenen Studenten« einmal etwas näher ansehen. Und diesem Manager auf den Zahn fühlen.«

Dann wandte er sich an seine Frau: »Und an dich habe ich folgende Bitte, Franca. Könntest du mit der Familie Haberfilz Kontakt aufnehmen und sie so schonend wie möglich dazu bringen, uns irgendetwas von ihrem Sohne für eine DNS-Analyse zur Verfügung zu stellen?«

7

Der Gedanke, dass er möglicherweise in Gefahr war, machte dem »Flotten Heinzi« zunehmend Sorgen. Zunächst hatte er die Bedenken Palinskis und des Oberinspektors nicht weiter ernst genommen. Letzte Nacht, das heißt, in der Zeit von 5 Uhr morgens bis gegen Mittag, die der Heinzi schlafend verbracht hatte, hatte er vom Schlächter geträumt. Das blutige Gesicht, die starren, herzlosen Augen, aus denen die Mordlust nur so sprühte und die kalte, drohende Stimme hatten ihn gegen 10 Uhr aufschrecken lassen. Schrecklich, dieser böse Mensch, an dem sogar das Muttermal an der linken Wange bedrohlich wirkte, hatte er verschlafen gedacht.

Mit einem Schlag war Heinz, der in Wirklichkeit Othmar Heinrich hieß, seinen ersten Vornamen aber immer gehasst hatte, hellwach. Gerade war ihm eingefallen, dass er völlig vergessen hatte, den Phantomzeichner auf dieses Muttermal hinzuweisen. Damit fehlte dem über die Medien verbreiteten Bild aber ein entscheidendes Identifikationsmerkmal.

Wahrscheinlich war er in der Nacht, als ihn zunächst die Polizei vernommen und der Zeichner danach nach seinen Angaben das Porträt geschaffen hatte, viel zu aufgeregt gewesen. Zu beeindruckt von der Bedeutung, die seiner Aussage plötzlich beigemessen worden war.

Er würde einen seiner beiden Wachhunde, die von

18 Uhr bis zum frühen Morgen auf ihn aufpassten, sofort auf dieses zusätzliche Merkmal aufmerksam machen.

Wegen seiner zeitlich exponierten Tätigkeit und den mitunter seltsamen Zeitgenossen, die sich bei ihm ein »Burenhäutl« gaben, hatte Heinzi die Genehmigung, eine Waffe führen. Er hatte bisher aber noch nie Gebrauch von diesem Recht gemacht. Jetzt schien ihm allerdings der Moment gekommen zu sein, von falscher Tapferkeit Abschied zu nehmen und sich nach Möglichkeit zu schützen.

Nach einigem Suchen fand er das gute Stück und lud die Waffe mit Gaspatronen. Echte Munition hatte er gar keine. Er wusste auch nicht, ob er sich mit dem Ding in der Tasche besser fühlen würde. Eines war aber sicher, schlechter als nach diesem perversen Traum konnte es ihm gar nicht mehr gehen.

Ein Blick auf die Uhr zeigte ihm, dass er noch eine Stunde Zeit hatte, bis er seinen Mitarbeiter von der Tagesschicht ablösen musste. Gerade genug, um zu duschen und Kaffee zu trinken.

Eine weitere lange Nacht des Wartens auf den Schlächter lag vor dem derzeit nicht sonderlich »Flotten Heinz.«

* * * * *

Als Oberinspektor Wallner mit zwei Kriminalbeamten den Raum vor Melhams Büro betrat und die Sammelbüchse für »Licht im Dunkeln« sah, kam auch ihm diese Sache sofort nicht ganz koscher vor. Um diesen Nebenaspekt des Besuches gleich zu erledigen, holte er eine Münze heraus und warf die 50 Cent in die Büchse. Tatsächlich, das mit Fug und Recht und den Naturgesetzen entsprechend zu erwartende Geräusch der am Boden auftreffenden Münze blieb aus. Obwohl er noch nie unmittelbar mit Betrugsfällen dieser Art zu tun gehabt hatte, wusste er, dass es eine häufig geübte Praxis war, Namen für betrügerische Zwecke zu verwenden, die jenen anerkannten und renommierten karitativen Organisationen möglichst zum Verwechseln ähnlich waren. Das schien auch hier der Fall zu sein. Da wurde der Name der schon jahrelang erfolgreich tätigen Aktion »Licht ins Dunkel« offenbar schamlos missbraucht. Wofür, würde sich bald zeigen.

Er wies einen seiner Kollegen an, die Sammelbüchse zu beschlagnahmen und eine Bestätigung darüber auszustellen.

Dann betrat er das Büro Melhams, wies sich entsprechend aus und nahm den Mann vorläufig einmal wegen des Verdachtes auf Spendenbetrug fest. Dann wies er den total eingeschüchterten Immobilienmakler und Hausverwalter an, den Schlüssel für das beschlagnahmte Behältnis herauszugeben.

Der hatte sich inzwischen wieder so weit gefasst, dass er dieses Ansinnen barsch ablehnte und eine Befolgung vom Vorliegen eines Durchsuchungsbefehles abhängig machte.

Wallner holte das Gewünschte heraus und knallte es auf Melhams Schreibtisch. Zwar galt die richterliche Genehmigung lediglich für die ehemaligen Wohnungen Sefciks und Haberfilz‹, aber das wusste dieser schmierige Kerl ja nicht. Und der Bluff klappte auch. Zwei Minuten später war die Sammelbüchse geöffnet und Münzen im Wert von rund 44 Euro lagen auf dem Tisch.

Jetzt war auch klar, warum die Münzen nach dem Einwerfen kein Geräusch verursacht hatten. Sie waren auf die zahlreichen Geldscheine gefallen, die sich ebenfalls in dem Behältnis befanden. Geldscheine mit einem Gesamtwert von mehr als 16 500 Euro. »Und das alles soll hier gesammelt worden sein?« wunderte sich der Oberinspektor. »Sehr tüchtig«, anerkannte er ironisch. »Ich bin ja nur gespannt, was das Finanzamt dazu sagen wird.«

In diesem Moment dachte Melham, dass mit dem Auffinden eines Teils seines Schwarzgeldes in diesem bisher für genial gehaltenen Versteck die schlimmste Stunde seines Lebens angebrochen war. Damit irrte er aber. Gegen das, was ihm noch bevorstand, sollte sich dieser Tiefschlag bloß als linder Furz an einem lauen Sommerabend erweisen.

* * * * *

Die Schlagzeilen der ersten Abendausgaben gaben eine ungefähre Vorstellung davon, welche Meldung die Medien heute Abend und auch morgen beherrschen würde. Die desaströse Schau, die Oberstleutnant Kranzjenich geliefert hatte, war das alles beherrschende Thema.

Die Geschichte mit der Schweinsstelze im Auto eines angeschickerten Heurigenbesuchers, die ihn in Verbindung mit den Spuren des Nasenblutens seiner kleinen Tochter in den Verdacht gebracht hatte, der gesuchte »Schlächter« zu sein, war der Lachschlager nicht nur der Saison. Der Vorfall sollte der »Villacher Faschingsgesellschaft« sogar als Vorlage für einen viel bejubelten

Sketch dienen und im kommenden Februar vom Fernsehen zur Primetime ausgestrahlt werden.

Im Augenblick wurde der Vorfall vor allem zum Anlass genommen, die schleppenden Ermittlungen des BKA in Frage zu stellen. Aber auch der personelle Notstand, der zu dem peinlichen Vertauschen der Untersuchungsberichte durch eine Aushilfskraft geführt hatte, gab einigen Kommentatoren ernsthaft zu denken.

Erstaunlicherweise kamen der Minister und vor allem Ministerialrat Schneckenburger in den teilweise schon sehr zynischen Betrachtungen relativ gut davon. Man konzidierte beiden, rasch und entschlossen gehandelt und damit ein Eskalieren der Situation verhindert zu haben.

Die besten Kritiken erhielt das dem Desaster gefolgte, von den Wiener Fleischhauern gesponserte Schlachtbuffet, das wirklich exzellent gewesen sein musste. Besonders die Blutwurst als schmackhaft-rustikale Erinnerung an die Vergänglichkeit des Lebens wurde von den Gesellschaftsredaktionen ausdrücklich gelobt. Ja, ein renommierter Gastrophilosoph verstieg sich sogar in eine metaphorische Betrachtung der »Blunzn als Antwort auf die ewigen Fragen der Menschen.« So in der Art: »Woher kommen wir, wohin gehen wir und was essen wir in der Zwischenzeit?«

Aber es wäre nicht Wien gewesen, hätten sich nicht auch einige klugscheißende Gutmenschen gefunden, die die Angemessenheit eines derartigen Buffets bei einer Veranstaltung zu diesem Thema in Frage gestellt und von »einer leichten Geschmacksverwirrung« gesprochen hatten. Nun, man konnte es wohl nie allen recht machen.

* * * * *

Nachdem Palinski mit Franca vereinbart hatte, sich morgen als Erstes mit dem Trafikanten zu unterhalten, bei dem die Lottotipps der Frau Kommerzialrat abgegeben worden waren und sich gleich danach bei ihr zu melden, hatte er sich auf den Weg in sein Büro gemacht.

Hier wartete schon Florian mit einer interessanten Idee auf ihn. Falls eine oder einer der Mitarbeiter oder Mitarbeiterinnen der Seniorenresidenz die Frau Kommerzialrat tatsächlich um die in Summe nicht unbeträchtlichen Lottogewinne betrogen haben sollte, so könnte sich das doch durch einen in den letzten Wochen geänderten Lebenswandel ausdrücken. Oder durch Mehrausgaben, die in den sicher nicht allzu üppigen monatlichen Einkünften keine Deckung fanden, meinte er.

Die Idee hatte was für sich, fand auch Palinski. Bloß konnte das sicher erst nach Vorliegen eines entsprechenden richterlichen Befehls untersucht werden. Und für den benötigte die Polizei einen ausreichenden Tatverdacht gegen eine bestimmte Person. Aber es konnte nicht schaden, Tante Nettie zu fragen, ob ihr etwas in der Art aufgefallen war.

Eben begannen die Regionalnachrichten für Niederösterreich, die in Palinskis kleinem TV-Gerät empfangen werden konnte. Er wollte das Gerät schon abschalten, als ihn die zweite Meldung dieses Abends plötzlich aufmerksam zuhören ließ.

»Wie wir eben erfahren, hat Ing. Wilfried Labuda in einer Aussendung an die Presse mitgeteilt, dass er entgegen anders lautender Gerüchte nicht für eine Position in der neuen Landesregierung zur Verfügung stehen werde. Als aussichtsreichster Kandidat für das Ressort Familie und Umwelt wird jetzt Magister Reinhard Führich vom

BÖA, dem Bund Österreichischer Arbeitnehmer, gehandelt. Und nun zur Kultur: in Amstetten ....«

Palinski war beeindruckt. Der Minister hatte Wort gehalten und rasch gehandelt. Werner Labuda konnte zufrieden sein und seine Mutter auch. Und Vater Labudas Gefühlszustand interessierte ihn nicht. Wirklich nicht.

* * * * *

Die Untersuchung der beiden Studenten-Appartements am Döblinger Gürtel verlief ergebnislos. Allfällig vorhanden gewesene Spuren waren von den neuen Mietern schon längst vernichtet worden. Dann prüften die Beamten, ob es weitere Fälle überraschender »Kündigungen« gab, ob sich andere Studenten plötzlich über Nacht verabschiedet hatten. Da die Ferien noch voll im Gange und die meisten Nicht- Wiener Studenten überall, nur nicht in Wien waren, konnte nur ein einziger in dieses Schema passender Fall festgestellt werden.

Wallner ließ sich die Wohneinheit B 32 öffnen und warf einen Blick hinein. Da die neue Mieterin erst heute eingezogen war, herrschte noch einige Unordnung. Warum sie allerdings die Lade aus dem Arbeitstisch genommen und am Boden abgestellt hatte, konnte sich der Oberinspektor nicht erklären. Aber das musste auch überhaupt nichts bedeuten.

Sicherheitshalber tastete Wallner die Innenseite des Ladeneinschubs vorsichtig ab. Dabei fand er nichts außer einem kleinen Rest transparenten Klebebands. Auch dafür gab es sicher eine völlig harmlose Erklärung. Dennoch steckte er den Fund routinemäßig in eines dieser kleinen Plastiksackerln, die er immer mit sich führte.

Er machte sich eine entsprechende Notiz und nahm sich vor, die Studentin ..., er warf einen Blick auf den Block, um den Namen ablesen zu können, ... Marisa Freiberger bei Gelegenheit danach zu fragen. Hübscher Name Marisa, er überlegte, wie das Mädchen wohl aussah.

Im Anschluss daran brachten die Beamten Arthur Melham aufs Kommissariat und begannen mit der ersten Einvernahme.

* * * * *

Widerwillig zwängte sich Palinski in seinen leichten Sommeranzug. Festivitäten im Haus der Eltern der Frau, mit der er seit 24 Jahren nicht verheiratet war, waren immer eine steife Sache. Selbst wenn es sich um eine Einladung zum »Barbecue« in den schönen Garten auf der Hohen Warte handelte.

Strikt abgelehnt hatte er aber Wilmas Ansinnen, sich doch ausnahmsweise auch einmal eine Krawatte um den Hals zu binden. »Da bekomme ich alle Zustände«, ereiferte er sich, »Atemnot, Schwindelgefühle, das kann bis zur temporären Impotenz führen«, er grinste sie beziehungsvoll an. Jetzt musste auch sie lachen. »Nun, das wollen wir doch nicht riskieren«, gab sie sich scheinbar geschlagen, bestand aber zumindest auf ein schick geknotetes Halstuch. Na bitte, damit konnte er leben.

Was als schlichtes Familientreffen zu Ehren von Professor Dr. Bachlers Schwester Miriam und ihrem Mann, einem venezianischen Kaufmann namens Carlo Antonino angekündigt worden war, erwies sich schließlich als eine zunächst ziemlich steife Angelegenheit mit mehr als 30 Akteuren. Alles Verwandte und Freunde der Familie.

Im großzügig dimensionierten Garten waren eine Sektbar, ein Bierausschank und drei Griller aufgebaut worden, dazu noch zwei Buffets mit Salaten, Gebäck und Folienerdäpfeln. Aus einer beleuchteten Kühltheke konnte man das mengenmäßig großzügig bemessene und qualitativ hervorragende Grillgut sogar selbst auswählen. Ja, die Bachlers hatten Geld und machten bei solchen Anlässen auch nie ein Hehl daraus.

Tante Miriam, die Palinski bereits einige Male erleben hatte müssen, war vom Anti-Mario-Virus ebenso befallen wie der Großteil der übrigen Familie und hatte nur ein knappes: »Schön, Sie zu sehen, Mario« für ihn übrig.

Erfreulicherweise erwies sich aber der etwa 60-jährige Carlo als sympathischer, ja richtig netter Kerl. »Icke aben schon molto über dir geört«, radebrechte er mit diesem typischen Akzent, an dem man Deutsch sprechende Italiener immer und überall jederzeit erkennen konnte. »Nigt nur gutes, ma questa non far niente.« Er lachte, »wenne Miriam nigte mag, isse mir gleicke sympatico.«

Palinski hatte offenbar einen Bruder im Geiste und einen unter der, den meisten Angehörigen dieser Familie eigenen Arroganz ebenso wie er Leidenden vor sich.

»Ich weisse nickte, warume la famigila Backler pensa, sie isse etwas extraordinaria«, Onkel Carlo trug heute sein Herz auf der Zunge und scheute sich auch nicht, diese zu zeigen. »Ma noi siamo simile. Siamo amici. Cincin Mario«, prostete er seinem Gegenüber zu.

Obwohl Palinski sich inzwischen für einen erprobten

Einzelkämpfer in diesem Dschungel hielt, war er froh, auf einen Verbündeten gestoßen zu sein. »Und wie lange bleibst du in Wien?«, wollte er von dem Italiener wissen. Doch der zuckte nur mit den Achseln. »Weiße nigte, come Miriam vole. Un giorno, un mese? Icke denken aber, una settimana o cosi.«

Eben als Palinski in die ihn von seinem Teller aus anlachende, zugegebenermaßen etwas fette Bratwurst beißen wollte, kam Wilma vorbei und setzte sich zu den Beiden.

»Das ist aber nicht das richtige Essen für mein Dickerchen«, scherzte sie mit erhobenem Finger. Palinski wusste aber, dass sie es durchaus ernst meinte. »Warum hast du dir nicht eine dieser köstlichen Bachforellen im Kräutermantel genommen? Die schmecken hervorragend und bekommen dir viel besser.«

»Ma che Dickerken«, mischte sich Carlo ein, »icke binne Dickerken«, er klopfte sich auf seine venezianische Wampe, »ma Mario e un uomo imponente.«

Wilmas Cousin Albert saß am Nebentisch und war schon etwas beschickert. »Wwas muss ich höören«, er lallte gehörig ungehörig«, Mario ist impotente. Hehehehe, hört einmal Lllleute. Mario ist impotente.«

Wilma, sonst durchaus ein humorbegabter Mensch, verstand gerade in diesem Punkt keinen Spaß. »Halt den Mund, du Gsuff. Von Marios so genannter Impotenz kannst du nur träumen, vor allem aber die Elfie.«

Palinski war gerührt ob soviel gleichermaßen indirekter wie auch indiskreter Würdigung seiner Männlichkeit. »Lass doch, Liebling«, beruhigte er seine bessere Hälfte, »Albert ist eben Albert und Quargel stinkt nun einmal.«

»Du kannst mich nicht beleidigen«, knurrte der Gemaßregelte, »nein, du nicht, Palinski.« Dann schnupperte er vorsichtig unter seinen Armen und prüfte dezent seinen Atem.

Onkel Carlo musste lachen. »Isse eine eckte Idiota, diese Alberto. Aber«, fuhr er ernst fort, »Wilma atte reckte, Il pesce isse besser für uns als das Wurstel.« Herzhaft biss er in seine Käsekrainer. »So etwasse buono gibte esse nigt in Italia.«

»Du reißt mir noch das Herz aus der Brust«, scherzte Palinski.

»Non e vero, sai«, konterte Carlo, »perche tu non sei Shylock, io non sono Antonio.«

Nach diesem flüchtigen Indiz für die beiderseits klassische Bildung, entschuldigte sich Mario und wollte schon ins Haus gehen um zu tun, was getan werden musste. Eine Bemerkung, die er vom Nebentisch einfing, ließ ihn allerdings einhalten. Zwei Bekannte des Hauses, deren Namen ihm nicht einfallen wollten, sprachen offenbar über den Tod der Frau Kommerzialrat. Was nicht verwunderlich war, da die alte Dame, zu ihrer Zeit umschwärmtes Mitglied der Wiener Gesellschaft, Gott und die Welt gekannt hatte. Und offenbar auch einige der hier Anwesenden.

»Etwas muss ich dich noch fragen«, wandte Palinski sich neuerlich an Carlo. »Du bist doch an einer Glasbläserei beteiligt.« Der Onkel nickte kurz Zustimmung. Und so beschrieb Palinski ihm das kleine gläserne Etwas, das er im Abfluss von Frau Stauffars Dusche gefunden hatte. »Kannst du dir vorstellen, was ich damit meine?«

»Si, securo«, wieder nickte der Onkel. »Dasse sinde kleine Souvenirs aus Murano. Piccole bottiglie, pyramide, cube ed altre cose. Kanne manne überalle in Venezia gaufen. Dieci pezzi costano 5 Euro o meno.« Von denen wurden jedes Jahr mehrere hunderttausend Stück verkauft. »Mille Grazie, Carlo«, bedankte sich Palinski. Damit konnte er auch diesen Punkt auf seiner Liste offener Fragen abhaken.

Als er aus dem Haus zurückkam, war ein neuer, an diesem Ort wahrlich unerwarteter Gast erschienen. Es war Florian, der aufgeregt auf ihn wartete.

»Du hast wieder einmal dein Handy abgeschaltet«, begann er seine überraschende Anwesenheit zu erklären. »Und da habe ich gedacht, ich komme selbst vorbei. Es ist etwas geschehen und Herr Oberinspektor Wallner würde dich gerne sehen.«

Da das Taxi, das den jungen Kollegen gebracht hatte, noch wartete, ersuchte Palinski Carlo, seinen unkonventionellen, leicht als unhöflich misszuverstehenden Abgang zu entschuldigen. Dann ging er, froh, dem lästigen Zeremoniell aus gutem Grund entkommen zu können und bereit zu neue Taten.

* * * * *

Der Schlächter von Döbling saß in einem trostlos anmutenden Raum. Es war sein Büro, das neben dem wie ein primitiver Operationssaal wirkenden ehemaligen Kommissionierungsraum eines still gelegten kleinen Gemüseverarbeitungsbetriebes im Umland der Bundeshauptstadt lag.

Er hatte das verwahrloste Gebäude sehr günstig und langfristig gepachtet, offiziell, um seiner Leidenschaft, dem Fotografieren, ungestört nachgehen zu können. Aus diesem Grunde hatte er aus dem ehemaligen Büroteil ein Atelier gemacht. In seiner Freizeit bildete er mit sehr viel Begeisterung und einigem Talent die elegisch wirkende Weinviertler Landschaft und ihre Bewohner ab. Immer und immer wieder. Nach seiner ersten und bisher einzigen Ausstellung in einem Korneuburger Geldinstitut war ihm von der Kunstkritikerin der NÖN (Niederösterreichischen Nachrichten) sogar ein gutes Auge für Details und eine an große Vorbilder erinnernde Leichtigkeit in der Farbkontrastierung attestiert worden.

Ja, ja, das hatte sie tatsächlich geschrieben, später aber nicht genau erklären können, was sie damit eigentlich gemeint hatte. Aber es hatte gut geklungen, sehr gut sogar, hatte der Schlächter gefunden. Das war im vorigen November und gut fürs Weihnachtsgeschäft gewesen. Immerhin hatte er vier Bilder verkaufen können, eines davon sogar an den Bürgermeister von Groß-Rammersdorf. Sie werden nie erraten, was auf dem Gemälde abgebildet war.

Kurz nach Weihnachten hatte er dann das erste Mal die Stimme gehört. Zunächst hatte sie bloß mit ihm gesprochen, so wie man mit jemanden spricht, den man gerade erst kennen gelernt hat und den man besser kennen lernen möchte.

Damals war er sehr dankbar dafür gewesen, denn er war sehr einsam und hatte niemanden, mit dem er sprechen konnte. Unmerklich wurde die Stimme aber immer eindringlicher, egoistischer, besitzergreifender, ja sogar eifersüchtig. Das gipfelte schließlich darin, dass ihm die Stimme eines Tages streng und ohne Widerspruch zu dulden den Auftrag gab, das Mädchen zu entfernen. Jene nette kleine 17-jährige, die er auf einem Faschingsfest der

Pfarrgemeinde in Neu-Haslau kennen gelernt hatte. Und mit der er sich danach einige Male getroffen hatte.

Er hatte sich zunächst geweigert, dieser Aufforderung Folge zu leisten, aber die Stimme hatte ihm gedroht, nicht mehr mit ihm sprechen zu wollen.

Dann war sie plötzlich wieder besonders nett zu ihm gewesen. »Schau«, hatte sie ihm eingeflüstert, »wir müssen sie los werden. Es ist zu unser beider Nutzen. Wir müssen tun, was das Beste für uns ist. Alles andere ist geschissen.«

Dagegen hatte er nichts mehr zu sagen gewusst. Der Wirbel, der nach dem Auffinden der Leiche ausgebrochen war, hatte ihn sehr irritiert. Vor allem die weinenden Eltern, denen er einige Wochen am Hof ausgeholfen hatte, weil sie in dieser Situation keine Kraft mehr für die Arbeit hatten. Sie waren ihm sehr dankbar gewesen und hatten ihn in ihre Gebete eingeschlossen. Erst nachdem dieser alte Slowake verhaftet und im Mai verurteilt worden war, war langsam wieder Ruhe eingekehrt.

Eines hatte er aber aus der Geschichte gelernt. Eine Leiche musste man gleich richtig verschwinden lassen. Die Stimme hatte ihm das genau erklärt. Dadurch würde die Gefahr, dass man Schwierigkeiten bekam, drastisch reduziert. Die Stimme war klug und so hatte er beschlossen, mehr als schon bisher auf sie zu hören. Er war sicher, das würde nur zu seinem Besten sein.

Aus der Ferne hörte der Schlächter zorniges Schreien. Der Lärm wurde unverkennbar vom Neuzugang verursacht, der jungen Frau mit der aufreizenden Figur. Sie sah sehr gut aus, war aber rotzfrech gewesen. Zumindest am Anfang, als sie das Ganze noch für einen Scherz gehalten hatte. Er überlegte, ob er sie noch heute behandeln sollte, aber die Stimme hatte ihm noch kein grünes Licht gegeben.

Sein zweiter Gast war ihm da schon viel lieber. Diese zarte kleine Frau mit den unendlich tiefen, graugrünen Augen und dem entzückenden Akzent. Sie war jetzt schon mehr als drei Wochen hier und er hatte sich in sie verliebt. In den ersten Tagen hatte sie ebenso geschrieen wie die Neue, aber inzwischen war sie viel ruhiger geworden. Nur gelegentlich hörte er sie schluchzen, wimmern, sich leise in den kurzen Schlaf weinen. Die Stimme hatte es ihm schon zwei Mal frei gestellt, dieses herrliche Geschöpf zu behandeln, aber er wollte sich das Beste für den Schluss aufheben.

Es war spät geworden. Er hatte morgen Vormittag frei und konnte daher heute hier übernachten. So hatte er Gelegenheit, seinen beiden Gästen morgen in Ruhe beim Duschen zuzusehen, ehe er wieder nach Wien zurückfuhr.

Aber vor dem Schlafengehen wollte er ihnen noch eine kleine Freude bereiten und einen Kakao sowie ein paar Kekse vorbei bringen. Die in Schokolade getunkten, die sein Liebling so gerne mochte.

* * * * *

Während der Fahrt im Taxi berichtete Florian, was ihm Wallner gesagt hatte. Auf einer Wiese hinter dem Lusthaus hatte ein älteres Liebespaar auf der Suche nach einem ruhigen Plätzchen eine voraussichtlich weibliche Leiche entdeckt. Zerstückelt, aber komplett. Was immer der Oberinspektor in diesem Zusammenhang unter »komplett« verstand, konnte Palinski nur ahnen.

Vermutlich bedeutete das, dass sämtliche Leichenteile vorhanden waren. Damit stieg die Wahrscheinlichkeit, dass der Fundort der Leiche gleichzeitig auch der Tatort war. Blutspuren am Boden würden diese Frage eindeutig beantworten.

Aber das ganze Erscheinungsbild dieses weiteren Verbrechens trug so gar nicht die Handschrift des »Schlächters von Döbling.« Das fing mit dem Fundort im Prater an, der selbst bei großzügigster Definition nicht als Nahbereich des 19. Bezirks bezeichnet werden konnte. Dann konnte die Verteilung der einzelnen Leichenteile an den verschiedensten Stellen bereits als Markenzeichen dieses pathologischen Killers bezeichnet werden. Last, but not least, falls die Leiche tatsächlich komplett war, musste auch der Kopf gefunden worden sein. Bisher war man davon ausgegangen, dass der Schlächter sich diesen ganz besonderen Teil der Körper seiner Opfer als Trophäe behalten hatte. Warum sollte er jetzt plötzlich darauf verzichten? Der Verdacht, dass sich ein Trittbrettfahrer die Chance nicht entgehen lassen wollte, irgendeinen ungeliebten Menschen los zu werden und die Tat dem »Schlächter« unterjubeln zu wollen, lag daher sehr nahe.

Vor dem Lusthaus, dem ehemaligen kaiserlichen Jagdpavillon am Ende der Prater Hauptallee, standen einige Polizeifahrzeuge. Da Florian einen der Beamten, die das Gelände absicherten, kannte, gab es keinerlei Probleme zum Ort des schrecklichen Geschehens vorzudringen.

Nun sind Polizisten, insbesondere Kriminalbeamte, Menschen, die angesichts eines Mordopfers etwas abgeklärter reagieren als der Durchschnittsbürger. Das hat mit Gewöhnung und Selbstschutz zu tun, andernfalls würden die Frauen und Männer an ihrem Beruf zerbrechen.

Etwas anderes war der taktvolle Umgang mit der Situation, die pietätvolle Auseinandersetzung mit den Angehörigen und sonstigen Betroffenen eines Verbrechens an Leib und Leben. Schon von Ferne konnte Palinski an dem lauten Gelächter erkennen, dass es sich in diesem Fall um den »lustigsten Mord« der Wiener Kriminalgeschichte handeln musste. Selbst kein Freund von Traurigkeit, fand er dieses Verhalten aber im höchsten Maße unpassend. Eine Geschmacklosigkeit ohnegleichen.

Als er dann die einzelnen Teile der »Leiche«, die über eine Fläche von etwa 4 Quadratmetern verteilt da lagen, sah, verstand er die allgemeine Heiterkeit, die jetzt allerdings mehr nach Erleichterung denn nach richtigem Spaß klang.

Bei dem Opfer handelte es sich um eine unbekleidete, in zusammengesetztem Zustand etwa 1,70 große Kleiderpuppe, die mit Spray, Lippenstift und was weiß noch allem fürchterlich grauslich geschminkt worden war. In den Boden hinter dieser Ansammlung an bemalten Plastikteilen war eine Tafel mit der Aufschrift gerammt: »Schöne Grüße vom Leopoldstädter Schlächter an den Döblinger Kollegen.« Wie es aussah, ein nicht gerade geschmackvoller Studentenulk oder etwas in der Art. Ein richtiges Ärgernis, für dessen Beseitigung der Steuerzahler würde aufkommen müssen. Aber immer noch besser als eine wirklich Leiche, fand Palinski. Dessen Relativitätstheorie immer einen tröstlichen Vergleich bereit hielt. Viel besser. Die insgesamt ambivalente Beurteilung dieses Vorfalles kippte allerdings eindeutig ins Negative, als etwas später bekannt wurde, dass der etwa 47-

jährige Mann, der mit seiner 30-jährigen Freundin das »Gesamtkunstwerk« entdeckt, aber seine Harmlosigkeit nicht erkannt hatte, mit einem Herzinfarkt ins Krankenhaus eingeliefert hatte werden müssen. Damit bekam die bisher bestenfalls als »Erregung öffentlichen Ärgernisses« zu qualifizierende Inszenierung eine eindeutige strafrechtliche Relevanz und die komplette Mannschaft musste sich doch noch an die Arbeit machen.

8

Der junge Morgen versprach neuerlich einen wirklich heißen Tag in der zweiten Augusthälfte. Palinski war wieder einmal sehr früh aus den Federn gekrochen, da er sich für heute einiges vorgenommen hatte.

Er hatte schon befürchtet, dass Wilma nach seinem gestrigen Abgang sauer sein würde. Er war daher nach einem kurzen Äusserlgang mit den Hunden sofort in die Wohnung hinauf gegangen, um seine Holde zu besänftigen. Doch siehe da, Wilma war noch gar nicht zu Hause gewesen, sondern erst kurz nach ihm heimgekommen.

In bester Laune hatte sie kein einziges Wort des Vorwurfes verloren, sich Palinskis Schilderung des makabren Fundes angehört und das Schicksal des unschuldigen Opfers des üblen Scherzes bedauert. Dann hatten sie noch über die Eigenarten Tante Miriams diskutiert, schließlich sogar gestritten und daher die nachfolgende Versöhnung besonders genossen.

Wilma schlief noch, als er sich jetzt über sie beugte und ihr einen Kuss auf die Stirne drückte. Er nahm sich vor, heute früher als sonst nach Hause zu kommen, um die derzeit herrschende ausgezeichnete Stimmung nicht wieder zu gefährden und die Friedensdividende neuerlich kassieren zu können. Die letzten beiden Nächte hatten ihn so richtig auf den Geschmack gebracht.

* * * * *

Auch Oberinspektor Wallner hatte seinen Tag früh begonnen. Nach der ersten Befragung Arthur Melhams gestern Abend, die durch den falschen Alarm im Prater abrupt beendet worden war, hatte sich der zunächst nur vage Verdacht gegen den Mann erheblich verdichtet. Zwar hatte er keine medizinischen oder gar chirurgischen Vorkenntnisse. Als Sohn eines Fleischermeisters hatte er diesen Beruf aber ebenfalls erlernt und Erfahrungen mit der Zerlegung von Schlachttieren. Dazu kam, dass er ein ausgezeichneter Holzschnitzer war. Und damit einem Hobby nachging, das den geschickten Umgang mit dem Messer voraussetzte.

Den Hinweis eines Gerichtsmediziners, dass die besonders sorgfältige und gekonnte Naht, mit der die Hautlappen über den jeweiligen Amputationsstellen genäht worden waren, auf einen Schüler eines gewissen Professor Strasshammer hinwies, maß Wallner zu diesem Zeitpunkt keine zu große Bedeutung bei. Vielleicht hatte Melham ja auch eine Oma gehabt, die ihm Nähen und Sticken beigebracht hatte.

Sehr belastend war auch der sich immer deutlicher abzeichnende Handel mit Studentenwohnungen. Das riesige Haus gehörte einem gewissen Dr. Angeler, einem ehemaligen Rechtsanwalt, der seinen Ruhestand an der Costa del Sol verbrachte und seinem Hausverwalter alle Vollmachten eingeräumt hatte. Was Dr. Angeler einzig interessierte war, dass die Rendite stimmte.

Wie sich teilweise aus der Befragung, zum Teil auch aus den vorgefundenen Unterlagen ergeben hatte, hatte Melham namhafte Summen dafür kassiert, dass er Interessenten gegen Bezahlung auf der Warteliste vorreihte. Von den Glücklichen hatte er auch eine Erfolgsprämie kassiert und darüber hinaus noch nicht unerhebliche, sachlich aber nicht gerechtfertigte so genannte Ablösen vorgeschrieben. Die meisten dieser Zahlungen erfolgten schwarz und wurden in die Sammelbüchse geleistet. Was bei den Zahlern gleichzeitig das angenehme Gefühl hervor rief, damit auch etwas für die »armen Kinder« getan zu haben.

Bis zu diesem Punkt war Melham relativ gesprächig gewesen. Von da aber bestritt er jeglichen Zusammenhang seiner Vergehen mit dem grauenhaften Geschehen und bezeichnete die Tatsache, dass mindestens zwei der acht Opfer Bewohner des von ihm verwalteten Hauses waren, als reinen Zufall. Das war der Stand, bei dem der Oberinspektor die Einvernahme Arthur Melhams um 7.45 Uhr fortsetzte.

»Also gut«, begann Wallner, »dann erzählen Sie mir einmal, warum die beiden Opfer aus Ihrem Hause über Nacht ausgezogen sind, später telefonisch gekündigt und ihre Sachen abholen lassen haben.«

»Keine Ahnung, Herr Hauptkommissar«, der Befragte zuckte bedauernd mit den Achseln. »Tut mir leid, aber ich habe nicht darüber nachgedacht.«

»Sie sehen zuviel Tatort«, vermutete Wallner, »bei uns gibt's keinen Hauptkommissar. Ich bin Oberinspektor. Aber zur Sache: Ist Ihnen diese Vorgangsweise, diese Duplizität der Fälle nicht seltsam vorgekommen?«

»Jetzt wo Sie es sagen, Herr Haupt ..., Oberinspektor«, korrigierte sich Melham, »kommt mir das auch eigenartig vor.«

* * * * *

Kurz nach 8 Uhr betraten Palinski und Florian die Trafik, in der nach Aussagen Dr. Leuburgers die Lottotipps der Frau Kommerzialrat Stauffar regelmäßig angenommen worden waren. Das kleine Geschäft war voll mit Menschen, die sich auf dem Weg zur Arbeit mit einer Zeitung oder ihrer Ration Nikotin eindecken wollten. Der alte Mann und die junge Frau, die hinter der mit Zeitschriften, kleinen Souvenirs und einem Verkaufsständer mit Wegwerffeuerzeugen voll geräumten Budel standen, hatten alle Hände voll zu tun.

Als Palinski endlich an die Reihe kam und sein Anliegen erklärt hatte, war Herr Mühlhauser, der Trafikant, gerne zu einem Gespräch bereit. »Aber Sie sehen ja, wie es hier im Moment zugeht. In einer halben Stunde ist das Frühgeschäft vorbei«, erklärte er, »dann kann ich Tanja alleine im Geschäft lassen. Würden Sie bitte solange warten?«

Natürlich konnte Palinski einer so höflich vorgetragenen und vor allem begründeten Bitte nur zustimmen. Und so saß er jetzt mit Florian auf einer Bank in dem kleinen Park neben der Autobusstation und genoss die kräftige Spätsommersonne.

»Kann ich nächste Woche wieder zu dir kommen?«, wollte der auf den Geschmack gekommene Polizeischüler wissen.

»Von mir aus unbedingt«, konzidierte Palinski. »Ich fürchte nur, dass dein Brötchengeber auf Dauer nicht damit einverstanden sein wird. Aber ich werde mit dem Oberinspektor reden.« Er beobachtete eine Amsel, die vor seinen Füßen Krümel vom Gehsteig einsammelte.

»Unabhängig davon, ob und wie lange wir weiter zusammenarbeiten können«, setzte Palinski fort, »solltest du dir überlegen, Jus zu studieren. Mit deinem scharfen Verstand und kriminalistischem Instinkt würden dir als Jurist bei der Polizei alle Möglichkeiten offen stehen.«

»Das wäre auch mein Traum«, seufzte der junge Mann, »aber ich muss Geld verdienen. Mit dem Gehalt meiner Mutter kommt die Familie nicht wirklich durch.«

Plötzlich hatte Palinski eine brillante Idee. Er wusste zwar nicht, wie viel ein junger Polizist so verdiente. Aber arg viel konnte das nicht sein. »Was würdest du dazu sagen, wenn du nach Beendigung der Polizeischule als Assistent ins Institut kommst. Auf der Basis einer 20 Stunden-Woche. Gleichzeitig studierst du. Wenn du Vorlesungen oder Prüfungen hast, arbeitest du weniger und wenn du mehr Zeit hast, in den Ferien und so, arbeitest du mehr Stunden. Das geht sich sicher irgendwie aus.« Er holte tief Luft. »Und wegen der Gage werden wir uns schon einig werden.«

»Ist das dein Ernst?«, Florian konnte offenbar nicht glauben, was er gehört hatte. »Das würdest du für mich tun?«

»Nein«, entgegnete Palinski, »das würde ich für mich tun. Also denk darüber nach und gib mir bei Gelegenheit Bescheid.«

Unbemerkt von beiden war Herr Mühlhauser erschienen. »So, jetzt habe ich etwas Zeit für Sie. Worum geht es?«

Die drei Männer überquerten die Straße und nahmen in dem schräg gegenüber der Trafik liegenden Espresso Platz. Natürlich hatte Mühlhauser die Frau Kommerzialrat gekannt und auch von ihrem bedauerlichen Tod gehört.

»Sie war eine richtig nette alte Dame und auch eine

gute Kundin« berichtete er. »Hat jede Woche mindestens einmal beim Lotto mitgemacht, meistens sogar zwei Mal.«

»Und wer hat ihre Tipps für sie abgegeben?«, wollte Palinski wissen.

»Bis vor ungefähr einem Jahr ist sie häufig noch selbst gekommen, aber dann wurde ihr der Weg hierher doch zu beschwerlich.« Mühlhauser gab Zucker in seinen Cafe Latte und rührte um. »Seither ist immer so eine junge Person gekommen. Eine nette junge Frau.«

»Woher haben Sie gewusst, dass diese Person die Tipps der Frau Stauffar abgegeben hat?«,

»Weil sie es bei einem ihrer ersten Besuche selbst gesagt hat. ›Ich komme jetzt immer für die Frau Kommerzialrat‹, hat sie gesagt«, erinnerte sich der alte Trafikant. »Aber das wäre gar nicht notwendig gewesen, weil ich die Zahlen der Frau Stauffar gekannt habe. Sie hat immer die gleichen Zahlenkombinationen gespielt.«

»Und wie sieht diese nette junge Frau aus, die die Tipps im letzten Jahr abgegeben hat?«

»Ziemlich groß, sehr hübsch, etwas frech. Ein bisschen der Typ wie Jane Fonda, wenn Sie wissen, was ich meine.« Mühlhauser schien diese Schauspielerin ein wenig zu verehren, wie man aus dem leicht schwärmerischen Ton seiner Stimme entnehmen konnte.

Palinski wusste, wovon der alte Herr sprach und konnte sein Schwärmen, wenn es eines war, auch verstehen. Florian war zu jung, um zu dieser Schauspielerin eine Meinung zu haben.

»Wissen Sie vielleicht auch, wie diese aufregende junge Frau heißt?«, mischte sich jetzt auch Florian ins Gespräch. Erstaunlich, fand Palinski, um wie viel selbstsicherer der Bursche in den letzten Tagen geworden war.

»Leider nein«, entgegnete Mühlhauser, »sie hat sich nie vorgestellt. Und sie ist immer alleine gekommen, sodass sie auch nie von jemandem mit Namen angesprochen worden ist.«

Jetzt war eigentlich nur noch eine Frage offen. Allerdings eine sehr wichtige. »Hat die Frau Kommerzialrat eigentlich auch etwas beim Lotto gewonnen?«

»Na ja, öfters einmal einen Dreier, dann hin und wieder auch Vierer und vor einigen Wochen hat Sie sogar einmal zwei Fünfer gehabt«, erinnerte sich der Trafikant. »Und das in der selben Runde. Aber da sie immer die gleichen Zahlen gespielt hat, hat sie oft gleich mehrfach gewonnen. Und da kommt schon einiges zusammen.«

»Wie ist das zu verstehen?«, Palinski war kein großer Lottospieler und verstand daher nicht ganz, was Mühlhauser meinte. Dafür wusste aber Florian Bescheid.

»Das ist doch klar, Mario«, erklärte er stolz, »wenn sie einen Dreier richtig getippt hat, dann nicht nur einmal, sondern mehrere Male. Sie hat ja immer die gleichen Zahlen kombiniert. Und damit auch mehrere Gewinne pro Runde machen können.«

»Genau so ist es«, bestätigte der alte Mann, »so hat sie beispielsweise neben dem Fünfer noch zwei Vierer und fünf Dreier gemacht. Ich habe der jungen Frau immerhin fast 100 Euro ausbezahlt. Dazu sind die 2 434 Euro für die beiden Fünfer gekommen, die auf das Konto überwiesen worden sind. Nehme ich zumindest an.«

»Hat die junge Frau auch Lotto gespielt?«, Florians Fragen wurden immer besser.

»Ja«; bestätigte der Trafikant«, aber immer nur 10

Tipps. Sie hat auch kaum etwas gewonnen. Zwei Dreier im letzten Jahr, wenn ich mich richtig erinnere. Na ja, dafür sieht sie aus, als ob sie Glück in der Liebe hatte«, er lachte gutmütig.

Abschließend war er sich noch absolut sicher, dass »Jane Fonda« immer dienstags und freitags gekommen war. Palinski dankte Mühlhauser für »Ihre unschätzbare Hilfe.« Jetzt wussten sie genug, um eine ganz bestimmte Person ernsthaft verdächtigen zu können. Der einzige Schönheitsfehler daran war, dass der Name dieser Person nicht mit V anfing. Wie der jener Person, mit der Frau Stauffar kurz vor ihrem Tod ein Problem gehabt haben musste. Wie die Eintragungen in ihrem Kalender bewiesen. Aber wer wusste schon, was das V wirklich zu bedeuten hatte. Vielleicht stand es ja auch für »Verlogen« oder »Verdächtig.«

* * * * *

Auch den Schlächter hatte es heute nicht lange in seinem Bett gehalten. Er war schon kurz nach 5 Uhr zu seinen 5 Kilometern Jogging angetreten. Dann hatte er seine Gäste beim Duschen beobachtet, was den beiden natürlich nicht bekannt war. Der Gedanke, den Neuzugang demnächst mit gekonnten Schnitten in 6 Teile zu zerlegen, hatte ihn ziemlich erregt. Dieselbe Vorstellung auf seinen Liebling bezogen stimmte ihn dagegen immer wieder traurig. Er wusste zwar, dass es einmal sein musste, aber er hoffte, dass ihn die Stimme noch lange nicht dazu zwingen würde.

Nachdem er den beiden ein gutes Frühstück serviert und die Tagesverpflegung hineingestellt hatte, war er nach Wien aufgebrochen. Da er noch drei Stunden Zeit bis zum Arbeitsantritt hatte, war er ins Döblinger Bad gefahren, um ein wenig zu schwimmen und Sonne zu tanken.

Jetzt lag er auf einer Pritsche und beobachtete die Menschen um sich. Es war erschreckend, wie hässlich die meisten waren. Fett, bleich, fehlgewachsen und sehr oft alles auf einmal. Die Vorstellung, den gut 120 Kilogramm schweren, schwabbeligen Körper des behaarten Gorillas zwei Liegen neben ihm fachgerecht zerlegen zu müssen, erfüllte ihn mit Abscheu bis hin zum Brechreiz. Er konzentrierte sich daher auf die wenigen schönen, in ein, zwei Fällen sogar sensationellen Körper.

Welch ein Genuss es doch wäre, die straffe Haut der schwarzhaarigen Eurasierin in dem knappen blauen Bikini, die gerade unter einer Dusche stand, liebevoll mit dem Skalpell zu teilen. Und dann mit der Knochensäge nachzustoßen. Aber auch der große blonde Adonis, der ihn schon die ganze Zeit anstarrte, würde sich sehr gut auf dem Seziertisch machen.

Er erinnerte sich gut, welche unheimliche Befriedigung ihm alleine schon der Genickbruch des jungen Seemanns, dem er seine neue Identität verdankte, verschafft hatte. Das war in Bremen gewesen. Der Griff, den er von einem Chiropraktiker gelernt hatte, das leise Knirschen, als er den Hals überdehnte und die Wirbelsäule brach. Damals hatte er erstmals dieses starke Verlangen verspürt, den Körper weiter zu behandeln. Zu vervielfältigen. Leider hatte er damals sein Chirurgenbesteck nicht dabei gehabt.

Jetzt war dem Schlächter endlich eingefallen, an wen ihn der hübsche, aufdringlich grinsende Boy am Beckenrand erinnerte. An Anton, dem er seinen aktuellen Job zu verdanken hatte. Zumindest indirekt. Es war schon lustig, dass er den Toni auch hier, in diesem Bad, kennen gelernt hatte. Im Mai des Jahres, an einem der ersten Badetage der Saison.

Sollte er dem aufdringlichen Schönling ein Signal senden? Vielleicht sollte er sich seine Handynummer geben lassen, falls ihm einmal nach einem großen Blonden sein sollte.

Also dem Anton hatte er wirklich viel zu verdanken. Beim Zerteilen des Freundes war ihm zum ersten Mal bewusst geworden, dass er bi sein musste. Seither verschaffte ihm das Behandeln von schönen Männerkörpern ebenso viel Freude und Entspannung wie das herrlicher weiblicher Leiber. Dass er dann auch Antons Job bekommen hatte, nachdem der »unzuverlässige Mitarbeiter« über Nacht verschwunden war, ohne zu kündigen, war eine Ironie des Schicksals und ein netter Zusatznutzen gewesen.

Als der Schlächter seine Augen öffnete, hatte sich der Schönling vom Beckenrand bereits neben ihm niedergelassen. »Hi«, säuselte er, »ich bin der Ronnie. Hättest du vielleicht Lust auf eine Motorbootfahrt auf der Donau? Ich habe eine Yacht in Greifenstein liegen.«

Mitleidig lächelte der Schlächter den tuntigen Möchtegernaufreißer an. »Grundsätzlich liebend gerne, mein Bester, aber mir wird schlecht auf dem Wasser. Richtig speiübel. Und deshalb lässt mich meine Frau nicht mehr Schifferlfahren.«

»Na, dann bitte ich um Entschuldigung«, stammelte der ob seiner scheinbaren Fehleinschätzung irritierte Ronnie fast schüchtern. »Ich habe es wirklich nur gut gemeint. Ciao.« Dann robbte er rasch wieder ans Wasser zurück. Der Beau würde nie erfahren, wie knapp er eben wahrscheinlich einem schrecklichen Schicksal entronnen war.

* * * * *

»mahler & strigel« war nicht nur einer der renommiertesten Coiffeure der Stadt, sondern auch der progressivste. Schon die bewusst gegen die Regeln der herrschenden Rechtschreibung verstoßende Kleinschreibung der beiden Namen in der Firmierung deutete darauf hin, dass bei diesen beiden Haarstylisten alles etwas anders, besser, größer (warum eigentlich nicht kleiner) war als bei den Kollegen. Hier wurden Trends gesetzt und nicht nachgeahmt, vor allem auch, was die Preisgestaltung für die verschiedenen Leistungen betraf, die schließlich ein individuelles Gesamtkunstwerk auf den Köpfen der begeisterten Klientinnen bewirkten.

Tatsächlich, hier sprach man von Klienten und nicht von Kunden. Kunde war ein viel zu gewöhnlicher Ausdruck, normale Kunden konnten sich einen »mahler&strigel« einfach nicht leisten.

Frau Stauffar war eine der ältesten Klientinnen dieses Tempels der Hochfrisur gewesen. Sie hatte sich hier schon die Haare föhnen lassen, als sich der Laden noch »Friseur Franz Mahler« genannt hatte. Nachdem die Frau Kommerzialrat aus Altersgründen nicht mehr zu ihrem Lieblingscoiffeur kommen konnte, kam »mahler&strigel« eben zu ihr. Hatte ihr in den letzten drei Jahren zwei Mal pro Woche eine der besten Mitarbeiterinnen geschickt. Auf ausdrücklichen Wunsch der hochgeschätzten Klientin, die dieses Entgegenkommen fürstlich honorierte, war diese Mitarbeiterin Isabella gewesen. Wie die 25-jährige mit Nachnahmen hieß, wussten nur wenige Auserwählte. Hier nannten sich alle beim Vornamen.

Jacqueline, Bridget, Lola und Marcella trafen auf Emma, Josefine, Hildegard und im Falle der Frau Kommerzialrat eben auf Elisabeth. Nachnamen waren hier nur Schall und Rauch, denn die Klientinnen waren sowieso alle bedeutend und die Mitarbeiterinnen alle unbedeutend. Zumindest privat.

Als Franca Wallner gegen 11 Uhr mit Palinski und Florian den noblen Schuppen betrat. Pardon, die Verwendung von Schuppen in Verbindung mit Coiffeur könnte zu Missverständnissen und zu Forderungen wegen Geschäftsstörung führen.

Also als die Drei den noblen Laden betraten, wurden sie sofort von Florence, der allgegenwärtigen Chefin der Rezeption, in Empfang genommen.

»Willkommen Madame«, begrüßte sie Franca fast überschwänglich. »Sie haben großes Glück. Wohl wegen der warmen Außentemperaturen haben zwei Damen ihre Vormittagstermine verschoben. Dabei ist es gerade heute so angenehm hier in unseren klimatisierten Räumen.« Sie deutete vielsagend auf das machtvoll summende Gebläse an der Decke, das unentwegt umgewälzte Luft mit einer Temperatur von 18 Grad Celsius in den Raum blies. »Wollen Sie lieber zu Marie Claire oder zu Vanessa?«

Den beiden Männern schenkte die strenge Dame keinerlei Beachtung, was wohl daran lag, dass es sich bei »mahler & strigel« um einen reinen Damensalon handelte.

»Wir wollen zu Isabella«, stellte Franca klar und hielt

Florence ihren Ausweis unter die Nase. »Das sind übrigens meine Kollegen Palinski und Nowotny«, sie deutete auf die beiden und verschaffte ihnen damit ein »Visum«, das sie zur Anwesenheit in diesem rein weiblichen Territorium legitimierte.

»Ich bedaure sehr«, ihr Gesichtsausdruck verriet, dass es Florence in Wirklichkeit egal war, aber das war business, »aber Isabella hat jetzt noch 20 Minuten mit Frau Konsul Basena-Schlick zu tun und muss sich dann um die Perücke der Frau Dekan kümmern.«

»Dann schicken sie doch bitte Marie Claire zur Frau Konsul und Vanessa zur Perücke«, konterte Franca mit einem jede Widerrede ausschließenden Ton in der Stimme. »Wir müssen Isabella dringend in einer Mordsache sprechen.«

Florence, die in ihrem Job schon einiges erlebt hatte, war auf so etwas nicht vorbereitet gewesen. Schockiert hielt sie den Mund und eilte in den hinteren Bereich des großzügig dimensionierten Salons.

Nach wenigen Minuten kehrte sie mit einer jungen Frau im Schlepptau zurück, die tatsächlich eine gewisse Ähnlichkeit mit der jungen Jane Fonda hatte, wie Palinski wohlgefällig registrierte.

»Das sind die Herrschaften von der Polizei«, stellte Florence fest, »und das ist unsere Isabella. Ich hoffe, das Gespräch wird nicht zu lange dauern. Ab Mittag sind wir wieder voll ausgebucht.«

»An Ihrer Stelle würde ich mich vorsorglich um eine Einspringerin umsehen«; empfahl Franca der Schnepfe, »unser Gespräch wird sicher etwas länger dauern. Gibt es hier einen Raum, wo wir ungestört sprechen können?«

Wortlos führte Florence sie ins Büro des Chefs, der heute wohlweislich einen Urlaubstag eingelegt hatte.

* * * * *

Wilma hatte sich seit Jahren Gedanken darüber gemacht, warum Palinski immer schon so früh am Morgen aufstand. Gut, er brauchte nun einmal weniger Schlaf als sie. Sie konnte durchaus auch verstehen, dass es ihn in der »schönen« Jahreszeit um 5 Uhr nicht mehr im Bett hielt. Aber warum Mario auch im Winter, wenn es noch stockfinster und saukalt war, spätestens um 6 Uhr aus dem warmen Bett kletterte und schon bald darauf die Wohnung verließ, konnte sie beim besten Willen nicht nachvollziehen.

Sie hatte lange gegrübelt, welche Gründe Palinski dafür haben konnte. Für das typische Nestflüchterverhalten alter Menschen war er noch viel zu jung. Auch organisch schien alles bei ihm in Ordnung zu sein, zumindest für einen Mann mit 45 Jahren. Die einzige Erklärung, die ihr nach reiflicher Überlegung blieb, war ein schlechter Bettplatz. Unter Marios Bett mussten sich Wasseradern befinden. Ein ganzes System unterirdischer Bäche, die zwar sein Einschlafen nicht behinderten. Er war immer schon weg, während sie noch mit ihm sprechen wollte. Aber nach Beendigung der Tiefschlafphase schien er bald aufzuwachen und nicht mehr einschlafen zu können. Logisch, dass er dann lieber gleich aufstand. Aber sie fühlte sich gelegentlich alleine, wenn sie neben seiner einsamen Tuchent aufwachte. Öfter, als sie sich das selbst eingestehen wollte. Ihrem wiederholten Ansinnen, sich doch einmal in einem Schlaflabor untersuchen zu lassen, hatte er sich immer vehement widersetzt, sodass sie eine Untersuchung durch eine Rutengeherin gar nicht vorzuschlagen wagte. Das konnte nur, wenn überhaupt, als topsecret Aktion ablaufen. Über eine Freundin hatte sie eine bekannte Wiener Radiästhetin kennen gelernt und für heute einen Termin vereinbart. Der Tag war günstig, da Mario den ganzen Vormittag auswärts zu tun haben würde. Das wusste sie von Margit Waismeier, an die sie sich in der Hoffnung auf weibliche Solidarität gewandt hatte.

Und so hatte Mag. Carola Mühlzettel bereits am frühen Vormittag die beiden Schlafplätze im »Institut für Krimiliteranalogie« untersucht. Jetzt war die Expertin, die auch gerichtlich beeidete Sachverständige für Radiästhesie war, mit ihrem an eine kleine Angelrute mit einem überdimensionierten Handgriff und einem goldenen Ring als Köder erinnernden Werkzeug, dem so genannten »Biotensor« am Austesten der Wohnung.

Das wiederholte Kopfschütteln und der ernste Blick Carolas schienen Wilmas Befürchtungen zu bestätigen. Zwischendurch machte sie sich Notizen und trug immer wieder Symbole und bunte Linien in die Grundrissskizze des Schlafzimmers ein.

Einige Zeit später war es endlich soweit. Wilma starrte Frau Mühlzettel erwartungsvoll und ein wenig ängstlich an. Fast so wie ein Angeklagter, der auf den Wahrspruch der Geschworenen wartete.

Die Expertin räusperte sich, runzelte die Stirne, räusperte sich noch einmal und Wilma konnte nur mit Mühe ein vorlautes »Na und was ist jetzt?« vermeiden.

»Um mit dem Positiven zu beginnen«, die Frau Magistra wollte es auch noch besonders spannend machen.

»Ihr Bettplatz ist wirklich nicht schlecht. Im Kniebereich geht zwar eine kleine Wasserader durch, aber die stört nicht wirklich. Und ein Ausläufer der Verwerfung unter dem Bett Ihres Mannes hat auch kaum Einfluss auf Sie.« Wilma war erleichtert, auch wenn sie sich um ihre Person keine sonderlichen Gedanken gemacht hatte.

»Und nun zu dem Platz Ihres Mannes«, die Expertin holte tief Luft. »Also ehrlich, so etwas habe ich in den zwanzig Jahren, die ich mich mit diesen Problemen befasse, noch nie erlebt. Ein Netz von Wasseradern, die an das Amazonasdelta erinnern, natürlich nur im ganz Kleinen. Dazu noch eine starke Verwerfung. Also Ihr Mann muss schon eine Rossnatur haben, wenn er auf diesem Platz überhaupt ein Auge zu bekommt.«

Wilma war schon versucht, die Frau darauf hinzuweisen, dass sie mit Mario nicht verheiratet war. Aber das wäre zu kompliziert zu erklären gewesen. Vor allem aber hätte es am Problem selbst überhaupt nichts geändert.

»Und was kann ich dagegen machen?«, Wilma war sicher, dass man etwas dagegen machen konnte. Man konnte gegen alles etwas machen, zumindest gegen fast alles, hoffte sie.

»Grundsätzlich haben Sie drei Optionen«, begann Carola«, und zwar erstens: Sie lassen alles so, wie es ist. Das machen viele meiner Kunden so, weil sie ihre durchgestylte Wohnung nicht in Unordnung bringen wollen. Diese Idioten wundern sich dann, wenn sie sich weiter schlecht fühlen oder sogar krank werden.« Ihr Lachen klang etwas zynisch. »Das ist so, wie wenn ein Beinbruch nicht eingegipst wird, nur weil die Hose des Armanianzugs nicht darüber passt. Zweitens, Sie tauschen das Bett mit Ihrem Mann. Dann wird es ihm besser gehen und Ihnen schlechter. Das ist also auch keine ernsthafte Empfehlung.«

Die Frau hatte einen etwas eigenartigen Humor, fand Wilma, war aber nicht unsympathisch. »Also was würden Sie dann ernsthaft empfehlen?«, wollte sie jetzt langsam wissen.

»Ich werde Ihnen zwei Plätze in dieser Wohnung zeigen, die fast störungsfrei und groß genug für ein Doppelbett sind«, fuhr die Mühlzettel fort. »Und ich rate Ihnen, den bisherigen Schlafplatz Ihres Mannes unbedingt aufzugeben. Auch wenn das bedeuten sollte, dass Ihrem Mann seine Armanihose nicht mehr passt.«

Wilma musste an Palinskis Jeans und Schnürlsamthosen denken und unwillkürlich lächeln.

»Damit werden wir sicher kein Problem haben.«

»Es gibt natürlich auch noch eine vierte Möglichkeit«, räumte die Radiästhetin ein. »Sie können mit Ihrem Mann auch in sein Büro ziehen, die beiden Betten dort stehen auf sehr guten Plätzen.« Jetzt grinste auch sie. »Wenn auch in verschiedenen Zimmern. Aber das wissen sie ohnehin.«

Nach einer weiteren halben Stunde verließ Mag. Carola Mühlzettel ihre grübelnde Auftraggeberin mit der Zusicherung, ihr die Untersuchungsergebnisse auch noch schriftlich dokumentiert zusenden zu wollen.

»Und verschieben Sie das Bett fürs erste an die andere Wand. Der Platz ist nicht ideal, aber besser als der derzeitige«, war die abschließende Empfehlung der Expertin, während sie die 240 Euro für die Untersuchung in die Tasche steckte.

Wilma brauchte jetzt dringend einen Schnaps, ehe sie sich der Beantwortung einiger drängender Fragen stellte. Sollte sie die Küche jetzt ins Wohnzimmer verlegen oder das Esszimmer ins Bad? Wie auch immer, ab sofort würde nichts mehr so sein, wie es bisher gewesen war.

* * * * *

Je länger Wallner diesen Melham in die Mangel nahm, desto unsicherer wurde er. Gestern, als der Mann nach anfänglicher Verstocktheit zu reden begonnen hatte, war der Oberinspektor noch sicher gewesen, dass es nur mehr eine Frage von Stunden sein konnte, bis er seine Verbrechen an nach derzeitigem Erkenntnisstand mindestens 8 Menschen gestehen würde. Ab einem bestimmten Punkt der Einvernahme war es mit dem bis dahin fast freimütigen Bekennens strafrechtlich relevanter Sachverhalte aber schlagartig vorbei gewesen. Das war der letzte Stand gestern Abend gewesen, als der Oberinspektor zum makaberen Kleiderpuppenfund beim Lusthaus gerufen worden war.

Seit heute Morgen bearbeiteten er und seine Kollegen den Mann neuerlich nach allen Regeln der Verhörkunst, aber vergebens. Nachdem Melham schließlich sogar auf die Beiziehung eines Rechtsanwaltes, dem man ihm auch nicht länger hätte vorenthalten können, verzichtet hatte, war Wallner unsicher geworden.

»Warum soll ich einen Anwalt brauchen«, hatte der Verdächtige gemeint, »das, was ich angestellt habe, habe ich bereits zugegeben und mehr habe ich nicht getan.«

Das entbehrte nicht einer gewissen, ja sogar zwingenden Logik, hatte der Oberinspektor schließlich widerwillig anerkennen müssen.

So versuchte er jetzt etwas anderes. »Also gut, gehen

wir einmal davon aus, dass Sie mit den Morden selbst nichts oder zumindest nicht unmittelbar zu tun haben«, räumte er ein. »Und unterstellen wir weiter, dass noch eine oder mehrere der Toten, die noch nicht identifiziert werden konnten, Bewohner des von Ihnen verwalteten Hauses waren.«

Wallner registrierte Melhams trotzigen Blick und interpretierte ihn als mangelnde Bereitschaft zur Kooperation mit der Polizei. »Und ehe Sie sich trotzig weigern, uns zu helfen, sollten Sie sich vor Augen führen, dass bei der Latte an Vergehen, die Sie schon zugegeben haben, mildernde Umstände bei der Urteilsfindung sicher hilfreich sein würden. Also helfen Sie mir einmal beim Nachdenken und ich werde sehen, ob ich bei Gericht ein gutes Wort für Sie einlegen kann.«

Nach einigen Minuten siegte die Vernunft über seine Verbohrtheit und Melham brummte leise »Was wollen Sie wissen?«

»Gut, dass Sie so vernünftig sind«, anerkannte Wallner. »Was mich vor allem interessiert, wäre Folgendes: Halten Sie es für möglich, dass noch mehrere Bewohner des Studenten-Appartementhauses dem Schlächter zum Opfer gefallen sind? Hat noch jemand über Nacht seine Wohnung aufgegeben und später telefonisch gekündigt?«

Der Hausverwalter dachte eine Weile. »Das könnte schon sein. Das Problem ist nur, wir sind noch mitten in den großen Ferien. Viele Studenten kommen erst gegen Ende September wieder in die Stadt.« Er kratzte sich nachdenklich am Kopf. »Und da ich selbst erst seit ein paar Tagen wieder aus dem Urlaub zurück bin, kann ich auch nicht sagen, wer zwischendurch vielleicht da gewesen und dann wieder verschwunden ist. Also angerufen und gekündigt hat sonst keiner.«

Wallner verstand. Was noch nicht war, konnte aber noch kommen. Bis zu diesem Zeitpunkt wurde im Haus eben noch niemand vermisst. Außer die beiden identifizierten Opfer.

»Natürlich könnte sich jemand damit auch an Klaus gewandt haben.« Melham deutete Wallners fragenden Blick richtig. »Klaus Reitbacher ist so eine Art Mietervertreter. Er wohnt schon seit Jahren bei uns, kennt alle und hilft, wo er kann.«

»Und wo ist dieser Klaus jetzt?«

»Ich weiß es nicht genau«, Melham kratzte sich im Schritt. »Er wollte im Sommer einen Sommerjob, eher so eine Art Praktikum an einem Berliner Krankenhaus machen. Ob daraus etwas geworden ist oder nicht, kann ich nicht sagen. Entweder ist er noch dort oder bei seiner Familie im Waldviertel. Die Leute sind in Zwettl zu Hause.«

Praktikum an einem Berliner Krankenhaus war natürlich ein Reizwort für den Oberinspektor. »Wieso macht dieser Klaus ein Praktikum in einem Spital? Ist er Mediziner?«

»Ich glaube, er hat mehrere Semester Medizin studiert, dann aber abgebrochen. Ich glaube, er konnte kein Blut sehen«, Melhams meckerndes Lachen in dem Zusammenhang war richtig widerlich. »Im letzten Jahr hat er aber mit einem Sonderlehrgang für Gesundheitsmanagement und Krankenhausökonomie an der WU begonnen.«

Der Oberinspektor spürte das Adrenalin plötzlich durch seine Adern schießen wie die Teilchen durch den

CERN-Beschleuniger*. »Und was macht dieser Klaus noch alles?«

»Ich weiß nur, dass er gelegentlich als Sanitäter freiwillig für das Rote Kreuz Dienst macht.«

»Was für einen Wagen fährt dieser Klaus?«, bei Wallner war das Jagdfieber ausgebrochen.

»Ich glaube, er hat gar kein eigenes Auto, bloß so einen alten Motorroller, wie sie jetzt wieder in Mode kommen.«

Melham musste sich lange nicht richtig gewaschen haben, schoss es Wallner durch den Kopf, denn der Mann kratzte sich schon wieder an den Eiern. Das Jucken konnte zwar wirklich lästig sein, wie auch der Oberinspektor wusste, dennoch ging ihm dieses ewige Gefummel am Gekröse langsam auf die Nerven.

»Aber«, fuhr der Verdächtige fort, »er hat sich gelegentlich ein Auto ausgeborgt, wenn er eines benötigt hat. Einmal sogar ein Mercedes Coupé. Was für ein Fahrzeug.«

»War er vielleicht auch einmal mit einem VW-Bus oder etwas ähnlichem unterwegs?«

Melham zuckte mit den Schultern. »Keine Ahnung. Warten Sie, vielleicht. Ich glaube, im Frühjahr habe ich ihn einmal in einem grünen VW-Bus gesehen. Ja, sicher, ich erinnere mich jetzt wieder.«

Wallner fühlte sich wieder hervorragend. Die unerfüllten Hoffnungen auf einen Schlächter namens Arthur Melham hatten ihn vorübergehend mutlos gemacht. Jetzt hatte er wieder eine Perspektive, der Tatverdächtige einen Namen. Rasch veranlasste er alles, was notwendig

* Europäische Kernforschungsanlage in der Nähe von Genf

war, um eine Fahndung nach einem Klaus Reitbacher, 29 Jahre in die Wege zu leiten.

Melham, gegen den der Verdacht nicht weiter aufrecht erhalten werden konnte, durfte nach Unterfertigung des Protokolls gehen. Wegen der von ihm zugegebenen Delikte wurde er auf freiem Fuß angezeigt.

Als der Hausverwalter kurz nach Mittag das Haus am Döblinger Gürtel nach mehr als 18 Sunden wieder betrat, lief er einem Reporter des öffentlich rechtlichen Rundfunks in die Arme. Der sah sich am Ziel seiner Wünsche und ersuchte ihn um eine aktuelle Stellungnahme für das gerade laufende Nachrichtenmagazin »Neues vom Mittag.« Ui, das tat Melhams Selbstbewusstsein, das in den letzten Stunden äußerst gelitten hatte, aber sehr gut.

Dem Schlächter, der die Sendung hörte, wurde bewusst, dass es mehr Löcher zu stopfen gab, als er zunächst vermutet hatte. Er würde das noch heute erledigen. Wie er allerdings an den Menschen in seinem Würstelstand herankommen sollte, war ihm noch nicht ganz klar. Aber da meldete sich auch schon die Stimme und hatte eine ausgezeichnete Idee.

* * * * *

Isabella erwies sich als harte Nuss. Franca hatte zunächst begonnen, sie als Zeugin zu befragen. Die Zeugin zeigte sich aber nur wenig auskunftsbereit und gab nur das absolut Notwendigste an. Und dann auch noch die Tatsache, dass sie der Frau Kommerzialrat seit langem zwei Mal die Woche die Haare machte. Vom Tod der guten Klientin hatte sie natürlich gehört. In den Nachrichten, gab sie an und fuhr sich dabei auffällig unauffällig über die Augen.

Dann aber machte die Zeugin einen Fehler, und zwar einen groben. Sie bestritt, die Lottotipps Frau Stauffars zur Trafik in der Nähe der Seniorenresidenz gebracht, ja überhaupt etwas damit zu tun gehabt zu haben. Das Gegenteil konnte ihr nämlich sehr leicht nachgewiesen werden. Der Hinweis auf eine Gegenüberstellung mit dem Trafikanten sowie auf ihre Fingerabdrücke auf den Kopien der Lottoscheine genügte. Zweiteres war ein gelungener Bluff, den Palinski eingebracht hatte.

Nun war Isabella aber keine Zeugin mehr, sondern eine Verdächtige. Franca Wallner machte sie ordnungsgemäß auf diesen Umstand aufmerksam, worauf Isabella die Rollläden komplett herunterließ.

Auf die Frage, ob sie wüsste oder zumindest eine Vorstellung habe, wer oder was mit der Abkürzung V im Kalender der Frau Kommerzialrat gemeint sein könnte, verweigerte sie zunächst trotzig jegliche Reaktion. Etwas später ließ sie sich dann doch zu einem verneinenden Kopfnicken hinreißen.

Die Angelegenheit entwickelte sich also sehr zäh, wenn überhaupt. Der Durchbruch gelang erst, als die Polizei unerwartet Hilfe erhielt. Hilfe von einer Seite, von der das nie zu erwarten gewesen wäre und die diese Hilfe sicher auch nicht geleistet hätte, hätte sie geahnt, warum es dabei ging.

Plötzlich betrat die unverwüstliche Florence den Raum. »Eine Klientin hat Isabellas Mutter alarmiert und die ist jetzt gekommen, um nach ihrer Tochter zu sehen«, teilte sie mit.

Franca sah keine Gefahr für den Erfolg der praktisch

ohnehin nicht stattfindenden Befragung. Im Gegenteil, vielleicht würde das Gespräch mit der Mutter Isabella dazu bewegen, etwas kooperativer zu sein. Also stimmte sie einem kurzen Mutter-Tochter Gespräch zu.

Eine ältere, einfach gekleidete Frau mit besorgtem Blick betrat den Raum. »Mein Gott, Veronika, was ist denn hier los. Was will die Polizei von dir?«, fragte sie. Und »Bingo«, sagte Florian, dessen jugendliche Reaktion doch etwas rascher war als die Francas und Palinskis. Aber nur geringfügig.

»Du blöde Sau«, mit äußerst derben und in dieser Lokalität absolut unerwarteten Worten herrschte Veronika oder »Isabella«, wie ihr Künstlername lautete, ihre konsternierte Mama an. »Dass du dein dummes Maul immer dann aufreißen musst, wenn man's am wenigsten braucht. So eine verdammte Scheiße.« Und sie begann zu weinen.

Die Mutter, eine Frau Saglehner, kehrte ihrem Ferkel jetzt aber nicht den Rücken. Etwas, das Palinski in dieser Situation irgendwie sogar verstanden hätte. Nein, sie ging zu ihrer Tochter und nahm sie in die Arme. »Es wird schon alles wieder gut wern«, murmelte sie gebetsmühlenartig, »es wird alles wieder gut wern.« Mütter waren schon eigenartige Menschen, Mütter waren wunderbare Menschen.

* * * * *

Franca Wallner hatte Veronika Saglehner, die sich im Kreise der Marie Claires, Florences und Vanessas den Namen Isabella zugelegt und auch gelebt hatte, sofort nach dem »Ausrutscher« der Mutter vorläufig festgenommen und zur weiteren Vernehmung ins Kommissariat auf der Hohen Warte bringen lassen.

Dann hatte sie mit der Mutter gesprochen, die sich jetzt natürlich die schlimmsten Vorwürfe machte, ihre Tochter in diese Situation gebracht zu haben. »Aber wie hätt ich denn wissn solln, dass …«

»Sie müssen sich überhaupt keine Vorwürfe machen, Frau Saglehner«, versuchte Franca die völlig aufgelöste Mutter zu beruhigen. Wohl wissend, dass das kaum möglich sein würde. »Ihre Tochter ist ganz alleine schuld an ihrem Schicksal. Sie ist schon lange kein Kind mehr und muss gewusst haben, was sie tut und was sie damit riskiert.«

»Aber allein schuld ist die Veronika sicher net«, widersprach die weinende Frau, »ich bin sicher, da steckt ihr neicher Freund dahinter, der Burschi.«

Bei dem Freund handelte es sich um einen gewissen Georg Herbalek, einem derzeit beschäftigungslosen Verkäufer, der sich mit der Arbeitslosenunterstützung und gelegentlichen Jobs über die Runden brachte. Der 26-jährige Mann wohnte angeblich auf Untermiete in der Laudongasse.

»Der hat ihr jede Menge Blödheitn eingredet und das tepperte Madl macht alles, was ihr der Pülcher sagt«, jammerte sie.

Franca konnte ihr nur versprechen, die Rolle Herbaleks und seinen möglichen Anteil an diesem Verbrechen genau zu untersuchen.

»Wenn es Ihnen gelingt, Ihre Tochter zu überzeugen, mit uns zusammenzuarbeiten, wird sich das sicher strafmildernd auswirken«, versuchte die Inspektorin der Frau wieder etwas Mut zu machen. »Wenn Sie möchten, können Sie mit Veronika später sprechen. Und beschaffen Sie ihr einen guten Anwalt.«

Dann setzte sich Franca mit ihrem Heimatkommissariat in der Josefstadt in Verbindung und veranlasste die sofortige Festnahme von Isabellas Freund. Der schon kurz darauf in seiner Wohnung überraschte Mann leistete keinerlei Widerstand und wurde bereits nach wenig mehr als einer Stunde zur Einvernahme ins Kommissariat auf der Hohen Warte gebracht.

* * * * *

Palinski hatte sich vorhin von Florian verabschiedet. Beide waren nicht sehr froh darüber, aber der Bursche musste einfach wieder einmal in die Polizeischule gehen. Und das Wochenende sollte er bei seiner Familie verbringen. Die hatte auch ein Recht auf ihn.

Es war aber kein »Lebewohl«-, sondern ein »Auf Wiedersehn«- Abschied, das stand für beide fest, machte es ihnen aber nicht viel leichter.

Nachdem Palinski sich vergewissert hatte, dass ihn im Büro nichts erwartete, was nicht auch bis morgen Zeit hatte, machte er sich auf den Weg zu Wilmas Wohnung, in den dritten Stock auf Stiege 1. Da er sich heute Abend mit Werner Labuda auf eine Partie Schach im Cafe »Kaiser« treffen wollte, fand er es angesichts der herrschenden ›Hoch-Zeit‹ zwischen Wilma und ihm angebracht, wenigstens jetzt ein Stündchen mit der Frau zu verbringen, die er 24 Jahre lang nicht geheiratet hatte.

Kaum hatte er die Wohnungstüre geöffnet, als ihn auch schon das unbewusste Gefühl befiel, dass etwas nicht stimmte. Als er das Wohnzimmer betrat, glaubte er, seinen Augen nicht trauen zu können. Falls sein Verdacht zutraf, dass Einbrecher in der Wohnung ihr Unwesen getrieben hatten, dann hatten sie unter anderem auch das große, schwere Doppelbett genau an jene Stelle geschoben, wo bisher das Wandbord mit dem Großbild-Fernsehapparat gestanden war. Ob die Verbrecher den Diebstahl des neuen Gerätes damit kaschieren wollten? Im Schlafzimmer fand er dafür die bequeme Couch, auf der man so gut lümmeln konnte. Und davor das Bord mit dem TV-Gerät darauf. Da sollte sich noch jemand auskennen.

»Wilma« brüllte er los, »wo bist du?« Vielleicht lag die Mutter seiner Kinder ja irgendwo gefesselt und geknebelt in einem Kasten. Der sicher auch nicht mehr dort stand, wo er ihn noch heute Morgen vermutet hätte. Rasch ging er durch sämtliche Räume, doch von Wilma war nichts zu sehen. Keine leisen Hilferufe, kein unterdrücktes Stöhnen war zu vernehmen, nichts. Das wirklich Erstaunliche war aber, dass nichts zu fehlen schien. Zumindest nicht beim ersten Hinschauen. Dennoch, er musste die Polizei sofort von diesem dreisten Überfall am helllichten Tag informieren.

Entschlossen trat er zum Telefon, hob den Hörer ab und begann die vertraute Nummer zu wählen. Beim ersten Dreier hörte er einen Schlüssel in der Türe, die gleich darauf auch aufging.

»Hallo Schatzi, du bist schon hier?« Es war Wilma, die diese bemerkenswerte Feststellung getroffen hatte. Jetzt trat sie vor ihn hin, spitzte ihre Lippen und ließ sich von ihm küssen. Dann deutete sie mit großer Geste auf das wie ein Sonderangebot einsam im Raum stehende Bett. »Und was sagt du dazu?«

Palinski starrte sie entgeistert an. Obwohl ihm ein »Au weh« und dann auch ein »Warum« auf den Lippen kitzelten, schwieg er trotzig.

»Ich weiß«, meinte Wilma, »es ist etwas gewöhnungsbedürftig. Dafür wirst du heute Nacht aber so gut schlafen wie schon lange nicht mehr.«

9

Der Druck der Medien auf die Polizei und die vorgelagerten Behörden, der sich über die Wochen kontinuierlich aufgebaut hatte, hatte nach den Ereignissen der letzten Tage ein bedrohliches Level erreicht.

Nach dem blamablen Verlauf der Pressekonferenz, in der man den Journalisten eine Schweinsstelze als Teil des jüngsten Opfers des Schlächters verkaufen wollte, hatte sich die hungrige Meute noch mit der medialen Schlachtung des glücklosen Oberstleutnant Kranzjenich zufrieden gegeben. Nach dem makabren, aber vergleichsweise harmlosen »Scherz« mit der zerlegten Kleiderpuppe hinter dem Lusthaus im Prater, welcher der ganzen Nation zunächst ein mediales Hohngelächter beschert hatte, schlug die ohnehin schon mehr als angespannte Stimmung in der Bundeshauptstadt, aber auch im übrigen Land in blanke Hysterie um.

Innenminister Dr. Fuscheé, der auch als Seismograph sehr gute Figur gemacht hätte, witterte sofort die Gefahr, die jetzt auch und vor allem ihm als politisch Verantwortlichen drohte.

Die erregte Öffentlichkeit verlangte Taten. Am besten die Verhaftung des »Schlächters« selbst oder ersatzweise zumindest die öffentliche Hinrichtung eines politischen Opfers. Da sich die erhitzten Gemüter wohl kaum mit Ministerialrat Schneckenburger zufrieden geben würden, war Fuscheé völlig klar, um wessen Kopf es jetzt ging. Um seinen eigenen. Und das wollte dem großen Mann ganz und gar nicht gefallen.

Und so tagte die zwar nicht überraschend, zu diesem Zeitpunkt aber unerwartet einberufene Krisensitzung im Ministerbüro bereits seit mehr als 2 Stunden. Nachdem der Minister allen Anwesenden ohne Rücksicht auf deren Rang und Namen zur Schnecke gemacht, den Kopf gewaschen und die Leviten gelesen hatte, und das in dieser Reihenfolge, hatte er das Fehlen eines wichtigen Kopfes festgestellt. »Wo ist eigentlich Palinski?«, hatte er »Miki« Schneckenburger angeherrscht.

»Aber den wollte Oberstleutnant Kranzjenich bei diesem Fall doch ausdrücklich nicht dabei haben«, hatte der Ministerialrat erinnert, »und Sie selbst haben diese Weisung unterzeichnet.«

»Also Kranzjenich hat in dieser Sache jetzt überhaupt nichts mehr zu sagen«, hatte Fuscheé neuerlich losgebrüllt. »Und ob ich irgendetwas irgendeinmal unterschrieben habe oder nicht, interessiert mich im Moment überhaupt nicht. Ich will Palinski dabei haben, und zwar sofort. Stante pede, ist das klar? Das ist der einzige Mensch, der uns in dieser besch ..., verzwickten Situation noch herausreißen kann.«

Auf die am Tisch sitzenden Mitglieder des ehemaligen Stabs Oberstleutnant Kranzjenichs hatte dieses leidenschaftliche ministerielle Bekenntnis zum Leiter des »Instituts für Krimiliteranalogie« wie ein plötzlicher Hagelschauer gewirkt, der sie während eines ohnehin schon heftigen Gewitterregens noch zusätzlich heimsuchte. Palinski war ihnen von ihrem ehemaligen Chef immer als besonders suspekter Zivilist, als Gottseibeiuns für das BKA dargestellt worden und das hatte ihre Einstellung zu diesem Mann mangels eigener Erfahrungen nun einmal nachhaltig geprägt.

Das konnte man so nicht akzeptieren, hatte daher auch Hauptmann Bimserl, der ranghöchste BKAler am Tisch, gefunden und war aufgesprungen. »Dagegen muss ich in aller Form schärfstens protestieren, Herr Minister. Das BKA lehnt es ab …«

Fuscheé hatte gar nicht wissen wollen, was das BKA ablehnte. »Sie wollen protestieren«, unterbrach er den schneidigen Offizier mit einer Stimmlage, die Haarspitzen hätte spalten können. »Gut, protestieren Sie, das ist Ihr gutes Recht. Aber nicht hier in diesem Büro«, er war wieder sehr laut geworden und deutete zur gepolsterten Doppeltüre, »sondern meinetwegen da draußen. Oder wo immer Sie wollen. Will noch jemand mitgehen zum Protestieren?«, setzte der Minister noch nach, obwohl sich Bimserl schon wieder gesetzt hatte. Er war wortlos in seinem Stuhl zusammengesunken.

Dann war Oberinspektor Wallner aufgestanden, der provisorische Leiter der Sonderkommission.

»Wollen Sie etwa auch protestieren?«, fuhr ihn Fuscheé an.

»Nein«, entgegnete Wallner, »ich möchte nur etwas richtig stellen. Dass wir mit den Ermittlungen überhaupt vom Fleck gekommen sind, verdanken wir zum guten Teil meinem Freund Mario Palinski.«

Er hatte den Freund besonders betont und dabei Bimserl fixiert. »Diesem Mann hat man zwar verbieten können, in der SOKO mitzuarbeiten, nicht aber mitzudenken. Und wir verdanken ihm wichtige Erkenntnisse.« Wallner hatte als Beispiele die Beobachtungen des »Flotten Heinzi« und die darauf basierende Phantomzeichnung sowie den Hinweis auf das ausrangierte Sanitätsfahrzeug des Bundesheers angeführt.

»Ich möchte daher die Kollegen vom BKA herzlich einladen, ihre sachlich völlig haltlose, ja konterproduktive Ablehnung Mario Palinskis aufzugeben und ohne Vorbehalte mit der raschen Lösung dieses Falles weiter zu machen. Wir müssen alle an einem Strick ziehen und können uns kleinkarierte Eifersüchteleien ganz einfach nicht länger leisten.«

Das waren Worte ganz im Sinne des Ministers. Der schon immer gewusst hatte, dass dieser Oberinspektor für seine derzeitige Position im Koat Döbling überqualifiziert war. Aber das würde sich bald ändern, hatte sich Fuscheé vorgenommen. Diesen Mann wollte er so rasch wie möglich im Bundeskriminalamt sehen.

Jetzt, nach mehr als 2 Stunden, versuchte Schneckenburger immer noch Palinski zu erreichen. Aber vergebens. Im Büro meldete sich lediglich dieser blöde Anrufbeantworter, am Handy immer wieder die Mailbox und in der Wohnung überhaupt niemand.

Wenigstens hatte der Chef wieder seine übliche Contenance wieder gefunden. Ja, er machte sogar direkt einen fröhlichen Eindruck, während Wallner fortfuhr, über den aktuellen Stand der Ermittlungen zu referieren. Es schien fast so, als ob er Palinski wieder vergessen hätte. Zumindest vorläufig.

* * * * *

Während Schneckenburger noch verzweifelt nach ihm forschte, saß Palinski mit Wilma bei einem frühen Abendessen. Anfänglich hatte er eher lustlos in dem liebevoll zubereiteten Erdäpfelgulasch mit Tofu-Brätlingen herumgestochert. Wenn man sich erst an das Zeug gewöhnt hatte, schmeckte es nicht einmal so schlecht, musste er einräumen und langte sich noch einen dritten Brätling.

Wilma war glücklich. »Ich weiß, mein Schatz«, räumte Sie ein, dass dir eine Burenwurst im Gulasch lieber wäre, aber dieser kleine Unterschied ist entscheidend dafür, dass du dich jetzt gesund ernährst und dir nicht mit diesem fetten Zeug die Arterien voll kleisterst. Und es schmeckt doch gut?«

»Hmmmmm, nnnna ja«, entkam es seinem vollen, im Kauen begriffenen Mundraum. Er wollte diesen lieben Menschen nicht enttäuschen, der sich so viel Mühe gegeben hatte. Und so schlecht war das Essen auch gar nicht, viel besser als der Schmarrn vom letzten Mal. Insgeheim überlegte er aber, ob er dem Gulasch nach dem Schachspielen nicht doch noch eine veritable Burenwurst folgen lassen sollte. Das nannte man Trennkost, glaubte er sich zu erinnern.

Hätte das Telefon in Wilmas nach radiästhetischen Gesichtspunkten umorganisierter Wohnung eine Seele gehabt, es wäre sich sinnlos vorgekommen. Hätte es einen Verstand gehabt, so hätte es sich gefragt, warum seine Nabelschnur zur Welt, nämlich das Kabel, das bisher immer fest mit dem Anschluss an der Wand verbunden gewesen war, jetzt schon einige Stunden nutzlos am Boden lag. Dass es nicht mehr am Bord neben dem Fernsehgerät stand, sondern unter diesem riesigen Bett, hätte das Telefon auch nicht gestört. Aber dass es nicht mehr klingeln konnte, hätte ihm sehr zu schaffen gemacht. Dass es Palinski damit eine trotz Tofu-Brätlingen schöne

Zeit mit Wilma verschafft hatte, statt ihn in die Hektik einer Krisensitzung zu zwingen, hätte das Telefon allerdings getröstet. Aber das alles wusste die seiner Funktion beraubte technische Errungenschaft nicht.

* * * * *

Isabella vulgo Veronika Saglehner hatte zunächst nicht sprechen wollen. Trotzig war sie im Vernehmungszimmer gesessen und hatte jegliche Aussage verweigert. Das Einzige, was ihr zu entlocken gewesen war, war die apodiktische Feststellung, dass ihr Freund nichts mit der Sache zu tun habe, ja nicht einmal davon gewusst hätte, dass sie die Lottoscheine der Frau Kommerzialrat über Jahre zur Annahmestelle gebracht hatte.

Georg Herbalek, der im Nebenraum verhört wurde, war da schon ein anderes Kaliber. Er gab zwar zu, die »Kleine« zu kennen, aber nicht sehr gut. Was, er sollte angeblich mit ihr gehen? Das war absurd, meinte der »Charmeur«, denn »Ich bin doch net bled, mir sowas anztuan.« Und von dem, was der Veronika vorgeworfen wurde, hatte er nicht die geringste Ahnung. »Ich hab ma aber schon dacht, dass was net in Ordnung ist mit ihr, weil sie hat immer so spinnerte Ideen ghabt.«

Durch eine von Franca gezielt herbei geführte technische Panne konnte Veronika eine mehrminütige Sequenz der Aussage ihres »Burschi« akustisch verfolgen. Ungläubig musste sie hören, wie sie der Georg verleugnete und lächerlich machte. Nachdem er auch noch meinte: »Ich bin froh, dass ich jetzt waas, was für a Mensch sie is. Mit so jemand möcht i nix mehr ztuan habn«, platzte ihr endlich der Kragen und sie legte los. Und wie.

Ja, sie hatte der Frau Kommerzialrat Lottogewinne vorenthalten, meinetwegen auch gestohlen, wenn das strafrechtlich so genannt wurde. Vor einigen Wochen hatte Frau Stauffar sie deswegen zur Rede gestellt. »Ich bin im ersten Moment so baff gewesn, dass die Alte das gschnallt hat«, erklärte sie, »dass ich nicht einmal versucht hab, alles abzustreiten.« Die Frau Kommerzialrat hatte ihr dann eine Frist bis Ende August eingeräumt, ihr mindestens 1 500 Euro zurück zu zahlen. Wegen des Rests, etwas mehr als 1 300 Euro, wollte sie sich noch etwas überlegen.

»Sie hat mich sogar weiter in die Trafik geschickt«, berichtete Veronika, »aber jetzt hat sie acht gegeben wie ein Haftlmacher. Kann man ja auch verstehn« räumte sie ein. Eine Möglichkeit, den Betrag zu bezahlen, hatte sie nicht gesehen. Nicht bis Ende August und auch nicht längerfristig.

Mit dem »Burschi« hatte sie dann den Mord geplant. »Er hat da etwas im Internet gelesen und auf unsere Situation umgemünzt.«

Das Gift »Rizin« hatte er von einem Bekannten am Land besorgt. Nein, dessen Namen wusste sie nicht. Das kleine Glasbehältnis hatte sie ihrer Mutter entwendet«, »die hat eine Menge von diesem Klumpert daheim.«

Georg hatte dann den Hals des winzigen pyramidenförmigen Behältnisses vorsichtig abgesägt, das Gift mit einer Pipette eingefüllt und mithilfe eines transparenten Klebebandes wieder verschlossen.

»Dabei muss er das Zeug eingeatmet haben, weil er nachher einige Tage richtig marod war.« Die Vorstellung erheiterte sie richtig, was angesichts der geänderten Beziehungen zwischen den beiden nicht weiter erstaunlich war. »Von mir aus hätte er dabei auch ruhig abkratzen können.«

Bei ihrem nächsten Besuch hatte sie das Händewaschen im Badezimmer der Frau Kommerzialrat benutzt, um den winzigen Glasbehälter auf dem Duschhocker zu deponieren. Da die alte Dame schon sehr schlecht sah, beim Duschen keine Brille trug, sich aber regelmäßig niedersetzte, war die Gefahr einer Entdeckung zu vernachlässigen.

Am nächsten Tag war Veronika nochmals vorbei gekommen, um einen absichtlich vergessenen Handföhn abzuholen. Bei der Gelegenheit hatte sie den Duschboden nach Resten, gläsernen Zeugen ihres Tuns abgesucht, aber nichts mehr gefunden.

Als sie einige Tage später wieder gekommen war, hatte sie vom Tod ihrer Klientin erfahren. Da war sie unheimlich erleichtert und stolz auf den raffinierten Plan gewesen. Bis heute Vormittag.

Nachdem Franca Wallner die Überstellung des sauberen Pärchens in die Untersuchungshaft veranlasst hatte, versuchte sie, Palinski von der Lösung »seines« Falles zu informieren. Nach mehreren vergeblichen Versuchen gab sie auf und machte sich auf den Weg ins Spital, um den Kollegen Sandegger zu besuchen.

* * * * *

Etwa 15 Minuten, nachdem Palinski Wilma verlassen und sich auf den Weg zum Cafe »Kaiser« gemacht hatte, um seinen Intellekt der Herausforderung eines Schachspieles zu stellen, läutete es an der Türe. Zu Wilmas größter Überraschung stand Franca vor der Türe. Obwohl sich die beiden Frauen kannten und auch mochten, war die junge Kriminalbeamtin noch nie hier gewesen.

»Ich hoffe, ich störe nicht«, baute Franca vor, aber Wilma winkte nur ab. »Ganz im Gegenteil, Mario ist gerade weg, er muss heute unbedingt Schachspielen, jemand will ihm das Damengambling beibringen. Ein vieldeutiger Name«, sie lachte. »Willst du Tee oder Kaffee? Oder etwas Stärkeres?«

»Du meinst wohl Damengambit«, korrigierte Franca, die sich auch beim Schach auszukennen schien, freundlich. »Das ist eine recht vielseitige Art der Eröffnung und nicht ganz einfach zu lernen. Aber völlig harmlos, was die Damen im Allgemeinen betrifft. Ein Tee wäre schön.«

Beim Tee berichtete sie Wilma kurz von der eben erfolgten Aufklärung des Mordes an der Frau Kommerzialrat. Dank Tante Netties Intervention war dieser Fall Wilma natürlich ein Begriff. Als die Kriminalbeamtin dann noch die Verdienste Palinskis an diesem Erfolg im Besonderen und auch ganz allgemein würdigte, war Wilma so richtig stolz auf ihren Lebenspartner.

»Es tut gut, das zu hören«, gestand sie. »Wenn er schon nie zu Hause ist, dann ist es beruhigend zu erfahren, dass er die Zeit offenbar sehr sinnvoll für die Allgemeinheit nutzt.«

»Also ganz ehrlich«, räumte Franca ein, »mein Oberinspektor wäre ohne Marios Instinkt ganz schön aufgeschmissen. Helmut gibt es ja nicht zu, aber er fürchtet sich schrecklich vor dem Tag, an dem »sein« Palinski nicht mehr Kriminalist sein wollen wird.«

»Also da hätte ich keine Bedenken an seiner Stelle«, lachte Wilma. »Mario ist süchtig nach Verbrechen. Ich glaube, er betrachtet sie weniger als Verletzung der gesellschaftlichen Spielregeln, also der Gesetze, sondern als Rätsel, die ihm gestellt werden und die nur er lösen kann.«

»Das erklärt auch seine gelegentliche abstrakte Bewunderung für Verbrecher, die eine besonders raffinierte Tat begangen oder einen irrsinnig intelligenten Plan umgesetzt haben«, wusste Franca. »Manchmal ist mir das direkt ein wenig unheimlich. Dein Mann wäre wahrscheinlich auch ein exzellenter Verbrecher.«

Als sie Wilmas Erschrecken bemerkte, schwächte sie das Gesagte sofort wieder ab. »Natürlich nur mit entsprechender krimineller Energie. Die lässt er aber konsequent in seine Treatments und Kurzgeschichten einfließen.«

»Hast du vielleicht Lust auf ein Erdäpfelgulasch mit Tofu-Brätlingen«, wollte Wilma jetzt wissen.

»Gerne, das klingt gut, ich habe heute ohnehin noch nichts Ordentliches zu mir genommen«, freute sich Franca. »Kann ich vorher nur schnell telefonieren?«

Und so bekam das Telefon in Wilmas Wohnung schließlich seine Existenz wieder zurück. Es wurde wieder angeschlossen und auch sofort benützt. Hätte es ein Herz gehabt, wäre ihm jetzt ein großer Stein von diesem gefallen.

* * * * *

Der Schlächter war durchaus zufrieden. Sein Chef hatte heute ausnahmsweise keine ausgefallen Wünsche geäußert und war schon bald in der Sauna verschwunden. Er habe eine harte Zeit hinter sich und müsse jetzt regenerieren. Auch gut, hatte sich der Schlächter gedacht, das kam seinen Intentionen durchaus entgegen. Die Sauna war durch einen Hintereingang mit dem kleinen Innenhof verbunden.

Er war mit dem Wagen direkt bis vor die Türe gefahren, sodass er problemlos einladen können würde. Dann hatte er das kleine Blasrohr, das er einmal aus Südamerika mitgebracht hatte, überprüft und einen Pfeil mit dem lähmenden Gift versehen. Er war richtig gut im Umgang mit dieser unauffälligen, mitunter sogar tödlichen Waffe. Traf auf 10 Meter Entfernung immer ganz präzise das, was er jeweils treffen wollte. So hatte er auch einige seiner Opfer betäubt, die zwar bei Bewusstsein geblieben, aber völlig bewegungsunfähig geworden waren.

Dann war er vorsichtig in den um diese Tageszeit meistens leeren Saunabereich geschlichen. Sein Boss, das Muster eines miesen Menschen, war tatsächlich der einzige Besucher. Nichts ahnend kauerte er in der Holzkabine und schwitzte sich die Schlechtigkeit aus den Poren. Von der Türe bis zu seinem Hals, dem bevorzugten Ziel des Schlächters, waren es keine drei Meter. Auf diese Distanz würde der geübte Schütze sein Opfer sogar aus der Hüfte schießend treffen. Falls das mit einem Blasrohr möglich gewesen wäre.

Wichtig war das Überraschungsmoment, das aber voll auf der Seite des Schlächters war. Als er die Holztüre aufriss, konnte sein Opfer gerade noch ein überraschtes:

»Was machst denn du hier?« von sich geben, als das Pavulon auch schon wirkte. Der Mann sank in sich zusammen wie ein nasser Sack, der er ja eigentlich auch war. Gott, wie unappetitlich dieser vom ausschweifenden Leben gezeichnete, schlabbrige, schwitzende Körper war.

Der Schlächter wickelte ihn in ein großes Leintuch ein, schulterte ihn und machte sich auf den Weg zu seinem Wagen. Als kostenbewusster Mensch vergaß er aber nicht, das Licht und auch den Energie fressenden Saunaofen abzudrehen.

Im Hof angelangt, warf er den leblos wirkenden Körper hinten in den Laderaum des Kleintransporters, startete das Fahrzeug und verließ die Stätte seines völlig unbeachteten Wirkens.

Den Menschen vom Würstelstand würde er auf die gleiche Weise beseitigen, allerdings mit einer erheblich höheren, tödlichen Dosis. Denn Wegschaffen würde er den Mann kaum können und behandeln wollte er die blade Sau schon überhaupt nicht.

An der Kreuzung Nußdorfer Straße/Gürtel musste er den Wagen kurz vor der Ampel anhalten. Als es grün wurde, bog er nach rechts in den Gürtel ein und fuhr weiter Richtung Heiligenstadt, wo er noch etwas besorgen wollte.

* * * * *

Als Palinski das Cafe betreten hatte, war er Sonja, der im traditionellen Schwarz-Weiss der Servierzunft gekleideten Seele des Betriebes in die Arme gelaufen.

»Guten Abend, Herr Palinski«, hatte sie sich gefreut. »Ihr Freund ist schon hier. Er ist jetzt oben bei der gnädigen Frau. Sie sollen auch hinaufkommen.«

Das musste Werner Labuda sein. »Ja, was macht denn mein Freund bei der gnädigen Frau?«, wollte er wissen.

»Die gnädige Frau hat im Cafe angerufen«, erklärte

Sonja, »und hat gefragt, ob ihr ein kräftiger Mann beim Möbelrücken helfen kann.«

Die gnädige Frau war Bertha Demschek, die Eigentümerin des Cafés, die im 4. Stock desselben Hauses eine schöne Eigentumswohnung besaß. Und Werner hatte offenbar das Helfersyndrom. Auch gut, dachte Palinski, und machte sich auf den Weg ins oberste Stockwerk.

Oben angelangt erwartete ihn eine riesengroße Überraschung. Auf sein Klingeln hin öffnete ihm nicht Werner, sondern der Polizeischüler Florian Nowotny, den er schon längst zu Hause in der Nähe von Korneuburg vermutet hatte.

»Hallo Mario«, der Bursche grinste ihn ein wenig verlegen an. »Sicher wunderst du dich, dass ich noch hier bin.«

»Türe zumachen, es zieht«, befahl die noch immer energische Stimme der immerhin auch schon fast 80-jährigen Frau Demschek. »Sie können doch auch herinnen miteinander sprechen.«

Nachdem Palinski und Florian das schwere altdeutsche Buffet nach den Wünschen der Hausfrau umgerückt hatten, mussten die beiden noch einen Eierlikör mit ihr trinken. »Den setze ich seit über 40 Jahren selbst an«, verkündete sie stolz und genau so schmeckte er auch.

Nach weiteren 15 Minuten Smalltalk und Florians Erklärung, dass er ganz einfach noch einen Abend in Wien hatte bleiben wollen, drängte es Palinski langsam aber sicher zum versprochenen Damengambit. »Sie müssen uns jetzt bitte entschuldigen«, bereitete er seinen Abgang vor«, aber ich habe noch einen wichtigen Termin.«

»Lügen Sie mich alte Frau nicht so schamlos an«,

fauchte Frau Demschek ihn lachend an. »Ich weiß ganz genau, dass Sie jetzt eine Verabredung zum Schach haben. Gehen Sie ruhig, aber besuchen Sie und Florian mich wieder einmal. Ich bin eine gute Dame-Spielerin.«

Ehe die beiden gehen durften, musste Palinski noch das offene Fenster zur Straße schließen. »Am Abend wird es jetzt doch schon etwas kühl«, meine Bertha Demschek.

Palinski nützte die Gelegenheit, um den schönen Ausblick über die Dächer der Stadt und auf das gegenüber liegende Finanzamt zu werfen. Die Autos sahen von hier oben fast schon aus wie etwas größere Matchbox-Ausgaben.

Plötzlich weiteten sich seine Pupillen ungläubig über das, was er einige Meter weiter links zu sehen bekam. Ein im dunklen Grün eines Militärfahrzeuges gefärbtes Fahrzeugdach mit einem roten Kreuz auf weißem Umfeld lachte ihn fast hämisch an. Ganz so, als ob es ihm zurufen wollte: »Hier bin ich, du Sack. Es gibt mich wirklich, auch wenn Ihr mich nicht finden könnt.«

»Florian«, brüllte er so laut, dass die arme Frau Demschek fürchterlich zusammenschreckte, »lauf schnell hinunter. Da unten steht der Transporter mit dem Roten Kreuz am Dach.«

Aber da bog der Wagen auch schon nach rechts ab und war verschwunden. Dabei hatte Palinski noch kurz erkennen können, dass zumindest die rechte Seitenfront farblich anders aussah als das Dach und auch eine schwer lesbare Aufschrift trug.

Nachdem er Oberinspektor Wallner über seine jüngste Beobachtung informiert und der ihm zugesichert hatte, ihn sofort von neuen Entwicklungen zu informieren, gingen die beiden endlich zum Schach.

Aber Palinski war nicht so recht bei der Sache, das Jagdfieber hatte ihn wieder einmal gepackt. Aber da war noch mehr. Eine unbestimmte Unruhe, die ihn etwas nervös machte.

Wenn man ihn später nach den Gründen fragen sollte, die ihn dazu veranlassten, noch einen kurzen Besuch beim »Flotten Heinz« einzulegen, eher er wieder ins Cafe »Kaiser« ging, er würde keine nennen können. Außer vielleicht, dass er »so ein Gefühl« gehabt hätte. Wie schon früher gelegentlich auch.

»Heinz, halt die Augen offen«, ermahnte er den überraschten Würstelstandchef. Um ihn nicht übermäßig zu beunruhigen, sagte er ihm nichts von seiner Beobachtung von vorhin, gab ihm aber die Rufnummer seines Handys. »Für alle Fälle. Falls dir irgendetwas komisch vorkommt oder sonst nicht stimmt, ruf mich sofort an.«

So, jetzt war er wieder ausgeglichen genug, um sich auf das verdammte Damengambit konzentrieren zu können. Fast zumindest.

* * * * *

Als Ministerialrat Schneckenburger gegen 21.30 Uhr das Büro des Ministers betrat, war sein Chef eben dabei, sein unverzichtbares Wirken für Staat und Volk für heute bleiben zu lassen und zu gehen. Nicht unbedingt schon nach Hause, aber doch irgendwo hin, wo er sich auch daheim fühlte.

»Was haben Sie denn noch, Schneckenburger?«, erkundigte er sich unwillig, denn auch ein echter »commis d'etat« hat irgendwann einmal das Recht auf seinen Feierabend. Und der war jetzt definitiv gekommen. »Ich hoffe für Sie, es ist wichtig.«

»Tut mir leid, wenn ich Ihre Pläne störe, aber es scheint sogar sehr wichtig zu sein.« Der Ministerialrat war es langsam leid, immer eine auf den Deckel zu bekommen. Egal, ob er eine Information sofort weitergab oder damit wartete. Den Minister damit seiner Ansicht nach zu spät informierte. »Aber wenn Sie schriftlich darauf bestehen, warte ich gerne bis morgen.«

Fuscheé überlegte, wie er auf diese formal korrekte, inhaltlich aber doch als Frechheit einzustufende Reaktion seines engsten Mitarbeiters reagieren sollte. Weise, wie er, zumindest in seiner Selbsteinschätzung nun einmal war, entschloss er sich, gar nicht zu reagieren.

»Gut, was gibt es?«, meinte er wieder ganz gelassen.

»Palinski hat heute Abend den Transporter des Schlächters gesichtet«, berichtete Schneckenburger jetzt, »an der Kreuzung Nussdorferstrasse/Gürtel. Das Besondere daran ist aber, dass er das Fahrzeug aus dem 4. Stock, also von oben gesehen hat.«

»Und was ist da so besonders dran?«, wunderte sich Fuscheé.

»Palinski hat bemerkt, dass der Transporter nur am Dach als ehemaliges Sanitätsfahrzeug des Bundesheers erkennbar ist. Die übrige Karosserie ist in einer helleren Farbe lackiert, mit einer Aufschrift an der Seite. Die konnte er aus der Distanz allerdings nicht lesen.«

»Und jetzt wollen Sie, dass das BKA das Fahrzeug nur mehr aus der erhöhten Warte eines höheren Stockwerkes sucht, oder was?« Nicht einmal der Minister lachte über diesen müden Witz. Fuscheé hatte heute wirklich keinen guten Tag.

»Das nicht, Herr Minister«, jetzt war es Schneckenburger, der nicht näher auf den Minister einging. »Oberinspektor Wallner lässt Sie aber bitten, ab morgen den Einsatz zumindest eines Hubschraubers zu genehmigen. Anders finden wir dieses Fahrzeug nicht.«

Hubschraubereinsatz, das klang gut, fand der Minister. Nicht nur, dass die Chancen dadurch stiegen, diesen Verbrecher rasch zu finden. Nein, das allgegenwärtige knatternde Geräusch der Rotoren über der Stadt würde der Bevölkerung und den Medien nachhaltig verdeutlichen, dass alles geschah, um dieser Bedrohung Herr zu werden. Das würde sich gut auf seine Imagewerte auswirken.

»Veranlassen Sie alles Notwendige, Schneckenburger«, der Minister war wieder voll Herr der Lage, »und legen Sie mir morgen die entsprechenden Papiere zur Unterschrift vor. Am besten, wir nehmen gleich zwei Helikopter. Wäre doch gelacht ...«, meinte er noch im Gehen.

Der Ministerialrat wusste zwar nicht genau, was denn doch gelacht wäre, es war ihm aber auch egal. Es war jetzt fast 22 Uhr und er hatte noch reichlich zu tun, bis auch er Feierabend machen konnte.

10

Der »Flotte Heinzi« war von Natur aus kein ängstlicher Typ. Im Gegenteil, sein durchaus nicht risikoloses Nachtgeschäft hatte ihm schon verschiedene unangenehme, mitunter auch gefährliche Situationen beschert. Mit deren Bewältigung er bisher aber keinerlei Schwierigkeiten gehabt hatte. Im Gegenteil, inzwischen machte es ihm fast Spaß, Betrunkene freundlich oder auch nachdrücklich zur Ordnung zu rufen, die immer wieder auftretenden Stänkerer notfalls auch mit derberen Mitteln zur Räson zu bringen und den einen oder anderen Zechpreller solange festzuhalten, bis die Polizei eintraf. Gut, gelegentlich entwischte ihm auch einer dieser jungen Burschen, die sich eine Wurst hineinzogen und dann einfach davon rannten. Mit seinen 1,85 Größe und mehr als 110 Kilogramm war der fast 60-jährige im Nahkampf noch erstaunlich effektiv, einem 20-jährigen wegen 3 Euro nachsprinten konnte und wollte er aber wirklich nicht mehr.

Seit dem ersten Besuch des Schlächters an seinem Stand vor drei Nächten war er aber etwas nervös. Das war kein Mensch, der einem offen entgegen trat, war sich Heinz sicher. Sondern ein heimtückischer Killer, der aus dem Hinterhalt zuschlug. Dagegen würde ihm wohl auch kaum die Gaspistole helfen, die er seither immer bei sich trug. Und das Observierungsteam der Polizei war inzwischen auf nur einen Mann je Schicht reduziert worden. Und der war fast nie zu sehen. Entweder befand er sich im Kaffeehaus oder auf irgendeinem Häusl. Vielleicht war er aber auch so gut getarnt, dass man ihn nicht finden konnte. Rechtzeitige Hilfe von dieser Seite erwartete sich der »Flotte Heinz« im Notfall keine.

Die eigenartige, völlig unmotivierte Warnung Palinskis heute Abend hatte Heinz noch unruhiger gemacht. Wusste sein langjähriger Kunde etwas, was er ihm nicht sagen wollte? Oder hatte er nur so ein Gefühl gehabt? Heinz glaubte fest an das »Gspür«, das seinen Ursprung im Bauch hatte. Das hatte sich bei ihm schon oft als richtig erwiesen.

Immer wieder ließ er seinen Blick über die unmittelbar vor seinem Stand ablaufenden Geschehnisse hinausschweifen. Versuchte, Menschen, die sich tatsächlich oder auch nur scheinbar seinem Stand näherten, schon auf Distanz zu erkennen. Sein Handy hing permanent am Aufladegerät, um sicher zu stellen, dass der Akku nicht just im Augenblick des Auftauchens des derzeit gesuchtesten Mannes in Österreich an seiner Theke leer war.

»Wos is jetzt mit meina Haaßn?«, riss ihn ein ungeduldiger Kunde aus seinen Gedanken.

Mach dir bloß nicht in die Hose, dachte der »Flotte Heinzi«, sonst leidet noch dein Geschäft darunter. »Sofort da Herr«, beruhigte er den Ungeduldigen und fischte eine Wurst aus dem Kessel. »Mit scharfm oder süassm Senf?«

* * * * *

Werner Labuda war ein hervorragender Schachspieler. Das war nicht nur die Meinung des bei Beurteilung dieser Frage nicht unbedingt kompetenten Palinski, sondern auch die des »Oberlehrers.« Und der kannte sich da aus.

Dennoch hatte der Neffe des Innenministers, von dieser verwandtschaftlichen Beziehung wusste aber hier niemand, seine letzte Partie gegen einen der Lokalmatadoren des »Kaisers« knapp verloren.

Während Palinski das ohne weiter darüber nach zu denken zur Kenntnis nahm, war Florian kritischer. Er spielte selbst auch Schach und das besser als sein Mentor Mario. »Ich sage dir«, flüsterte der Polizeischüler ihm ins Ohr, »Werner hat seinen Gegner absichtlich gewinnen lassen. Da bin ich mir ganz sicher.«

»Das glaube ich nicht«, entgegnete Palinski, »der Willi ist ein ausgezeichneter Spieler und war jetzt eben besser. Werner ist ebenfalls ein sehr guter Spieler, aber bei diesem Spiel war er halt nur Zweiter. Das ist doch nicht schlimm.«

»Der Ansicht bin ich auch«, räumte Florian ein. »Und Werner ebenso, glaube ich. Aber für diesen Herrn Willi wäre es schlimm gewesen.«

»Warum wäre das für Willi schlimm gewesen«, wollte Palinski jetzt wissen.

»Weil er sehr ehrgeizig ist und vorhin gegen den älteren Mann verloren hat. Nur durch einen einzigen, nicht gut durchdachten Zug hat er die Partie aus der Hand gegeben.« Florian blickte Mario fragend an. »Das würde dich doch auch ärgern, oder?«

»Schon möglich, aber ich bin noch weit davon entfernt, mich über eine verlorene Schachpartie zu ärgern.

Ich kapiere ja noch nicht einmal, was mir der Oberlehrer vorhin über dieses Damengambit erklärt hat.« Palinski zuckte mit den Achseln. »Wahrscheinlich bin ich zu blöd für dieses Spiel.«

»Aus irgendeinem Grund wollte Werner dem Herrn Willi eine Freude machen. Ihm den Ärger nehmen, sein Selbstbewusstsein wieder aufbauen«, war sich Florian sicher.

»Ich weiß nicht, was du damit meinst. Ich sehe auch keinen Grund dafür, warum Werner Willi eine Freude machen sollte. Aber wenn dich das so beschäftigt, dann frag doch Werner selbst, ob er Willi gewinnen lassen hat.«

»Ich glaube, dass Werner den Herrn Willi mag und ihm einfach ein gutes Gefühl vermitteln wollte«, sinnierte Florian. »Ich glaube aber auch, dass er darüber nicht sprechen möchte.«

Also, falls an Florians Verdacht etwas dran war, dann war er ungemein sensibel und verfügte über eine ausgezeichnete Beobachtungsgabe, stellte Palinski fest. Beides wieder einmal Eigenschaften, die ihn für den Beruf des Kriminalisten prädestinierten.

Werner war an ihren Tisch zurückgekommen und hatte sich noch ein Glas Apfelsaft bestellt. Das Getränk wurde gerade serviert, als Palinskis Handy plötzlich aktiv wurde.

* * * * *

Mit fortschreitendem Abend hatte sich die anfänglich trübe Laune des »Flotten Heinzi« wieder gebessert. Der Besuch einiger alter Kunden, die Witze einer schon reichlich illuminierten Runde, die von einem Lokal ins andere wechselte und sich zwischendurch eine handfeste Grundlage für noch mehr Alkohol schaffen wollte und einige Prostituierte, die ihre schwachen Geschäfte an seinem Stand beklagten, hatten ihn den Schlächter fast vergessen lassen.

»Eh klar, dass die Leut bei der Hitz lieber saufn als budern«, zeigte die Gachblonde mit dem Wahnsinnsbusen durchaus Verständnis für die Flaute in den zwischenmenschlichen Kontakten. »Mir gehts genau so«, bekannte sie, hob ihre Dose Bier und prostete den Anwesenden zu.

»Im Sommer is z'haaß und im Winter is z'kalt und in der Zwischenzeit habn die Leut ka Geld« analysierte die kleine Schwarzhaarige mit den Lackschaftstiefeln und dem Tanga aus imitierten Tigerfell die Probleme nicht nur ihrer Branche durchaus zutreffend.

»Ich hab ghört, in Wien gibt's nur 50 Euro, und die is einer dem andern schuldig«, warf der Wahnsinnsbusen ein und lachte, was ihr ein »Das is aber net auf dein Mist gwachsn, gell?« ihrer belesenen Kollegin einbrachte.

Heinz mochte die meisten dieser Frauen sehr. Nicht das, was sie waren oder vorgaben zu sein, sondern das, was sich hinter ihrer Maskierung befand. Er kannte ihre Schicksale, wusste von ihren Problemen und bewunderte sie, wie sie trotz allem damit fertig wurden. Viele von ihnen waren starke Frauen, die sich zwar bezahlen ließen, die man deswegen aber noch lange nicht kaufen konnte.

Nachdem sich die Damen verabschiedet und auf den Weg zurück zu ihrem Strich gemacht hatten, wurde es etwas ruhiger. Heinz war ganz froh über die Verschnaufpause, verschaffte sie ihm doch die Möglichkeit, kurz auszutreten oder auch einmal etwas zu essen. Meistens tat er beides, allerdings in wechselnder, durch die Natur bestimmter Reihenfolge.

Während er noch überlegte, womit er heute anfangen sollte und sich fürs Essen entschied, registrierte er an der linken Begrenzung seines Sehfeldes eine Bewegung. Nachdem er seinen Blick auf den außen am Stand fixierten Spiegel gerichtet hatte, mit dem er beobachten konnte, was sich hinter seinem Geschäft abspielte, konnte er eine Person erkennen, die aus einem etwa 50 Meter entfernt abgestellten Transporter stieg. Der langsam in Richtung Würstelstand schlendernde Mann trug trotz der milden Nachttemperaturen einen langen, allerdings schwarzen Mantel. Hochgeschlossen. Plötzlich kehrte das schon überwunden geglaubte schlechte Gefühl wieder zu Heinz zurück.

Ein Pärchen, dem es nach zwei Käsekrainern gelüstete, unterbrach die rasant ansteigende Spannung etwas, konnte sie aber nicht beseitigen. Im Gegenteil, Heinz bemerkte, dass der sich nähernde Mann stehen geblieben war. Offenbar um abzuwarten, dass der Platz vor dem Würstelstand wieder leer wurde. Er merkte, wie er plötzlich ganz feuchte Hände bekam und fieberhaft den Wisch zu suchen begann, auf den er Palinskis Handynummer notiert hatte.

Inzwischen war der unheimliche Mann, es war der Schlächter, da war sich Heinz inzwischen völlig sicher, bereits auf 30 Meter an den Stand herangekommen. Zwei ältere Herren, die sich am Heimweg noch ein letztes Bier genehmigen wollten, verschafften ihm wieder etwas Zeit.

Nachdem Heinz die beiden Dosen herausgegeben hatte, griff er zum Handy, tippte aufgeregt Palinskis Nummer ein und betete, den hoffentlich rettenden Engel zu erreichen.

»Trans Europe Telefon Systems ist kein Teilnehmer unter dieser Rufnummer bekannt«, gab eine blechern tönende Stimme von sich. Verdammt, falsch verbunden. Der nächste Versuch verlief erfolgreicher. Das Gespräch wurde bereits nach dem zweiten Signal mit einem kräftigen »Palinski« angenommen.

»Hier Heinz«, flüsterte dieser aufgeregt, »Heinz vom Würstelstand. Ich brauche Hilfe, der Schlächter, also wahrscheinlich ist es der Schlächter, ist keine 30 Meter vom Stand entfernt.«

»Hast du gerade Kunden?«, wollte Palinski wissen.

»Ja, aber was hat das damit zu tun?«, das Unverständnis in der Stimme des »Mr. Burenwurst« war nicht zu überhören.

»Versuche, die Kunden am Stand zu halten, wir sind gleich bei dir.«

»Aber wie soll ich das machen?«, ratlos blickte Heinz auf den einen seiner Kunden, der eben sein Geldbörsel zückte.

»Na wie schon«, meinte Palinski, »lad sie auf irgendetwas ein.«

Das war eine brillante Idee, fand »The master of hot dogs« und schmiss eine Runde Bier. »Sie sind der 100. Besucher heute Abend, das muss doch gefeiert werden.«

* * * * *

Der Schlächter hatte sich in eine Nische des Stadtbahnbogens zurückgezogen, um nicht aufzufallen. Warum die beiden alten Trottel am Stand so lange für ihr Bier brauchten, wollte ihm nicht einleuchten. Andererseits hatte er keine Eile. Bei dem, was er vorhatte, ging es nicht um Zeit, sondern um Effizienz.

Falls es hier nicht zu lange dauerte, wollte er heute noch ein, zwei Behandlungen durchführen. Wenn alles gut ging, war für ihn in einigen Wochen sogar ein neuer, besserer Job drinnen, hatte ihm die Stimme gesagt. Eigentlich wollte er nach Abschluss dieser Behandlungsserie aber viel lieber wieder Fotografieren, eine Ausstellung machen. Vor einigen Tagen hatte er die Eigentümerin einer Galerie kennen gelernt, die durchaus interessiert gewesen war. Es war Zeit, etwas für seine Karriere zu tun. Die Stimme würde das sicher mit der Zeit einsehen.

Verdammt, jetzt tranken die beiden alten Deppen noch ein Bier. Wie gut, dass Geduld eine seiner Tugenden war. Er holte eine Zigarette heraus und zündete sie an.

* * * * *

»Es geht los, Burschen«, rief Palinski seinen beiden Tischgenossen zu, »unser Freund vom Würstelstand bekommt Probleme.«

Florian wusste, worum es ging und folgte dem aus dem Cafe eilenden Mario. Werner hatte keine Ahnung, aber nichts Besseres vor und lief hinten nach. Er würde schon noch erfahren, warum es ging.

Sonja, die noch rasch kassieren wollte, wusste auch

nicht, was los war. Das Einzige, worin sie sicher war, war, dass der Herr Mario jetzt zwar formell, aber nicht wirklich ein Zechpreller war. Er würde sicher das nächste Mal bezahlen.

Auf der Straße angelangt, bremste sich Palinski wieder ein. Trotz der gebotenen Eile hatte es keinen Sinn, wie die US-Kavallerie den Würstelstand zu stürmen und damit den Schlächter zu vertreiben. Solange Heinz Kunden hatte, bestand keine unmittelbare Gefahr für ihn, war er überzeugt.

Als Erstes rief er Oberinspektor Wallner an, informierte ihn kurz über die Entwicklung und bekam die Zusicherung, dass die Polizei in spätestens 10 Minuten bei dem Kleingewerbebetrieb am Döblinger Gürtel eintreffen werde. Ohne Blaulicht und Sirene.

Als Nächstes informierte Palinski Werner Labuda kurz über die Situation und schärfte seinen beiden Mitstreitern ein, vorsichtig zu sein. »Es geht vor allem darum, den Schlächter, falls er es wirklich sein sollte, daran zu hindern, dem »Flotten Heinzi«, etwas anzutun«, betonte er. »Gleichzeitig sollten wir ihn nicht vertreiben, damit die Polizei ihn festnehmen kann.« Falls die Situation eskalieren sollte, wären Werners spezielle Fähigkeiten als Kickboxer natürlich hochwillkommen.

Dann setzen sich die drei Männer in Bewegung. Nicht so schnell, wie sie aufgrund ihrer Anspannung eigentlich wollten, aber so zügig, wie es vertretbar schien, ohne die psychopathische Zielperson zu vertreiben.

Als die drei den Gürtel erreicht hatten, sah Palinski plötzlich den Wagen. Das Fahrzeug, das er vor weniger als drei Stunden von der Wohnung im 4. Stock aus gesehen hatte, parkte keine 50 Meter entfernt vom

Würstelstand. Jetzt konnte er auch die Aufschrift an der Seitenwand des mittelblau lackierten alten VW-Busses erkennen. »Atelier Quartier de vin« stand da zu lesen. Kein Wunder, dass der Transporter bisher nicht gefunden worden war.

Während der trotz der späten Stunde noch recht starke Verkehr vorbei flutete, flüsterte Palinski Florian aufgeregt zu: »Da steht der Wagen des Schlächters. Den sehe ich mir jetzt näher an. Ihr beide behaltet den Stand im Auge.«

»Geht in Ordnung«, sagte Florian laut, um den Straßenlärm zu übertönen. »Aber warum flüsterst du so?«

* * * * *

Langsam wurde der an sich so geduldige Schlächter etwas unruhig. Es war nicht gut, so lange an einer Stelle zu stehen, das fiel mit Sicherheit auf. Eben hatten die beiden alten Knacker beim Würstelstand ihre dritte Runde Bier in Angriff genommen. Sie machten nicht den Eindruck, als ob sie sich schon bald wieder auf den Weg machen wollten.

Der Schlächter blickte auf seine Armbanduhr. Er wollte noch 5 Minuten warten. Falls sich die Situation bis dahin nicht veränderte, würde er sein Vorhaben für den Augenblick abbrechen und später in der Nacht einen neuen Versuch starten.

Über den Zebrastreifen näherten sich drei Personen. Nachdem sie diese Seite des Gürtels erreicht hatte, setzen sich zwei der drei Männer auf die Bank beim leeren Taxistandplatz. Warteten sicher auf einen Transport nach

Hause. Der dritte Mann verschwand in der Seitenfahrbahn und damit aus dem Blickfeld des Schlächters.

Zwei Minuten der selbst gesetzten Frist waren bereits vergangen, als die eifrigen Bierschlabberer genug zu haben schienen und endlich den Platz vor dem Würstelstand verließen. Weit und breit waren keine neuen Kunden zu sehen. Wenn er sich jetzt dem Stand von rechts näherte, konnten die beiden auf ein Taxi wartenden Nachtschwärmer nicht sehen, was auf dieser Seite des Stands vor sich ging. Das war seine Chance, fühlte der Schlächter. Er holte das kleine Blasrohr mit dem mit lähmendem Gift präparierten Pfeil vorsichtig aus der Brusttasche des weiten Mantels und näherte sich lautlos wie ein Schatten.

So unauffällig sich der Schlächter auch verhielt, den beiden Aufpassern auf der Bank war sein vorsichtiges Vorrücken nicht entgangen. Vor allem aber Heinz, dessen Angst nach dem Abgang der beiden letzten Gäste, die sich sehr über zwei Runden Freibier gefreut, aber partout keine dritte mehr hatten haben wollen, wieder voll da war, ließ ihn keine Sekunde aus den Augen. Im Rückspiegel konnte er jeden Schritt des Mannes verfolgen, der bereits so nahe gekommen war, dass das Muttermal in seinem Gesicht deutlich zu erkennen war. Siedend heiß fiel Heinz jetzt ein, dass er der Polizei von diesem wichtigen Merkmal noch immer nichts erzählt hatte. Na egal, das würde ihm jetzt ohnehin nicht helfen.

Als der Schlächter bis auf wenige Meter an den Stand herangekommen war, zog er etwas aus dem Mantel heraus. Was das war, konnten weder Heinz noch die von der anderen Seite heranstürmenden beiden Männer erkennen. Die Nerven des Standlers waren der Belastung nicht weiter gewachsen. Während der Schlächter tief Luft holte, die Backen aufblies wie ein Ochsenfrosch und das Rohr an den Mund setzte, sprang der Heinzi aus seinem Kobel, zog die Pistole und feuerte dreimal in Richtung seines Angreifers.

Dieser blies die in den Backen angesammelte Luft unter hohem Druck in das Rohr. Worauf der Pfeil folgsam den Gesetzen der Physik gehorchend seine bisherige Umgebung verließ. Durch die unerwarteten Schüsse irritiert, hatte der Schlächter das Blasrohr aber etwas verrissen und so bohrte sich der Pfeil in den uralten Steirerhut, den Heinz quasi als Markenzeichen seit Jahrzehnten trug. Die Spitze des Geschosses bohrte sich knapp über der Krempe durch den wettergegerbten Loden und ritzte die Kopfhaut des Opfers minimal.

Während Werner eine Kampfposition oder so etwas Ähnliches einnahm, Florian kannte sich da nicht so gut aus, kümmerte sich der Polizeischüler um den mehr aus Schreck denn wegen des Giftes zusammen geklappten Heinzi.

Der Schlächter machte nun das einzige aus seiner Sicht Sinnvolle. Er drehte auf dem Absatz um und rannte davon. Direkt zu seinem Wagen.

Inzwischen hatte auch der für die Observierung des Würstelstandes zuständige Beamte mitbekommen, dass da etwas nicht in Ordnung war. Er rannte mit gezogener Waffe und sinnlosem Gebrüll »Halt, Polizei, bleiben Sie stehen« über die Kreuzung. Mit einem ungezielten Warnschuss schaltete er eine der großen, diesen Straßenteil ausleuchtenden Bogenlampen aus. Der dadurch bedingte Kurzschluss tauchte die angrenzenden Teile des 9. und 19. Bezirks für eine gute halbe Stunde völlig ins Dunkel und erleichterte die Flucht des Schlächters erheblich.

* * * * *

Als Palinski in dem bestimmten Wagen den wie leblos wirkenden, aber noch erfreulich warmen Körper eines Mannes entdeckt hatte, der ihn mit offenen Augen anflehte, aber kein Wort herausbrachte, war klar: der Schlächter war gefunden. Helmut Wallner würde in weniger als 5 Minuten mit zehn oder noch mehr bis zu den Zähnen bewaffneten Angehörigen des Einsatzkommandos auftauchen und diesem Spuk ein für alle Mal ein Ende bereiten.

»Die Polizei wird gleich da sein«, erklärte Palinski dem Unbekannten in einer Lautstärke, die vermuten ließ, dass er ihn auch noch für taub hielt. »Dann kommt der Notarzt und der ganze Spuk wird – Schwubsdiwubs – vorbei sein.« Das eigenartige Wort, das er eben verwendet hatte, dessen eigentlichen Sinn er aber gar nicht kannte, schien ihm instinktiv geeignet, dem sprach- und bewegungslosen Mann etwas von jenem Gefühl der »Leichtigkeit des Seins« zu vermitteln, das ihn selbst gerade erfüllte.

Plötzlich hörte er Schüsse, drei, falls er richtig gezählt hatte. Gut, Freund Helmut war also schon da, dachte er, der Oberinspektor war schon immer ein flinker Bursche gewesen.

»Ich komme gleich wieder«, rief er, wieder viel zu laut, dem Mann zu und wollte beschwingt aus dem Laderaum springen, um Wallner zu berichten und den Notarztwagen anzufordern.

Dass er so schnell zurück sein würde, hätte er allerdings nicht gedacht. Gerade als er aus dem Wagen klettern wollte, fuhr dieser mit einem so genannten »Kavalierstart« los. Palinski konnte gerade noch sein linkes Bein an Bord ziehen, ehe die Prachtkarosse des »Ateliers Quartier de Vin« auch schon mit quietschenden Pneus bei Rot in den Gürtel Richtung stadtauswärts einbog.

* * * * *

Werner Labuda hatte den Schlächter noch verfolgen wollen, doch der Bursche war schnell und sein Vorsprung zu groß gewesen. So war er bei Florian stehen geblieben, der sich um den »Flotten Heinzi« kümmerte. Als der VW-Bus mit der seltsamen Aufschrift jetzt mit quietschenden Reifen davon jagte, stellte der Polizeischüler eine interessante Frage. »Wo ist eigentlich Mario geblieben?«

Trotz der herrschenden Dunkelheit war deutlich zu erkennen, dass Palinski nicht da war. Die Schlussfolgerung, dass er dann eigentlich nur noch an Bord des sich immer weiter entfernenden Transporters sein konnte, brauchte aber noch einige Schrecksekunden.

Für jemanden, auf den eben ein Mordanschlag erfolgt war, war Heinz erstaunlich klar bei Verstand. »Kann einer von Euch beiden mit einem Motorrad umgehen?«, wollte er von seinen Samaritern wissen. Als beide nickten, holte er einen Startschlüssel aus der Tasche seines Arbeitsmantels.

»Die Yamaha hinter dem Stand. Nehmt sie und holt euch das Schwein.« Nach diesem Auftritt beschloss er weiter zu leiden und ließ sich wieder zu Boden sinken.

2 Minuten, nachdem sich Florian und Werner auf die

starke Maschine geschwungen und die Verfolgung aufgenommen hatten, traf Oberinspektor Wallner mit 8 Mann der Spezialeinheit am Tatort ein.

* * * * *

Rudi Weickert, Reporter bei einem Wiener Privatradio, hatte zufällig gerade in dem Moment die Kreuzung Gürtel/Nußdorfer Straße passiert, als der Kriminalbeamte einen eindrucksvollen Beweis seiner Zielsicherheit geliefert und die lokale Stromversorgung für einige Zeit lahm gelegt hatte. Weickert, der eine gute Story erkannte, wenn sie sich vor seiner Nase abspielte, hatte seinen Wagen angehalten und sich über das Geschehen informiert.

Der Journalist, der eine noch bessere Story zu erkennen glaubte, ließ den Kurzschluss Kurzschluss sein und setzte sich mit seinem Wagen hinter die Yamaha und damit auf die Spuren des Schlächters von Döbling. Geil, dachte er, das müsste eigentlich den erhofften Karrieresprung bedeuten. Dann begann er, über sein Handy eine Livereportage zu liefern, die bis in die frühen Morgenstunden gehen und schließlich über acht deutschsprachige Sender direkt ausgestrahlt bzw. übernommen werden sollte. Schließlich sogar vom deutschsprachigen Dienst des BBC London.

* * * * *

Die absolute Dunkelheit, die in dem fensterlosen Laderaum des Transporters herrschte, trug nicht gerade dazu bei, Palinskis Stimmung zu heben. Er war kein sonderlich ängstlicher Mensch und immer wieder durchaus bereit, gewisse Risken einzugehen. Wie hätte er sonst überhaupt in diese Situation geraten können.

Die jetzige Situation im stockdunklen Laderaum eines von einem der blutrünstigsten Killer der Gegenwart gelenkten Fahrzeuges, in Gesellschaft mit einem zombieähnlichen Opfer des Wahnsinnigen am Steuer, das war ein bisschen viel für den lieben Mario. Noch hatte er die volle Kontrolle über sich und sein Denken, glaubte oder hoffte er. Aber in den hinteren Windungen seines wie verrückt rotierenden Gehirns machten sich die ersten Anzeichen von Angst bemerkbar.

Palinski versuchte zu erkennen, wohin die Fahrt ging. Anfänglich schien ihm das sogar zu gelingen. Er konzentrierte sich auf den vor seinem geistigen Auge ausgebreiteten Straßenplan und war ziemlich sicher, dass die Fahrt eben über die Gürtelbrücke gegangen und der Wagen unterwegs zur Floridsorfer Brücke war. Gottseidank spürte er den leichten Druck seines Handies in der Jackentasche. Falls es ihm gelang, eine Verbindung zustande zu bringen, konnte er Wallner anrufen und ihm mitteilen, dass und wo er Hilfe brauchte. Um das »Wo« möglichst exakt bestimmen zu können, versuchte er sich an alle Kreuzungen mit Ampelregelung an der vermuteten Route zu erinnern. Aber das brachte auch nichts, ging es ihm resignierend durch den Kopf. Es war bereits nach Mitternacht und die meisten sonst geregelten Kreuzungen waren sicher bereits auf gelb blinkende Ampeln umgestellt worden.

Zu allem Überfluss begann jetzt offenbar auch die Betäubung des mitreisenden Zombies nachzulassen, denn der Mann begann, leise, unkontrollierte Laute von sich zu geben. So sehr sich Palinski vor kurzem noch gewünscht hatte, dass der Mann ansprechbar wäre, so sehr gingen ihm diese krank wirkenden, auf jeden Fall aber unnatürlich klingenden Lebensäußerungen jetzt auf die Nerven.

Mehr um sich abzulenken, holte er sein Mobiltelefon heraus und versuchte, aus diesem Käfig eine Verbindung zustande zu bringen. Gerade als er eine Rufnummer eingeben wollte, bremste der Transporter scharf ab. Durch die abrupte Bremsung und den Umstand bedingt, dass Palinski das Handy nicht fest genug hielt, rutschte ihm die einzige Kommunikationsmöglichkeit zum Rest der Welt aus der Hand, donnerte zu Boden und verschwand irgendwo im undurchdringlichen Dunkel.

»So eine Scheiße« entrutschte es ihm und diese erdnahe Situationsbeschreibung konnte wahrlich nicht als übertrieben bezeichnet werden. Das fand offenbar auch Zombie, der den verbalen Ausrutscher mit einem bestätigenden »Mhhhh, Mmmh« bekräftige. Also gut, der Mann konnte auch wieder hören. Besser jedenfalls als sprechen.

Verzweifelt begann Palinski, auf den Knien durch die absolute Dunkelheit zu rutschen und den Boden nach dem verdammten Telefon abzusuchen. Dabei tastete er ungewollt natürlich auch an Zombies irdischer Hülle herum, was den sonderbaren Menschen zu einer Art Lachen veranlasste, das wie »Aaaahhahahaaa« klang und Palinski wirklich unangenehm war.

Da das glatte Gehäuse des High-Tech-Gerätes bei jedem Bremsmanöver und jeder Richtungsänderung über den ebenso glatten Boden flutschte, konnte er nur auf Glück hoffen. Eine systematische Suche war unter diesen Umständen einfach nicht möglich.

Einen weiteren Nachteil hatte diese Sucherei auch noch. Da sich Palinski in den letzten Minuten darauf und nicht auf die Fahrt konzentriert hatte, konnte er die Karte vor seinem geistigen Auge getrost zuklappen. Er hatte nicht die geringste Ahnung, wo sie sich befanden. Und auch keinerlei Vorstellung mehr. Die absolute Hilflosigkeit, die er in diesem Augenblick empfand, entlud sich spontan in einem trockenen, von ganz tief aus dem Körper kommenden Schluchzen. Dass der immer wacher werdende Kollege »Zombie« mit einem relativ munter klingenden »Mhhha, uuumu, m.. uut« quittierte.

Der hatte leicht reden, dachte Palinski.

In diesem Moment wurde der Wagen stark abgebremst und kam völlig zum Stillstand. Panik überfiel Mario. Rasch kroch er zu der Plane, die er vorher ertastet hatte. Er bedeckte sich damit und wurde für einige Schrecksekunden streng katholisch. Das folgende, unschwer als Urinieren zu deutende Plätschern neben dem Wagen brachte nicht nur dem Schlächter erhebliche Erleichterung.

* * * * *

Des »Flotten Heinzis« FZ 6 ließ sich traumhaft fahren und die Beschleunigung? Ein Wahnsinn, fanden Werner und Florian. Letzterer saß hinten und klammerte sich am durchtrainierten Körper des Kickboxasses fest. Sandy hätte das sicher nicht gefallen, aber Sandy war nicht da. Und der Polizeischüler hatte keinerlei Ambitionen, außer wieder sicher von dem Geschoss herunter zu kommen.

Dank Heinzis steter Bereitschaft, jemanden, möglichst ein weibliches Wesen, auf seinem heißen Eisen mitnehmen zu können, war auch ein zweiter Helm vorhanden. Damit rauschte auch Florians Kopf nicht ungeschützt mit bis zu 90 km/h durch das nächtliche Wien.

Werner Labuda war selbst Motorradfahrer. Allerdings war seine alte 250er Maschine mit dem High-Tech-Eisen, das er im Augenblick unter seinem Hintern spürte, nicht zu vergleichen. Sowohl fahrerische Vernunft, als auch die Überlegung, dem verfolgten Transporter nicht zu nahe kommen zu wollen, um ihn nicht zu riskanten Manövern zu verleiten, ließen ihn aber überaus maßvoll mit dem Geschoss umgehen.

Bis zur Floridsdorfer Brücke hatte sich der Abstand zwischen dem Transporter und seinen Verfolgern bei etwa 100 Meter eingependelt. Dank des um diese Tageszeit recht schwachen Verkehrs war der direkte Sichtkontakt auf diese Entfernung jederzeit gegeben.

Die Fahrt führte sie jetzt durch die Floridsdorfer Hauptstrasse Richtung Spitz. Die klare Sicht, die milde Temperatur und der immer schwächer werdende Verkehr ließen die weitere Verfolgung problemlos erscheinen und zu einem zumindest fahrerischen Vergnügen werden.

Leider hatte sich Werner aber zu früh gefreut. Denn ein plötzlich rechts aus einer Seitengasse einbiegender schwerer Lastwagen mit Anhänger zwang die Yamaha zum starken Abbremsen, das sogar kurzzeitig zum totalen Stillstand führte. Bloß, als die beiden Verfolger endlich an dem Lastzug vorbei waren, war von dem verfolgten Transporter weit und breit nichts mehr zu sehen. Da der Schlächter aber mit größter Wahrscheinlichkeit die Brünner Straße geradeaus weiter gefahren war, setzten Werner und Florian nach wenigen Sekunden des Überlegens ihre Fahrt auf dieser Straße fort.

Alleine, nach mehr als 5 Minuten beschleunigter Fahrt konnten sie das Fahrzeug noch immer nicht vor sich entdecken. Labuda ließ die Maschine langsam ausrollen und brachte sie schließlich ganz zum Stillstand.

»Was jetzt?«, er nahm den Helm ab und kratzte sich am Kopf. »Wo kann der Kerl hin verschwunden sein?«

»Da bleibt eigentlich nur die Prager Strasse«, meinte Florian, der diese Ecke Wiens besser kannte als sein derzeitiger Partner. »Aber warte einen Augenblick. Vielleicht fällt mir etwas Besseres ein.«

* * * * *

Rudi Weickert, der Mann vom Wiener Privatradio, hatte seine Chance darin gesehen, der Polizei die Mitarbeit seines Mediums anzubieten. Da der Sender über etwas verfügte, was dem Oberinspektor durchaus hilfreich sein konnte, nämlich über einen Hubschrauber, hatte sich Wallner rasch entschlossen, auf dieses Angebot einzugehen. Nicht, dass er nicht auch über das Innenministerium ein solches Fluggerät hätte beschaffen können. Aber alleine die Genehmigung eines derartigen Ansuchens würde kaum vor Morgen Mittag erfolgen.

Weickert dagegen hatte sich sofort ans Telefon geklemmt und seinen obersten Boss aus einer delikaten Situation heraus geklingelt. Der hatte das Potenzial der Story trotz eines erheblichen Alkoholspiegels und des unfreiwilligen Koitus Interruptus sofort erkannt und den Hubschrauberpiloten aus dem Bett geschmissen. Bereits knapp 60 Minuten, nachdem der Schlächter geflüchtet war, würde die leichte, wendige Alouette II auf der bereits jetzt speziell dafür gesperrten Gürtelkreuzung landen.

Was Wallner am meisten zu schaffen machte, war, dass er im Augenblick nicht viel mehr tun konnte als warten. Warten auf Informationen, die er sich per Handy von Palinski oder einem der beiden Verfolger auf dem Motorrad erhoffte.

Die Aufschrift »Atelier Quartier de Vin« deutete auf die nördlich von Wien liegende Region Weinviertel hin. Allerdings war das Gebiet viel zu groß, um sich ohne nähere Hinweise auf gut Glück auf die Suche zu machen. Die Recherchen im Telefonbuch hatten auch zu keinem Ergebnis geführt. Unter diesem Namen war kein Anschluss vermerkt. Auch nicht mit Geheimnummer.

Um sich die quälende Zeit der zwangsweisen Untätigkeit etwas zu vertreiben, hatte sich Wallner ausführlich mit dem gewitzten Reporter unterhalten. Der hatte sofort über Handy mit seiner Reportage begonnen und auf Wallners Initiative hin auch eine Durchsage an die Bevölkerung im Norden Wiens und der angrenzenden Gebiete Niederösterreichs veranlasst, in der um sachdienliche Hinweise gebeten wurde.

»Das wird um diese Nachtzeit zwar kaum etwas bringen«, reduzierte er die überhöhten Erwartungen Weickarts, »aber schaden kann es auch nicht. Und vielleicht hört ja wirklich jemand zu, der weiß, wo sich das Atelier mit dem französischen Namen befindet.«

Wie groß das Interesse an diesem spektakulären Fall in Europa, ja sogar weltweit war, bewies die Tatsache, dass innerhalb einer Stunde nicht nur zwei weitere österreichische, sondern drei deutsche, ein schweizer und ein italienischer Sender die Berichte aus Wien live übernahmen und acht weitere in ihren Nachrichten auszugsweise darüber berichteten. Darunter auch die BBC London, die in ihrem deutschsprachigen Programm schließlich sogar in den Livebericht einstieg.

* * * * *

Was die große Stunde des Rudi Weickert zu werden versprach, sollte für Harry Bachler, den in London weilenden Sohn Palinskis, den ersten echten Schock seines Lebens bedeuten. Harry war nach einem lustigen Abend mit Freunden in die Wohnung seiner Gastfamilie zurückgekehrt. Auf seinem Zimmer hatte er, wie er das öfters zu tun pflegte, BBC eingeschaltet und erfahren, dass ein »Mister Mario Palinski offensichtlich vom meistgesuchten Verbrecher am Kontinent, dem Schlächter von Döbling, unfreiwillig entführt worden ist.«

»Na net, freiwillig wird er sich entführen haben lassen« schoss es Harry durch den Kopf, ehe ihm bewusst wurde, von wem da überhaupt die Rede war.

Nachdem er einige Minuten benötigt hatte, um sich etwas zu beruhigen und wieder einen klaren Gedanken fassen zu können, holte er sein Handy heraus und tippte eine Nummer ein.

* * * * *

Florians Nachdenken schien sich auszuzahlen. Plötzlich war er sich ziemlich sicher, den Namen »Atelier Quartier de Vin« schon einmal gehört zu haben. Er glaubte sich zu erinnern, dass die Person, die davon gesprochen hatte, über die bombastisch klingende französische Übersetzung für das heimische Weinviertel ausgesprochen belustigt gewesen war. Aber wer war diese Person gewesen? In welchem Zusammenhang hatte dieses Gespräch stattgefunden?

Nachdem er alle Möglichkeiten durchgegangen war, blieb als einzige Option seine Mutter übrig. Hatte sie nicht im Zusammenhang mit einer Fotoausstellung in ihrer Bank darüber gesprochen? Um ganz korrekt zu sein, in der Bank, in der sie arbeitete. Florian fand die Vorstellung, irgendjemand könnte annehmen, seine Mutter hätte eine Bank, belustigend. Aber auf eine eher peinliche Art.

Er blickte kurz auf die Uhr. »Ich glaube, meine Mutter kann uns weiterhelfen«, informierte er den ungeduldig wirkenden Werner. »Also werde ich sie jetzt wecken müssen.«

Es dauerte einige Zeit, bis Frau Nowotny das Gespräch angenommen und das Problem verstanden hatte. Ja, sie konnte sich noch gut an den ungewöhnlichen Namen des Ateliers erinnern, obwohl sie nicht unmittelbar mit der Ausstellung zu tun gehabt hatte. Dafür wär ihre Freundin Iris zuständig gewesen, die Sekretärin des Filialdirektors. Nein, die Adresse kannte sie nicht, sie wusste nur, dass das Atelier in der Nähe von Korneuburg liegen musste. Natürlich würde sie sofort alles versuchen, um die genaue Anschrift herauszufinden. Und ihren Flo dann sofort zurückrufen.

Florian überlegte, was Palinski jetzt als Nächstes machen würde? Das war eigentlich nicht schwer zu beantworten. Und so rief der Polizeischüler den schon wie ein süchtiger Junkie auf Informationen wartenden Oberinspektor Wallner an und informierte ihn. Dann machten sich auch Werner und Florian auf den Weg nach Korneuburg.

* * * * *

Der Oberinspektor hatte die Wartezeit genützt und sich eine Nachtfluggenehmigung für den Hubschrauber organisiert, um sofort losfliegen zu können. Wenn er bloß wüsste, wohin. Während Wallner und Rudi Weickert gleich nach dem Anruf Florians abhoben, um nach Korneuburg zu fliegen, setzte sich der übrige Tross auf der Straße in Bewegung. Ein stattlicher Konvoi übrigens, der neben den Fahrzeugen der Polizei und des Sondereinsatzkommandos auch noch die Pkws der zahlreichen Journalisten umfasste, die durch Rudis Reportage von der aktuellen Entwicklung erfahren hatten. Natürlich wollten auch die anderen Medien ihr Stück von dem sensationell zu werden versprechenden Kuchen ergattern.

Dem »Flotten Heinzi« ging es inzwischen wieder recht gut. Obwohl die mit Gift präparierte Pfeilspitze seinen Hut durchschlagen und die Kopfhaut leicht geritzt hatte, hatten sich bisher keinerlei Beeinträchtigungen bei ihm gezeigt. Und so hatte er seinen Optimismus wieder gewonnen und wäre am liebsten mit nach Korneuburg gekommen. Aber der Notarzt hatte abgewinkt. Bei allem Verständnis, aber der Heinz musste schon zur Beobachtung ins Krankenhaus gebracht werden. Sonst …, man konnte ja nicht wissen. Sicher ist sicher, und das war das Einzige, was ganz sicher war.

* * * * *

Wilma und Franca hatten einen sehr netten Abend miteinander verbracht und sich über Gott, die Welt und vor allem ihre Männer ausgetauscht. Und es war sehr spät geworden, als Franca endlich doch ans Gehen gedacht hatte. Da ihr Mann Helmut aber angekündigt hatte, die Nacht wegen der aktuellen Ereignisse in seinem Büro verbringen zu wollen, hatte sie Wilmas Angebot, in einem der beiden freien Kinderzimmer zu übernachten, gerne angenommen.

Franca hatte sich bereits zurückgezogen und Wilma war eben aus dem Bad gekommen, als das Telefon klingelte. Unwillkürlich erschrak sie. Von Kindheit an hatte man ihr eingetrichtert, dass gut erzogene Menschen zwischen 20 Uhr abends und 8 Uhr morgens nur in Notfällen anrufen. Obwohl das nicht erst seit der Erfindung des Handys nicht mehr galt, erwartete Wilma von späten Anrufen instinktiv immer nur das Schlimmste. Damit lag sie diesmal gar nicht so sehr daneben. Denn die Freude, die leicht gestresste Stimme ihres »Herzibinbkis« Harry zu hören war nur kurz. Sehr kurz sogar, denn der Junior hielt sich keine Sekunde lang mit dem üblichen Mutter-Sohn-Gewäsch auf. Nein, er kam sofort zur Sache.

»Hast du schon gehört, dass der Papa entführt worden ist?«, klatschte er seiner geliebten Mami die Spitzenmeldung des jungen Tages um die Ohren wie einen nassen Fetzen. Diesen gelegentlich erschreckenden Mangel an Sensibilität musste Harry von Palinski haben, denn Wilma hatte ihn noch.

Die Frau, die es seit mehr als 24 Jahren ohne Trauschein an Palinskis Seite ausgehalten hatte, reagierte jetzt aber nicht wie eine alte Ehefrau, sondern mehr wie eine jung gebliebene Verliebte. Sie brach in Tränen aus und es dauerte einige Zeit, bis ihr Harry Details berichten und sie auf die laufende Berichterstattung aufmerksam machen konnte. Die Verabschiedung fiel heute mehr als knapp aus und dann war die Verbindung London – Wien auch schon wieder beendet.

Wilma stürzte sofort zum Radio in der Küche und suchte die Skala ab, bis sie den entsprechenden Sender fand. Das Erste, was Franca hörte, als sie, angelockt von dem Lärm, erschien, war die Stimme ihres Mannes, der sich auf dem Flug nach Korneuburg befand. Er erklärte dem Reporter eben, warum es zur Verlegung der Polizeikräfte in die kleine Stadt nördlich der Donau gekommen war.

Während der Reporter mit sich fast überschlagender Stimme sehr bildhaft die Ereignisse des Abends schilderte, konnte man im Hintergrund ein Gespräch des Oberinspektors mit einem hohen Beamten des Niederösterreichischen Landeskriminalamtes mithören, in dem es um die Abstimmung des »grenzüberschreitenden« Einsatzes ging. Der Kollege aus St. Pölten war ebenfalls schon unterwegs nach Korneuburg.

Wilma war wie vor den Kopf geschlagen. Ihr war schon bewusst gewesen, dass Marios kriminalistische Aktivitäten nicht ganz ungefährlich waren. Immerhin war ja auch schon auf ihn geschossen worden. Einmal tatsächlich und einmal mit ungeladener Waffe, was die Schützin aber nicht gewusst hatte. Entführung klang zwar harmloser als beschossen werden, aber in Anbetracht der Person des Entführers und seiner Methoden machte sie sich Sorgen wie noch nie zuvor.

Franca hatte ihren Arm um Wilma gelegt, um sie zu trösten. Oder zu beruhigen, wahrscheinlich beides. Aber Wilmas Angst wandelte sich rasch in Zorn und aggressive Entschlossenheit.

»Komm«, sagte sie plötzlich zu Franca. »Ich will da hin, kommst du mit?«

»Wohin willst du?«, die junge Kriminalbeamtin ahnte bereits die Antwort, wollte sich aber vergewissern.

»Na wohin schon?«, knurrte Palinskis Partnerin, »natürlich nach Korneuburg. Ich will dabei sein, wenn dieser Mistkerl gefasst wird. Vielleicht ergibt sich eine Möglichkeit, ihn einmal so richtig in die Eier zu treten.«

Zehn Minuten später waren die beiden Frauen, die am Abend gottseidank so gut wie gar keinen Alkohol, sondern fast ausschließlich grünen Tee getrunken hatten, bereits unterwegs.

* * * * *

Obwohl Anna Nowotny ihr Bestes gegeben hatte, hatte es einige Zeit gedauert, bis die gewünschte Information endlich zur Verfügung stand. Ihre Freundin Iris hatte natürlich auch schon geschlafen. Dann hatte Anna sie dazu bewegen müssen, in die Bank zu fahren und die Unterlagen der seinerzeitigen Ausstellung einzusehen. Iris war zunächst natürlich nicht sonderlich begeistert von dem Ansinnen gewesen. Nachdem sie aber kapiert hatte, worum es ging, war sie sehr rasch unterwegs gewesen.

Dann galt es noch, den entsprechenden Vorgang zu

finden und das nicht nur im Computer. Schließlich hatte sie die gewünschte Adresse aber gefunden und an Anna Nowotny weiter geleitet. Die sich ihrerseits sofort mit ihrem Sohn Florian in Verbindung setzte.

Das Atelier »Quartier de Vin« befand sich in Grimmstein 8, einem winzigen Weiler in der Nähe von Klein-Engersdorf. Eine Minute später wusste Oberinspektor Wallner Bescheid und nach einer weiteren Minute waren Werner Labuda und Florian auch schon unterwegs nach dorthin.

11

Palinski, der natürlich keine Ahnung davon hatte, was sich an den verschiedenen Nebenfronten so alles abspielte, hatte es längst aufgegeben, darüber nachzudenken, was er machen würde, sobald sich die Türe des Transporters öffnete. Er musste sich einfach auf seine spontanen Eingebungen verlassen. Damit war er bisher immer noch recht gut gefahren.

Dann hatte er neuerlich versucht, sich zumindest vorzustellen, wo die Fahrt schließlich enden würde. Er hatte aber nicht die geringste Ahnung, war sich lediglich ziemlich sicher, dass der Transporter inzwischen nördlich der Donau unterwegs war. Wie lautete noch die Aufschrift auf dem alten Kübel? Irgendetwas Hochtrabendes auf Französisch. An mehr konnte er sich beim besten Willen nicht erinnern.

Dazwischen gingen ihm ständig relativ unwichtige Dinge durch den Kopf. Hatte er die Kaffeemaschine im Büro abgeschaltet, ehe er zum Schachspielen ins Cafe »Kaiser« aufgebrochen war? Sollte er mit Wilma anlässlich ihres Geburtstages nach Paris fahren, wie sie sich das schon seit Jahren wünschte? Ja, das wollte er machen, die Vorstellung hatte etwas ungewöhnlich Tröstliches an sich.

Der Transporter hatte seine Geschwindigkeit auf den letzten Kilometern deutlich reduziert. Wahrscheinlich befanden sie sich auf einer Nebenstraße, näherten sich dem Ziel dieser Reise.

Verdammt, er hatte Franca Wallner für morgen, nein, für heute Abend zu einer gar nicht stattfindenden Weinverkostung ins »Vesuvio« eingeladen und völlig darauf vergessen. Da würde er sich noch etwas einfallen lassen müssen. Egal, dachte er, wenn der Albtraum hier vorüber war, würde er das ganze Lokal einfach mieten und eine Verkostung arrangieren. Mit allen Freunden und Kollegen, die jetzt gerade fieberhaft an der Lösung dieses Falles arbeiteten. Hoffentlich.

Wie gerne wäre er jetzt zu Hause mit Wilma bei Tofu-Brätlingen gesessen und hätte grünen Tee mit ihr geschlürft. Ja, selbst mit diesen schrecklichen Kamutpalatschinken mit Meeresalgenfüllung, normalerweise das Letzte, aber wirklich, jetzt wäre er damit restlos einverstanden gewesen. Alles war besser als das hier.

Jetzt hielt der Wagen an und die Handbremse wurde hörbar angezogen. Palinski robbte rasch in die Ecke, in der er die Plane wusste, und verkroch sich darunter. Dann hörte er auch schon die Schritte, die sich der Laderaumtüre näherten. Jeden Moment musste der Schlächter einen Blick ins Innere des Transporters werfen. Und dabei würde er wohl kaum übersehen, dass sich etwas oder jemand unter der stinkenden Plache befand. Vielleicht wäre es doch besser, sich neben der Türe aufzubauen und sich auf den Schlächter zu stürzen. Das Überraschungsmoment nützen und dann rennen, was das Zeug hielt. Dann aber würde er sich ein Leben lang Vorwürfe machen, die noch immer bewegungslose, inzwischen aber wieder aufgewachte arme Sau neben ihm den perversen Aktionen dieses Monsters überlassen zu haben.

Die Hand des Schlächters musste schon an der Türe gewesen sein, als er sich entschloss, sein Vorgehen zu ändern. »Dich hole ich später« hörte Palinski eine halblaute Stimme von außerhalb. Dann sich entfernende Schritte, das Aufschließen und nachfolgende Zufallen einer Türe. Und dann war Stille. Herrliche, beruhigende, Hoffnung machende Stille.

Vorsichtig öffnete Palinski die Ladetüre und kletterte in die dunkle Nacht hinaus. Nach der absoluten Finsternis im Transporter konnte er in der mondlosen, aber sternenklaren Nacht allerdings erstaunlich gut sehen.

Er wollte sich schon vorsichtig an das an eine Lagerhalle erinnernde Gebäude heranschleichen, als ihm sein Reisegenosse, der langsam wieder zum Leben erwachende »Zombie«, einfiel. Den konnte er nicht so im Laderaum, der Willkür des Schlächters ausgeliefert, liegen lassen. Gottseidank war der Mann kein absolutes Schwergewicht, sodass Palinski ihn zwar mit einiger Mühe, aber doch ohne Probleme herausziehen, über die Schulter legen und wegtragen konnte. Etwa 50 Meter von dem Gebäude entfernt lag ein Stapel Bretter neben einem Gebüsch. Vorsichtig ließ er den Mann zu Boden gleiten und bettete ihn so hinter den Stapel, dass man ihn nicht ohne weiteres sehen konnte.

»Ich kümmere mich bald wieder um Sie«, flüsterte er. Die Augen des Mannes starrten ihn dankbar an und seine Lippen flüsterten ein fast nicht hörbares »Kkkalt.«

Tatsächlich, hier am flachen Land war es um einige Grade kühler als in der Großstadt mit ihren die Hitze des Tages speichernden Straßen und Häusern. Noch dazu, wer wusste denn genau, wie lange der arme Teufel schon nackt und nur in ein Saunatuch gewickelt existieren musste.

So schnell und gleichzeitig leise wie möglich bewegte sich Palinski zurück zum Transporter und holte die Plane heraus. Sorgfältig und ohne jegliche Geräuschentwicklung schloss er die Türe, ging zurück zu dem Frierenden und deckte ihn ordentlich zu. Dann schlich er vorsichtig an das Gebäude heran. Das permanente leise Summen, das er schon beim Aussteigen registriert hatte, glaubte er als das Geräusch eines in Betrieb befindlichen Kühl- oder Tiefkühlaggregats identifizieren zu können. Das passte genau. Denn irgendwo musste das Monster ja die Einzelteile seiner Opfer vor der frühzeitigen Zersetzung bewahren. Wenn ihn nicht alles täuschte, war Palinski bei der eigentlichen Wirkungsstätte des Schlächters angelangt.

* * * * *

Der Schlächter war glücklich darüber, dass ihm die Stimme keinen definitiven Befehl gegeben hatte, um welches seiner drei noch auf ihre Behandlung wartenden Opfer er sich als Nächstes kümmern sollte. Der widerliche Mann, den er sich heute zwangsläufig hatte schnappen müssen, konnte warten. Von seiner Behandlung erwartete sich der Schlächter kaum das erregende Gefühl, das ihm beispielsweise sein Lieblingsgast, die zierliche Schwarzhaarige mit dem netten Akzent, verschaffen würde. Sie war ihm allerdings in den nun fast schon vier Wochen ihres Aufenthaltes so ans Herz gewachsen, dass ihn der Gedanke, sich von ihr trennen zu müssen, mit Unbehagen erfüllte.

Also würde er sich heute die langbeinige Schönheit vornehmen, die ihm gestern in die Arme gelaufen war. Auch sie versprach großen Genuss. Allerdings ohne die Gefahr, sie nachher allzu sehr zu vermissen. Sorgfältig richtete er den bescheidenen, aber blitzsauberen Behandlungsraum für die folgenden, nach einem ganz bestimmten Ritual ablaufenden Schritte her. Ein frisches Leintuch für den Behandlungstisch, zwei starke Strahler an der Decke und ein kleines Kästchen auf Rollen, in und auf dem sich seine Präzisionswerkzeuge befanden. Daneben eine Vase mit Blumen, die er alle zwei, drei Tage wechselte. Der Schlächter fand, dass Blumen einen Arbeitsplatz gleich viel freundlicher erscheinen ließen. Sicher gefiel es auch seinen Opfern, wenn sie als letztes Bild ihres Lebens einen schönen, bunten Strauss Feldblumen mitnehmen konnten.

Jetzt prüfte er noch die ledernen Gurte, mit welchen die zu behandelnde Person auf dem ehemaligen Operationstisch fixiert wurde. Das war sehr wichtig, um zu verhindern, dass die Opfer das Ergebnis seiner Präzisionsarbeit durch abrupte, unkontrollierte Bewegungen gefährdeten.

Ein letzter kontrollierender Blick und es konnte losgehen. Als er alles zu seiner vollsten Zufriedenheit befunden hatte, machte sich der Schlächter auf, um seinen »Liebling des Tages« aus dem Gästezimmer im Keller des ehemaligen Gemüseverarbeitungsbetriebes zu holen.

* * * * *

Auf der Rückseite des Gebäudes hatte Palinski schließlich zwei beleuchtete Fenster entdeckt. Der Blick ins Innere blieb ihm allerdings verwehrt, da zwei offenbar aus abwaschbarem Material bestehende Vorhänge die

Sicht behinderten. Allerdings ermöglichte ein kleiner, vielleicht 5 Zentimeter breiter Spalt den Blick auf einen ganz kleinen Ausschnitt des Raumes. Er konnte etwas erkennen, das möglicherweise ein Tisch mit einem weißen Tuch darauf sein konnte. Die taghelle Ausleuchtung des Raumes ließ aber vermuten, dass hier nicht erlesen gespeist wurde, sondern erheblich weniger erfreuliche Vorgänge mit dem Messer, aber ohne Gabel stattfanden.

Der bloß bescheidene Eindruck, den er vom Inneren gewonnen hatte, hatte aber seine bis dahin exzellente Nachtsicht vorübergehend stark beeinträchtigt. Als er sich umsehen und nach einer Möglichkeit suchen wollte, das Haus betreten zu können, hatte er zunächst nur kleine gelbe Lichtpunkte vor seinen Augen. Es dauerte mehrere Minuten, bis er die Umgebung wieder einigermaßen erkennen konnte.

Das da hinten war möglicherweise eine Türe, dachte er, die in den Keller führte. Er wollte sich schon in Bewegung setzen, als ihn ein immer lauter werdendes Geschrei unverkennbar weiblicher Provenienz einhalten und neuerlich einen Blick ins Innere riskieren ließ. Das Gezeter der nackten, offensichtlich gefesselten Frau, die der Schlächter in den Armen trug wie ein kleines Kind, wirkte weniger ängstlich als wütend. Ihre Ausdrucksweise war hundsordinär, unter diesen Umständen aber durchaus erfrischend.

Soweit Palinski erkennen konnte, bettete der Schlächter sein Opfer auf den Tisch und schickte sich an, Arme und Beine mit sehr solide wirkenden Lederbändern zu fixieren, bevor er die Transportfesseln abnehmen würde. Siedend heiß wurde Palinski bewusst, dass es an der

Zeit war, etwas zu unternehmen. Falls er nicht zusehen wollte, wie Opfer Nummer 9 in seine Bestandteile zerlegt wurde.

Er blickte wieder in die Nacht hinaus, gönnte seinen Augen etwa eine Minute, um sich neuerlich an die Dunkelheit zu gewöhnen. Dann tastete er sich mehr als er ging zu der Türe am Ende der Seitenfront. Die war zwar verschlossen, gleichzeitig aber auch aus bereits reichlich verwittertem Holz. Nach zwei Versuchen, in die er seine gesamte, nicht unbeträchtliche Masse gelegt hatte, war das Hindernis keines mehr und Palinski stand im Keller.

* * * * *

Dank der fortschrittlichen Beförderungstechnologie, die ihnen zur Verfügung stand, landeten Helmut Wallner und Rudi Weickert bereits in Korneuburg, als die Kolonne mit den Fahrzeugen des Sondereinsatzkommandos und der zahlreichen Medienvertreter von der Nordbrücke auf die Donauuferautobahn in Richtung Strebersdorf-Korneuburg abbog.

Wilma und Franca befanden sich zu diesem Zeitpunkt erst in der Nähe des Pressehauses Wien. Werner Labuda und Florian Nowotny waren dagegen schon bis auf einen knappen Kilometer an den Zielort herangekommen, suchten jetzt aber noch verzweifelt nach Hinweisen auf die Adresse Grimmstein 8. Bisher vergebens.

Die Polizei in Korneuburg hatte auf Veranlassung von St. Pölten erstaunlich gute Arbeit geleistet. Am Hauptplatz war ein Landeareal abgesperrt und provisorisch ausgeleuchtet worden. Zwei Notarztwagen des Roten

Kreuzes standen bereit und das Krankenhaus war vorsorglich informiert worden.

Ferner hatte der Kommandant der örtlichen Polizei auf einer Straßenkarte 1:20 000 die kleine Häuseransammlung Grimmstein mit einem Filzmarker deutlich eingekreist. Sobald das Einsatzkommando da wäre, konnte die Aktion »Schlächter von Döbling« in ihre letzte Phase treten.

Die herrschende Spannung wurde durch den Anruf Ministerialrats Schneckenburger etwas gemildert, der sich verfahren hatte und in der Nähe von Deutsch Wagram durch die Gegend gurkte. Mit dem daraus resultierenden, entspannenden Lacher hatte auch der Vertreter des Ministers einen kleinen, aber feinen und nicht zu unterschätzenden Beitrag zum Gelingen der Polizeiaktion geleistet.

* * * * *

Langsam gingen der jungen Frau die handfesten Schimpfwörter aus, die sie dem Schlächter bisher an den Kopf geworfen hatte. Nicht, dass sie keine mehr gewusst hätte, aber ihre Energie hatte sie in den letzten Minuten zunehmend verlassen. Als sie der Mann splitternackt auf das Bett, oder war es ein Tisch, gefesselt hatte, versuchte sie, durch besonders laszive Bewegungen und die dazu passenden Worte die in jedem rechten Mann vorhandene Libido herauszufordern. Besser dreimal gebumst als einmal getötet, hatte sie sich ganz pragmatisch gedacht. Aber der schreckliche Kerl schien absolut resistent gegen ihre Reize zu sein.

»Falls ich ein normaler Mann wäre«, anerkannte der

Schlächter milde lächelnd, »dann würde Ihre Rechnung jetzt voll aufgehen. Sie sind ja wirklich ein wunderschöner Anblick, wie Sie da so liegen. Aber keine Angst, ich werde meinen Spaß schon noch haben. Leider werden Sie dann nicht mehr unter uns Lebenden sein.«

Als der perverse Kerl jetzt auch noch begann, liebevoll sein Sortiment an chirurgischen Werkzeugen prüfend in die Hand zu nehmen, war es mit der mühsam aufrecht erhaltenen Beherrschung der jungen Frau vorbei. Sie begann haltlos zu schluchzen und wimmerte wie ein kleines Kind.

»Keine Angst«, versicherte der Schlächter. »Es wird überhaupt nicht wehtun. Sie bekommen ein starkes Betäubungsmittel und ehe Sie etwas bemerken, ist alles vorbei.« Palinski, der sich eben aus dem Dunkel des Zuganges löste, glaubte seinen Ohren nicht trauen zu dürfen. So etwas von zynischem Sadismus hatte er noch nie erlebt. Oder war der Kerl wirklich so verrückt, dass er glaubte, was er da sprach? Komisch, der Mann machte beim ersten Hinsehen einen durchaus netten, freundlichen und Vertrauen erweckenden Eindruck. Diese eklatante Fehleinschätzung war seinen Opfern wohl zum Verhängnis geworden.

»Aber warum ich?«, begehrte das Mädchen nochmals auf, wollte den Mann in ein Gespräch verwickeln und damit noch etwas Zeit gewinnen. »Was habe ich Ihnen denn getan?«

»Ach herrje«, meinte der Schlächter, »das ist doch nichts Persönliches. Wenn Sie das annehmen, liegen Sie ganz falsch. Ich kann Sie beruhigen, ich habe überhaupt nichts gegen Sie. Das müssen Sie mir glauben. Aber die Stimme hat mir gesagt, dass Sie mir gefährlich werden könnten. Sie wissen schon, warum. Und dass es nur einen einzigen Weg gibt, um auf Nummer Sicher zu gehen.« Er zuckte bedauernd mit den Achseln. »Aber ich habe nichts gegen Sie. Im Gegenteil, Sie sind mir durchaus sympathisch.«

Palinski blickte sich nach einem harten Gegenstand um, den er dem Kerl über den Schädel hauen konnte. Das einzig Brauchbare, das er auf die Schnelle ausmachte, war ein dickes Buch. Ein sehr dickes Buch sogar, sinnigerweise ein »Pschyrembel«*. Ein Schlag auf die richtige Stelle würde durchaus ausreichen, um den Schlächter außer Gefecht zu setzen.

Vorsichtig griff sich Palinski die Schwarte und näherte sich auf Zehenspitzen dem Wahnsinnigen, der ihm den Rücken zugekehrt hatte. Ob es die Augen der jungen Frau waren, die auf Palinskis plötzliches Erscheinen reagiert hatten oder ob der Schlächter durch eine Reflexion in einem der glänzenden Werkzeuge gewarnt worden war, würde nie geklärt werden. War aber auch wirklich egal. Auf jeden Fall drehte er sich exakt in dem Moment um, als Palinski ihm die dicke medizinische Schwarte über den Kopf ziehen wollte.

Ein rascher Schritt des Schlächters zur Seite ließ den kraftvollen Schlag voll ins Leere gehen und Palinski das Gleichgewicht verlieren. Als sich der 45-jährige Angreifer für seine Verhältnisse schnell, nach allgemeinen Maßstäben aber doch eher behäbig wieder aufklaubte, wurde er von dem Irren mit leuchtenden Augen und einer bedrohlich wirkenden Spritze in der rechten Hand erwartet.

»So mein Alter«, dem Psychopaten war die gute Laune hörbar abhanden gekommen. »Du kannst dir doch sicher vorstellen, was das jetzt für dich bedeutet?«

* * * * *

* berühmtes Wörterbuch/Lexikon der klinischen Medizin

Der ein sehr dickes Buch schwingende Palinski war das Erste gewesen, was Florian und Werner durch das Fenster ausschnittweise zu sehen bekommen hatten, nachdem sie endlich bei diesem Scheißatelier gelandet waren.

Gleichzeitig vernahmen sie aber auch ein leises und dennoch nicht zu überhörendes Rufen nach Hilfe aus einem Gebüsch in der Nähe.

»Pass du weiter hier auf, was abläuft«, forderte Werner Florian auf. »Ich schaue einmal nach, was da hinten los ist.«

Labuda, der mit seinen 23 Jahren und zwei Topplatzierungen bei internationalen Kickbox-Großereignissen nicht mehr so leicht in Erstaunen versetzt werden konnte, wunderte sich doch sehr, wen er da im weißen Saunatuch am Boden kauernd vorfand. Zunächst erkannte er den wie ein Büßer in seinem Hemd aussehenden Mann gar nicht. Nachdem der sich aber mithilfe Werners mühsam erhoben und auf knieweichen Beinen unsicher stehend die Seele aus dem Leib gekotzt hatte, wusste Werner Bescheid.

»Mann Arthur, was machst du denn hier«, verblüfft blickte er Melham in die getrübten Pupillen. »Wie bist du denn in diese beschissene Situation geraten?«

Der nach seiner temporären Lähmung stark geschwächte Hausverwalter hatte sich wieder gesetzt. Er konnte noch immer nicht wieder richtig sprechen. »Schbäder«, stammelte er, »ver ... giss mich halt ... nicht hier.« Dann sank er wieder in die Horizontale zurück.

»Ich muss jetzt ins Haus, den Leuten helfen«, erklärte Werner kurz, »dann komme ich und kümmere mich um dich.« Mühsam nickte Melham, doch sein Helfer war schon wieder weg. Ebenso wie Florian, den Werner eigentlich am Fenster vermutete. Dort, wo er ihn zurückgelassen hatte. Wohin, um Himmels willen, war Florian Nowotny verschwunden?

* * * * *

Auge in Auge mit der Gefahr, ja, es hatte keinen Sinn, sich etwas vorzumachen, für sein Leben suchte Palinski verzweifelt nach einer Idee. Wie konnte er diesen wahnsinnigen, um mindestens 15 Jahre jüngeren Psychopathen aufhalten? Außer Gefecht setzen, bis endlich Hilfe kam? Irgendjemand musste doch im Stande sein, dieses höchst seltsame Atelier endlich zu finden.

Beim Anschleichen vorhin hatte Palinski gehört, wie der Irre etwas von einer Stimme gesagt hatte. Vielleicht war der Mann ja auch ein religiöser Spinner, der tat, was ihm sein oder der Herr sagte. Wenn man nun »His Masters Voice« hätte? Oder vorgab, diese zu sein?

»Ich komme als Bote der Stimme«, Palinski wunderte sich, wie fest seine Stimme beim Aussprechen dieses Blödsinns blieb, »und ich habe dir etwas auszurichten.«

Die wunderschöne junge, splitternackt an den Operationstisch gefesselte Frau verdrehte die Augen, als sie den Nonsens hörte. Dann breitete sich ein feines Lächeln über ihre Züge. Tolles Weib, Palinski war beeindruckt, konnte in dieser Situation noch lachen. Das war wirklich Humor.

Es schien ihm aber tatsächlich gelungen zu sein, den

bereits fast auf Armlänge herangekommene Schlächter etwas zu verwirren, denn der hielt kurz inne.

»Wer bist du?«, wollte er von Palinski wissen. Dabei ließ er, und das war das Wichtigste, den Arm mit der bedrohlich gezückten Spritze etwas sinken.

»Ich bin ein Gesandter der Stimme. Und sie lässt dir eine Botschaft durch mich überbringen.« Langsam hatte auch Mario Mühe, das Lachen zu unterdrücken. Es war nicht nur die mit Abstand gefährlichste Situation seines bisherigen Lebens, sondern mit Sicherheit auch die skurrilste.

Ungläubig, aber auch verunsichert, blinzelte ihn der Schlächter an. »Und was für eine Botschaft sollst du mir überbringen?«

»Die Stimme lässt dir sagen, dass die Zeit des Tötens endgültig vorbei ist«, Palinski versuchte, das Gesagte mit dem passenden Pathos zu versehen. »Die Zeit für Friede und Liebe zwischen den Menschen ist gekommen. Und jetzt leg endlich diese blöde Injektionsnadel weg.«

Der letzte Satz war ein Fehler gewesen. Der Schlächter starrte Palinski an, hob den Blick gegen Himmel und schloss kurz die Augen. Als er sie nach wenigen Sekunden wieder öffnete, hatte er ein böses Grinsen im Gesicht.

»Ich habe jetzt selbst Kontakt mit der Stimme.« Das hatte Palinski befürchtet. »Und die Stimme sagt mir«, jetzt begann der Schlächter zu brüllen, »dass Sie ein Schwindler sind und alles, was Sie gesagt haben, die pure Kacke ist.«

Da er die verdammte Spritze inzwischen wieder in Angriffsposition gebracht hatte, fiel Palinski nur mehr eine Sache ein, mit der er diesen Verrückten vielleicht stoppen konnte. Er holte tief Luft und tat das, was er bis zu diesem Augenblick für das Unfairste gehalten hatte, was ein Mann einem anderen überhaupt antun konnte. Er schwang kurz mit seinem rechten Bein aus und jagte dem Schlächter seine Schuhspitze mit einer Geschwindigkeit von rund 28 km/h mitten ins Gekröse. In den Hoden, die Eier, los cochones, wie immer auch dieser wohl empfindlichste Teil des männlichen Körpers genannt wurde.

Gottseidank funktionierten die Nerven im Unterleib des Schlächters im Gegensatz zu seinem Gehirn völlig normal. Mit einem lauten, fast animalischen Schrei brach er zusammen und rollte sich, die Hände schützend vor seine Männlichkeit haltend, wie ein kleines Kind ein.

Vor lauter Erleichterung kam Palinski gar nicht dazu, sich weitere Gedanken über sein einen Tabubruch bedeutendes Verhalten zu machen. Rasch ging er zum Operationstisch, zog seine leichte Jacke aus und breitete sie über die jetzt wieder durchaus verführerisch auf ihn wirkenden Blößen der jungen Frau. Er hätte zwar ohne weiteres ihr Vater sein können, aber so jenseits von gut und böse war er auch noch nicht, dass ihn ihre Reize völlig kalt gelassen hätten. Dann riss er das breite Klebeband von ihrem Mund, das sie bisher an verbalen Beiträgen zur Lage der Nation gehindert hatte.

»Der Tritt war echt Spitze«, meinte das Mädchen anerkennend, »hätte ich nicht besser machen können.« Wie sie das sagte, klang es wie die Verleihung eines Adelsprädikates. »Ich bin Marisa Freiberger«, stellte sie sich vor. »Kannst du jetzt auch noch die Lederschlaufen aufmachen, damit ich von diesem Tische herunter komme?«

Entweder war der Schlächter schmerzunempfindlicher als andere Männer, oder die Stimme hatte ihn aufgefordert, dieses schreckliche Ziehen, das Pochen im Schritt zu ignorieren und sich wieder dem Kampf zu stellen. Auf jeden Fall war der Psychopath schon wieder auf den Beinen, als Palinski sich gerade vorstellen wollte.

Zunächst verstand er nicht, warum Marisa bei Nennung seines Namens entsetzt aufschrie. So schlimm war der doch gar nicht. Im Gegenteil, er war eigentlich immer ganz zufrieden damit gewesen. Wer konnte schon auf einen Vorfahren verweisen, der im Gefolge des Polenkönigs Johann Sobieskies 1683 nach Wien gekommen war?

Als sich aber plötzlich zwei erstaunlich kräftige Arme wie Eisenklammern von hinten um ihn legten, seine immerhin knapp 100 Kilogramm Lebendgewicht in die Höhe wuchteten, beutelten und dann wieder fallen ließen, kapierte auch er. Die Gefahr war noch nicht vorbei, nein, wirklich nicht. Und Marisa konnte auch nicht helfen, denn sie war nach wie vor fest an den Tisch gefesselt.

Was Palinski neben der neuerlichen Bedrohung am meisten irritierte, war seine eigene Blödheit. Wie oft schon hatte er sich über Drehbuchautoren und ihre vertrottelten Helden lustig gemacht, die den Bösen endlich außer Gefecht gesetzt hatten. Um ihm dann den Rücken zuzuwenden und etwas zu tun, was sie eine Minute später noch genauso tun konnten. Und sich dann weiß Gott wie wunderten, wenn sich dieser zache, also zähe Unhold überaus rasch erholte und den idiotischen Helden seinerseits wieder aus dem Verkehr zog. Und jetzt das, ihm.

Palinski fühlte sich als Megadepp, als König der Hirndederln.

* * * * *

Werner Labuda war inzwischen sicher, dass Florian bereits in das Gebäude vorgedrungen sein musste. Der schmale Sehschlitz ließ aber kaum Schlüsse darauf zu, was sich im Inneren abspielte. Immerhin war Bewegung in dem Raum erkennbar und seine Hilfe wahrscheinlich gefragt. Leise eilte er zu der Türe, die sich als kein Hindernis mehr erwies, und betrat den dunklen Keller. Vorsichtig tastete er sich an der Wand entlang, als er auf einmal leises Wimmern hörte. Das plötzlich in ein etwas lauteres, aber eher kraftlos wirkendes »Hilfe, Hilfe« umschlug. Offenbar hatte ihn die Frau, um eine solche schien es sich der Tonlage nach zu handeln, gehört und neue Hoffnung geschöpft.

»Keine Angst, Hilfe ist unterwegs«, rief er so laut, wie er es angesichts unbekannter, noch auf ihn lauernder Gefahren verantworten zu können glaubte. »Ich bin gleich wieder zurück.«

Endlich fand er eine Stiege. Oben angelangt folgte er dem zunehmend lauter werdenden und von gelegentlichen Schreien begleiteten Lärm. Einem Lärm, der stark nach Kampf klang.

Er erreichte das Ende des Ganges und öffnete vorsichtig die hier befindliche Türe. Jetzt wusste er endlich auch, wo Florian war.

Der drahtige Polizeischüler hatte sich am Rücken eines Mannes fest gekrallt und zerrte mit einer Hand fest an dessen eher langen Haaren. Das tat natürlich weh, was der Unbekannte, der seinerseits wieder Palinski umklammert hielt, auch durch wiederholte Schmerzensschreie zu erkennen gab.

Die Situation wirkte eher komisch als bedrohlich auf Werner. Da er aber nicht sehen konnte, ob der Schlächter, um den musste es sich bei der Einlage dieses lebenden Sandwichs handeln, eine Waffe trug oder nicht, war es wohl das Beste, die Sache zu beenden.

Rasch trat er auf das entfernt an die Laokoon-Gruppe erinnernde Menschenknäuel heran und versetzte dem Mann in der Mitte zwei kräftige Schläge auf die Oberarme. Durch das plötzliche Erschlaffen der Armmuskulatur des Schlächters gelang es Palinski, sich aus dessen nachlassender Umklammerung zu befreien.

Jetzt baute sich Werner vor dem geifernden Schlächter auf, brüllte kurz »Florian, fallen lassen«, setzte zu einer ganz einfach, ja spielerisch wirkenden Pirouette auf dem linken Bein an und drosch dem Psychopathen machtvoll seinen rechten Außenrist an die ungeschützte linke Schläfe.

Ab diesem Moment wusste Palinski endlich mit dem Bild »wie ein gefällter Baum zusammen brechen« wirklich etwas anzufangen. Der Schlächter war wie ein toter Klotz zu Boden gegangen. Vom Dritten der letzten Kickbox-Europameisterschaft auf die Bretter geschickt worden. Was wahrlich keine Schande war.

Jetzt blickte sich Werner auch seinen »Gegner« genauer an. »Den kenne ich doch«, wunderte er sich, »ist das nicht Viktor, unser neuer Hausmeister?«

»Bingo«, quietschte die inzwischen schon wieder

ziemlich muntere Marisa vom Tisch her. »Und exakt an dieses Schwein habe ich geraten müssen, als ich der Polizei meinen Verdacht gegen Melham melden wollte. Kann mir jetzt endlich jemand die Fesseln abnehmen?«

Als Oberinspektor Wallner fünf Minuten später mit der Spezialeinheit eintraf, war der Schlächter wieder bei Bewusstsein. Allerdings lag er jetzt selbst festgezurrt auf dem Tisch, auf dem er sonst immer seine Opfer behandelt hatte. Marisa, die inzwischen wieder notdürftig bekleidet war, war eine erstaunliche junge Frau. Sie hatte sich sehr rasch wieder erholt und verhielt sich so, als ob das Ganze hier nur ein verunglückter Spaß gewesen wäre. Ein klassischer Fall von Verdrängung, konstatierte Palinski. Wahrscheinlich würde der Schock erst in den nächsten Tagen voll zuschlagen.

Sie hatte aber großes Verantwortungsgefühl gezeigt und die Polizei sofort darauf aufmerksam gemacht, dass sich im Keller noch eine Gefangene befand, die 22-jährige Roseanne Mercier. Die junge Französin, die Freundin von Marisas Vorgängerin in der Studentenwohnung, war bereits seit vier Wochen Viktor Balanows »Gast« gewesen und dementsprechend in einem äußerst schlechten körperlichen, vor allem aber seelischen Zustand.

Das war also die »Rose«, die zu dem Tattoo »I love ...« gehörte. Das auf dem Oberschenkel des Beines der ermordeten Susanne Bartl gefunden worden war und zu ihrer Identifizierung geführt hatte, dachte Helmut Wallner. Obwohl Marisa nicht den Nerv gehabt hatte, ihrer Mitgefangenen vom Tod ihrer Freundin zu berichten, ahnte die junge Französin natürlich bereits, was geschehen war.

Inzwischen war auch der leicht unterkühlte, im Übrigen aber wieder einigermaßen muntere Arthur Melham im Garten eingesammelt und notversorgt worden.

Nachdem die beiden weiblichen und der männliche Gefangene des Schlächters auf den Weg zu weiteren Untersuchungen ins Korneuburger Krankenhaus gebracht worden waren, machte sich allgemeine Erleichterung breit. Die lange Jagd nach dem Killer hatte ihr Ende gefunden. Die nach den Verantwortlichen für diese beispiellose Mordserie noch nicht ganz. Wie sich bald herausstellen sollte.

12

Die dank Rudi Weickert von einem Wiener Privatradio auch zum internationalen Medienevent hochstilisierte »Nacht, in der der Schlächter in die Falle ging« hatte noch lange kein Ende gefunden.

Die Durchsuchung des euphemistisch als Atelier bezeichneten ehemaligen Gemüseverarbeitungsbetriebes hatte einige schreckliche Überraschungen gebracht. Die zum Teil total verdreckten Zellen, in denen, wie sich später herausstellen sollte, bis zu sieben Opfer gleichzeitig gefangen gehalten worden waren, zeugten von den verzweifelten Versuchen, einem schrecklichen Schicksal doch noch zu entkommen. Eines der männlichen Opfer hatte es sogar geschafft, auf dem Rücken seines Hemdes eine Art Tagebuch zu führen. Seine Aufzeichnungen, die mit dem Satz: »Ich denke, jetzt bin ich dran. Mama, Papa, ich liebe euch« endeten, waren eine erschreckend berührende Mischung aus verzweifeltem Optimismus und lähmender Hoffnungslosigkeit.

Dann die umfangreichen Notizen des Schlächters, in denen er seine Opfer zum Teil höchst liebevoll beschrieb und seine Versuche dokumentierte, ihnen nur das Beste bieten zu wollen. So hatte er beispielsweise einem der Mädchen, das vor knapp 2 Wochen Geburtstag gehabt hatte, eine kleine Torte mitgebracht.

Dann die immer wieder kehrenden Hinweise auf die

»Stimme«, die Viktor Balanows Verhalten zum größten Teil bestimmt zu haben schien.

Lediglich im Falle Roseannes Mercier, in die sich der Schlächter unverkennbar verliebt hatte, hatte er offen der Stimme Widerstand geleistet, ihre Anweisungen nicht befolgt. Diesem Umstand hatte die Französin ihr Überleben zu verdanken.

Dann die zwar als Möglichkeit vermutete, bis dahin aber nicht bekannte Tatsache, dass sich sämtliche Opfer schon vor ihrer Entführung gekannt haben mussten oder sich aufgrund derselben Wohnadresse in Wien zumindest hätten kennen können. Sie würde wichtige Hinweise für eine hoffentlich restlose Aufklärung dieses einmaligen Falles liefern. Insgesamt eine fürchterliche, für die einschlägigen Experten aber zweifellos hochdramatische, faszinierende Darstellung extrem pathologischen Verhaltens.

Den größten Schock für alle Beteiligten brachte aber der kleine Tiefkühlraum im hintersten Bereich des Kellers mit sich. Hier fand die Polizei nicht nur 4 Rümpfe und 7 Extremitäten menschlicher Herkunft. Sondern in einer eigenen Truhe fein säuberlich nebeneinander aufgereiht auch die tiefgekühlten Köpfe sämtlicher 8 Opfer, die Wallner und seine Mannen mit offenen Augen vorwurfsvoll anstarrten.

Palinski war jetzt noch ganz schlecht, wenn er daran dachte. Gottseidank hatten Wilma und Franca, deren Versuch, ihn zu finden, er ungemein rührend und lieb gefunden hatte, kein Glück. Näher betrachtet hatten sie aber sehr viel Glück gehabt und die Adresse »Grimmstein 8« ganz einfach nicht gefunden. Damit waren den beiden Frauen diese schrecklichen Bilder erspart geblieben, die Palinski und sicher auch Wallner noch lange verfolgen würden. Und ein Albträumer pro Familie reichte ja wirklich aus.

Palinski hatte in der letzten Nacht oder dem, was davon noch übrig geblieben war, so gut wie nicht geschlafen. Er fühlte sich auch nicht gut, aber er war hellwach. Und er brannte darauf, gleich nach dem starken Kaffee, den ihm Wilma heute ausnahmsweise statt des üblichen Kräutertees zum Frühstück zugestanden hatte, aufzubrechen. Um 10 Uhr wollten Oberinspektor Wallner und seine Leute mit den Einvernahmen beginnen. Und die wollte Palinski um keinen Preis der Welt versäumen. Das Einzige, was ihm in dieser beschissenen Lage helfen konnte, war verstehen, verstehen und nochmals verstehen, hoffte er. Verstehen, wie und warum es zu einem derartigen Verbrechen hatte kommen können.

* * * * *

Die intensiven Ermittlungen hatten die wahrscheinlich unbeabsichtigte, mit Sicherheit aber zumindest fahrlässige Mitwirkung Arthur Melhams an dem 8-fachen Mord vom ursprünglichen Verdacht zur an Sicherheit grenzenden Wahrscheinlichkeit verdichtet. Nicht nur Viktor Balanow, der Schlächter von Döbling, nannte immer wieder »die Stimme« als eigentlichen Motor seines Tuns. Auch Marisa und Roseanne, die allerdings noch immer nur bedingt vernehmungsfähig war, bestätigten die Bedeutung, die diese »Stimme« offensichtlich auf das Verhalten ihres psychopathischen Gastgebers gehabt hatte.

»Er hat mir mehrere Male erzählt, dass ihm die Stimme den Auftrag gegeben hat, mich zu behandeln.« Was sich hinter diesem harmlosen Begriff verbarg, war Roseanne bald klar geworden. Sie hatte sichtlich große Schwierigkeiten, sich an diese schreckliche Zeit zu erinnern. »Aber irgendwie muss er mich gemocht haben. Denn er hat mir immer wieder versichert, dass er mir eigentlich nichts tun wolle.«

Plötzlich hatte der Schlächter aber davon gesprochen, dass ihm die Stimme auch über die Person seines Chefs Anweisungen übermittelt hatte. Und sein Chef, das war Arthur Melham.

»Die Stimme wollte, dass ich Wohnungen frei mache, weil wir eine lange Warteliste hatten und mit den Neumietern das meiste Geld zu machen war«, erläuterte er. Er habe auch für jedes frei gewordene Appartement mindestens 200 Euro Prämie erhalten. Für den Oberinspektor klang das durchaus plausibel und deckte sich mit dem, was er bereits von Melham wusste.

Seiner Meinung nach war der schmierige Hausverwalter bisher ein ganz übler Geschäftemacher gewesen. Ob er dabei aber auch im wahrsten Sinne des Wortes über Leichen gegangen war, würde sich erst zeigen.

Melham hatte zwar zugegeben, seinen Hausmeister ermuntert zu haben, einige Wohnungen frei zu bekommen. »Aber ich habe damit doch nicht gemeint, er soll die Leute umbringen«, empörte er sich. »Ich habe da an stinkende, verstopfte Häusln, kaputte Duschen oder andere Unannehmlichkeiten gedacht. Niemals an so etwas Schreckliches.«

Ob er sich nicht über das seltsame Zusammentreffen von verschwundenen Wohnungsinhabern, die telefonisch gekündigt und sich ihre Sachen vom Hausmeister nachschicken lassen hatten, gewundert habe, wollte Wallner wissen. Noch dazu bei der allgegenwärtigen Berichterstattung über das grausliche Tun des Schlächters. »Sämtliche Medien waren doch wochenlang voll damit.«

Melham hatte die Berichte natürlich mitbekommen, aber keinerlei Zusammenhänge zu den seltsamen Vorgängen in seinem Hause gesehen. Und für einen Verrückten, der Stimmen hörte, Befehle von ihnen annahm und dann Leichen zerschnipselte, konnte man ihn doch wirklich nicht verantwortlich machen. Zerschnipseln, der Mann hatte doch tatsächlich diesen zynischen Ausdruck verwendet. Wallner bekam langsam mehr als genug von diesem Scheißkerl.

»Eines möchte ich aber noch von Ihnen wissen«, er baute sich fast drohend vor Melham auf. »Warum haben Sie Viktor Balanow nicht erwähnt, als ich Sie nach möglichen Verdächtigen gefragt habe. Immerhin ist, das heißt war der Mann Ihr Hausmeister?«

Der Befragte zögerte kurz, ehe er sich zu einer Erklärung durchrang. »Balanow hat schwarz für mich gearbeitet, er war nicht angemeldet. Ich wollte nicht, dass das bekannt wird, weil ich schon einmal Schwierigkeiten mit so was gehabt habe.«

»Dann hoffe ich nur in Ihrem Interesse, dass Ihr Verschweigen kein zusätzliches Menschenleben gekostet hat«, zischte der Oberinspektor. »Obwohl, bei dem, was Sie durch Ihr Wegschauen zumindest moralisch zu verantworten haben, würde das auch keine große Rolle mehr spielen.« Jetzt war er selbst zynisch geworden, stellte Wallner zu seiner Verwunderung fest. »Ob und inwieweit Ihr Verhalten strafrechtliche Konsequenzen haben wird, werden der Staatsanwalt und das Gericht feststellen. Mit Ihrem Gewissen, sofern Sie so etwas überhaupt haben, werden Sie aber alleine ins Reine kommen müssen.« Dann verließ er grußlos das streng bewachte Krankenzimmer.

* * * * *

Mittags ging es Palinski wieder etwas besser. Er hatte beschlossen, den heutigen Tag blau zu machen und mit seiner Liebe zu verbringen. Beginnen sollte das traute Tête-a-Tête mit einem besonders guten Mittagessen, mit dem ihn Wilma gelockt hatte. »Etwas Gesundes, das du trotzdem lieben wirst«, hatte sie leicht kryptisch angekündigt.

Ihm war ziemlich egal, was ihm Wilma servieren würde. Seit gestern hatte er in Sachen Essen eine etwas geänderte Sicht. Was nutzte es ihm, wenn er die Attacken eines Schlächters und anderer Verbrecher überlebte, wenn er sich gleichzeitig seine Arterien mit Cholesterin zukleisterte, eine Fettleber züchtete und langsam zu Tode fraß. Gesunde Kost war nicht das Schlimmste, nur eine Sache der Gewöhnung, nahm er sich vor. Und die kleinen, feinen Sünden da und dort würden dann noch viel mehr Spaß machen als bisher.

Und wirklich, Wilma hatte nicht zu viel versprochen. Sie hatte ein sensationelles »Wildreisragout mit Meeresfrüchten« gezaubert, für das er den »Flotten Heinzi« freiwillig ins Exil schicken, ja sogar eigenhändig zum Flughafen bringen würde. Und wie raffiniert seine Lebensmenschin mit den Küchenkräutern umgegangen war, einfach sensationell.

Nach dem Essen packte ihn Wilma dann in seinen geliebten Ohrenfauteuil, legte seine Beine hoch und brachte ihm sogar eines seiner heiß geliebten Zigarillos. Eine ungewöhnliches Zugeständnis, ja eine absolute Sensation in dieser sonst so strikten Nichtraucherzone. Ja, so ließ es sich leben, dachte Palinski und lehnte sich wohlig zurück. Wenn das Wilmas Reaktion auf seine »Entführung« war, dann musste er sich öfters von fremden Transportern mit unbekannten Zielen mitnehmen lassen.

Er war gerade eingenickt, als das Telefon unangenehm laut schrillte. Er hörte, wie Wilma etwas wie: »Muss das sein, er ist eben eingeschlafen« murmelte. Offenbar musste es sein, denn sie holte ihn. »Es ist Helmut Wallner, er ist sehr aufgeregt«, flüsterte sie ihm zu.

Träge an Geist und Körper kämpfte sich Palinski hoch und wankte zum Festnetzapparat. »Hallo Chef, how is life?«, versuchte er einen müden Scherz. Der absolut nicht ankam.

»Ich habe eben einen Anruf aus dem Krankenhaus erhalten«, die Stimme des Oberinspektors klang mühsam beherrscht. »Arthur Melham hat vor einer halben Stunde versucht, Selbstmord zu begehen. Er wollte sich im Badezimmer erhängen. Gottseidank hat man ihn noch rechtzeitig gefunden.«

Palinski war sprachlos. »Ich, äh, ich weiß nicht, was ich sagen soll.«

»Ich fürchte, dass ich nicht ganz unschuldig daran bin.« Wallner kämpfte hörbar mit seinen Emotionen. »Ich habe ihn doch kurz zuvor noch eindringlich auf seine moralische Verantwortung hingewiesen. Und jetzt das.«

»Aber damit konntest du wirklich nicht rechnen«, Palinski war jetzt hellwach. »Und schließlich ist es ja noch gut gegangen. Willst du darüber sprechen? Soll ich zu dir kommen? Oder wollen wir uns sonst wo treffen?«

»Danke, vielleicht später. Ich habe jetzt keine Zeit.« Palinski hatte seinen Freund noch nie zuvor so niedergeschlagen erlebt. »Es ist noch etwas passiert.«

»Was denn?« Wallners Ankündigung klang sehr bedeutend, nach etwas von höchster Wichtigkeit.

»Es sind wieder zwei Leichenteile gefunden worden. Ein Paar Beine, wahrscheinlich männlich. Lagen in einem Müllcontainer am Matzleinsdorfer Platz. Eingewickelt in einen alten Regenmantel.«

»Nun, da hat der Schlächter vor seiner Verhaftung eben noch schnell einige Trophäen verteilt«, versuchte Palinski sich selbst zu beruhigen. Gleichzeitig versuchte er fieberhaft nachzurechen, wie groß die Gesamtsumme der bereits früher, gestern im Atelier und den nunmehr gefundenen Leichenteilen war. Nein, das konnte nicht stimmen. Oder doch? Er war jetzt einfach zu aufgeregt fürs Kopfrechnen.

»Sag mir nur einen vernünftigen Grund, warum der Schlächter auf einmal angefangen haben sollte, Spuren seiner Tätigkeit im 5. Bezirk zu hinterlassen?« Wallners Zweifel hatte etwas für sich.

»Und was sagt Balanow dazu?«, war Palinski gespannt.

»Der Kerl heißt übrigens in Wirklichkeit Johannes Grabitzer. Den russischen Namen und die dazu gehörigen Papiere hat er seinem ersten Opfer gestohlen, einem Matrosen in Bremen«, stellte Wallner richtig. »Na, was soll ich sagen. Der Hundling lächelte still vor sich hin und schwieg. Das Einzige, was aus ihm herauszubekommen war, ist, dass ihn die Stimme verlassen hat und er damit aus dem Spiel ist.« Wallner fluchte verhalten vor sich hin. »Und jetzt frage ich mich allen Ernstes ...«

»Sprich es nicht aus, sag es bloß nicht«, beschwor ihn Palinski, »ich will es nicht hören. Das wäre ja ungeheuerlich.«

»Gut, warten wir, bis das Ergebnis der Gerichtsmedizin vorliegt. Bis dahin können wir wenigstens noch hoffen, dass ...«

Der nächste Satz erreichte Palinski nicht mehr, denn er hatte den Hörer schon fallen lassen und die Hände fest auf beide Ohren gepresst. Dazu begann er, laut und völlig sinnlos, die Tonleiter zu singen. »Lalalala Lalalala la«, rauf und runter, immer wieder.

Später verabredeten sich die beiden für abends beim Zimmermann. Dem in der Armbrustergasse.

ENDE

EPILOG

Bericht in der »Wiener Zeit« vom 18. November

Kein Prozess gegen den »Schlächter von Döbling« möglich?«

Nach Ansicht zahlreicher Strafrechtsexperten wird der als Viktor Balanow bekannt gewordene Johannes Grabitzer (29), der in der Zeit von Juni bis August dieses Jahres 9 Menschen getötet und ihre Leichen in jeweils sechs Teile zerlegt hat, wegen dieser schrecklichen Taten wahrscheinlich gar nicht vor Gericht gestellt und daher auch nicht verurteilt werden können.

Der »Schlächter von Döbling« ist der Stiefsohn Professor Strasshammers von der Universität Innsbruck. Der renommierte Pathologe und Gerichtsmediziner lässt nun sämtlichen Verbindungen spielen, um die Unzurechnungsfähigkeit Grabitzers zum Zeitpunkt der verschiedenen Taten mithilfe eines Heers von Psychiatern nachzuweisen. Und die Chancen dazu stehen anscheinend gut. Wie wir aus üblicherweise gut informierter Quelle erfahren haben, stehen die Chancen dazu gut. Die deutliche Mehrheit der bisher befassten Gutachter neigen dazu Grabitzer zu bescheinigen, unter dem

Zwang einer »Stimme«, die ihm die Taten aufgetragen hat, gehandelt zu haben,

Das könnte bedeuten, dass dem »Schlächter« überhaupt kein Prozess gemacht werden kann, sondern dass er lediglich auf unbestimmte Zeit in eine Anstalt für geistig abnorme Rechtbrecher eingewiesen werden wird.

Bei der Staatsanwaltschaft gibt man sich allerdings etwas optimistischer. »Falls der Schlächter für seine im Sommer begangenen Taten wegen Unzurechnungsfähigkeit tatsächlich nicht zur Verantwortung gezogen werden kann, ist das eine Sache. Für den vor 6 Jahren begangenen Mord an dem deutsch-russischen Seemann Viktor Balanow, dessen Identität Grabitzer in der Folge angenommen hat, kann er auf jeden Fall belangt werden. Die Stimme hat sich nämlich nach seiner eigenen Aussage erst nach dem Mord an Balanow erstmals bei ihm gemeldet«.

Mit einer Entscheidung in diesem Falle ist nicht vor Mitte kommenden Jahres zu rechnen.

Gesund kochen mit Wilma und Mario

Ein besonders beliebtes und bei entsprechender Zubereitung auch durchaus gesundes Gericht ist das:

ERDÄPFEL-/KARTOFFELGULASCH

Das Basisrezept : (für 4 Personen)
1,2 kg Erdäpfel (Kartoffeln)
die gleiche Menge Zwiebel
Paradeis (Tomaten-) mark
Öl
Paprikapulver süß
etwas Kümmel
etwas Majoran
1 (roher) Erdäpfel zum Reiben
etwas Trockenbouillon zum Abschmecken
falls etwas schärfer/bunter gewünscht :
1 kleine Chilischote, klein gehackt
Maiskörner
grüner Paprika in kleinen Stücken

Die Erdäpfel werden roh geschält und in mundgerechte Stücke zerteilt; Zwiebel klein schneiden und in Öl glasig anschwitzen lassen; nach einer Weile Paradeismark und Paprikapulver dazu geben und das Ganze etwas anrösten.

Dann werden die rohen Erdäpfel in den Topf gegeben und das Ganze mit etwas Wasser aufgegossen. Majoran und Kümmel beifügen und mit Trockenbouillon abschmecken. Falls gewünscht, auch kleingehackte Chi-

lischote, Maiskörner und/oder grünen Paprika dazu geben. Einmal aufkochen lassen und dann die Erdäpfel leicht köcheln lassen, bis sie gar sind (auf Biss achten).

Falls die Sauce zu wenig sämig ist, kurz vor Ende der Kochzeit einen rohen Erdäpfel einreiben, bis die Konsistenz passt.

Damit ist das Erdäpfelgulasch, auch Gulaschkartoffeln genannt, fertig und wird häufig nur mit einer Scheibe Brot gegessen.

Gerne wird das Gericht aber auch durch die Beigabe von Wurst verfeinert. Dazu eignet sich grundsätzlich jede Art von Koch- oder Brühwurst wie z.B. Frankfurter/Wiener, Debreziner und vor allem die unvergleichliche, »one and only« **Burenwurst.** Dazu noch mehr in der Folge.

Im Zeitalter bewussterer und damit auch gesünderer Ernährung wird zunehmend aber auf Wurst verzichtet und statt dessen zu **Tofu** gegriffen.

Dazu hat Wilma zwei Varianten anzubieten, mit deren Hilfe sie hofft, Mario mit der Zeit von der »Burenhaut« weg zu bekommen. Und tatsächlich, Palinski scheint es zu schmecken, wenn auch ...

Variante 1: **Geräucheter Tofu**
Anstelle der Wurst wird geräucherter Tofu in Würfel geschnitten und dem Erdäpfelgulasch beigegeben. Schmeckt hervorragend,
Variante 2: **Tofu-Brätling**

1Packung Tofu mit der Gabel zerdrücken

1 Zwiebel klein gehackt

1 Knoblauchzehe klein gehackt
je nach Geschmack Erbsen, Maiskörner uä.

Den gut ausgepressten Tofu mit Zwiebel, Knoblauch, ev. Gemüsebeigabe und fein gehackter Petersilie und etwas Sojasauce durchmischen und nach Geschmack mit Pfeffer, Salz, Curry und Kräutern abschmecken. Dann Brätlinge ausformen, beidseitig in Brösel wälzen und cross herausbraten.

GUTEN APPETIT

»Burenwurstiges« für Nicht-Wiener

Für Menschen, die nächtens in Wien arbeiten oder es auch nur durchstreifen, ist die Burenwurst, liebevoll auch »Burenhäutl« oder schlicht nur »Haaße« genannt, nicht nur eine Wurst, die man am Stand und im Stehen isst, ein schlichter Imbiss zwischen Mitternacht und Morgengrauen.

Nein. Für Studenten, Taxler, Stricherinnen, ihre Kunden und Beschützer wie auch für alle anderen Nachtschwärmer stellt sie einen Höhepunkt der Nacht dar, für viele sogar den einzigen. Gleichzeitig ist sie aber auch Lebenselixier, Muntermacher, Kraftquelle, Super bleifrei.

Wobei sich auch heute noch die tollsten Gerüchte darum ranken, was in einer echten Burenwurst eigentlich so alles drinnen sein soll. Natürlich ist das heute alles nur Gerede, immerhin regelt der gestrenge »Codex Alimentarius Austriacus« ja ganz genau, was sein darf und was nicht. Aber wissen das auch die »Häutln«, die um 3 Uhr morgens den Weg alles ..., ja was eigentlich, gehen?

Den Leuten an den Würstelständen scheinen derlei Zweifel aber fremd zu sein. Oder »wurscht«, wie man hier auch zu sagen pflegt. Möglicherweise sogar deshalb.

Das heimelige Licht als Leuchtfeuer in stürmischer Nacht, das unverwechselbare Odeur, dazu noch ein kompletter Querschnitt menschlichen Seins an diesem Mikrokosmos in der nächtlichen Stadt. Da geraten sonst so wichtige Dinge wie Börsenkurse, Stromrechnung, Cholesterinspiegel und gesellschaftliche Unterschiede ins Hintertreffen. Verschwinden vorübergehend im schwarzen Loch der Bedeutungslosigkeit.

Apropos Status: Nicht nur der Tod ist der große Gleichmacher, nein, auch der Würstelstand, die traditionelle »Tankstelle« für den vielfach an ein Ritual erinnernden Verzehr dieser alimentären Eigentümlichkeit. Egal ob Generaldirektorin oder Putzmann, Opernsängerin oder Fassadenkletterer, GoGo Tänzerin oder Obdachloser, wenn's un die Burenwurst geht, sind alle gleich.

Die »Haaße«, man kann sie abgepasst portioniert als auch nach Laufmetern erwerben, wird auf Wunsch bereits vom Standler aufgeschnitten. Viele ziehen es aber vor, ihr »Häutl« selbst zurechtzuschnitzen und tun das auch.

Nicht zu empfehlen ist dagegen das sukzessive Portionieren mithilfe der Zähne. Nicht nur, dass es ausgesprochen kräftiger Beißerchen bedarf, um die starke Wursthaut zu durchdringen. Dank des hohen Fettanteiles im Brät, der sich durch die Erhitzung des Gargutes stark ausdehnt, steht das »Häutl« unter sehr hohem Druck. Der endlich gelungene Biss, das beglückende Gefühl, diesen Widerstand endlich überwunden zu haben, wird dann in der Regel durch eine relativ starke, weit gehende Fettfontäne gemindert, die sich schonungslos auf Hemdkragen, Jackenrevers und über alle anderen ihre Flugbahn behindernde Dinge ergießt.

Warnung: Häufig werden davon auch zu knapp daneben Stehende ge- und damit ebenfalls betroffen.

Aus demselben Grund empfiehlt es sich auch, beim Aufschneiden der Wurst auf jeden überflüssigen Druck zu verzichten, um Spritzen zu vermeiden. Ein sanftes

Ritzen der Außenhaut mit dem Wellenschliff vortäuschenden Plastikmesser reicht völlig aus.

Woher ihr Name kommt, wer weiß das schon? Ja, wer will das überhaupt so genau wissen und vor allem, warum? Es ist doch völlig egal, ob die Wurst, wie die einen meinen, Ende des 19.Jahrhunderts von Soldaten aus dem Burenkrieg mitgebracht wurde. Oder ob sich der Name **Klobasser,** das ist die beim Fleischer erhältliche Zwillingsschwester der Haaßen nicht vom slowakischen »Kolbasz« ableitet. Was wieder soviel wie »Bauer« heißt.

»Bauernwurst«, »Burenwurst«, wen kratzt das schon, wenn man das einmalige »Häutl« vor sich liegen hat.

Aber versuchen Sie bloß eines nicht. Nämlich das Erlebnis »Burenwurst« nach Hause verpflanzen zu wollen. Das geht ebenso daneben wie der billige Chianti, den Sie sich in Korbflaschen aus Lignano oder Jesolo mitgebracht haben. Der schmeckt eben nur am Strand, unter dem sanften Mondlicht an der Adria und nicht im Wohnzimmer in Mürzzuschlag, Böbblingen oder Solothurn.

Und ebenso ist es mit der Burenwurst. Die schmeckt auch nur am Stand. Wenn schon mitnehmen, dann eine Klobasser fürs Erdäpfelgulasch. Das schmeckt auch zu Hause. Und wie.

Und nun noch einiges Kurioses um die Burenwurst - auch für Wiener Leser.

NEUE OPTIONEN FÜR BURENWURST-FREUNDE?

Im Zeitalter des Internets scheint alles möglich. Geht man auf www.google.at (at ist wichtig, denn de und ch bieten diesen Service nicht an) und gibt das Suchwort »Burenwurst« ein, so findet sich rechts oben folgende Anzeige:

Große Auswahl an Burenwurst zu kleinen Preisen.
Mitsteigern
www.ebay.at

Man stelle sich das einmal vor: Kommt Appetit auf eine »Haaße« auf, muss man jetzt nur mehr bei »Ebay« mitbieten und bekommt dann nach 14 Tagen den Zuschlag. Oder so. Oder auch nicht. Ob der Senf und das Brot da schon dabei sind, ist unbekannt.

Wir empfehlen, diese Information unter »Praktische Tipps zum Abnehmen« abzulegen.

P.S. Man kann das übrigens auch mit »Rindsgulasch« spielen.

(*Die Anzeige wurde am 9.12.2005 unter den beschriebenen Umständen im Internet gefunden*)

»BURENWURST« EINMAL ANDERS

Nicht überall, wo Champagner draufsteht, ist auch Champagner drinnen. Und nicht alles, was »Burenwurst« genannt wird, hat auch etwas mit der Wiener Burenwurst zu tun.

So konnte in den unendlichen Weiten des World Wide Web zum Stichwort »Burenwurst« auch folgende, zumindest aus Wiener Sicht skurrile Seite gefunden werden, die wir wortgetreu wiedergeben:

Burenwurst, hier eins meiner Lieblingsrezepte, in Südafrika hatten wir die Würste immer mit seitlicher Glut gegrillt, aber das ist hier in Deutschland nicht so üblich, deshalb tut es auch die Backröhre als Alternative

BURENWURST
(4 Personen)

Zutaten :
8 grobe Bratwürste
1 Mozzarella
100 g Schmand
2 EL gehackte Kräuter

Für die Sauce :
200 g Schaschliksauce (Fertigprodukt)
4 EL Mangochutney
100 g Chilisauce (Fertigprodukt)
1 gr. Zwiebel
1/8 L Fleischbrühe
1 EL Öl

Zubereitung :
In die Bratwürste einen Längsschnitt machen (nicht durchschneiden). Aus dem Käse, Schmand und Kräutern eine Farce herstellen und in die aufgeschnittenen Bratwürste füllen.

Für die Sauce Zwiebel in Ringe schneiden und in dem Öl glasig dünsten. Die restlichen Saucenzutaten zufügen

und kurz erhitzen. Die gefüllten Bratwürste in eine Kasserolle geben, die Sauce dazu und im vorgeheizten Ofen ca. 20 – 25 Minuten überbacken bei 200 Grad.

Viel Spaß beim Ausprobieren
Gruß Günther

Quelle: http://region.hagen.de/OZON/AUTOREN/HA/buren.txt

Danke, Günther, Ihr Rezept hat zwar nichts mit unserer Burenwurst zu tun, klingt aber durchaus interessant. Und probieren geht schließlich über studieren.

Weitere Krimis finden Sie auf den folgenden Seiten und im Internet: www.gmeiner-verlag.de

Pierre Emme
Schnitzelfarce

277 Seiten, 11 x 18 cm, Paperback.
ISBN 3-89977-644-5. € 9,90.

Den Samstag im September wird Palinski nicht so schnell vergessen. Eigentlich will er sich nur den Preis für seinen 2. Platz im Schnitzelwettbewerb einer Fast-Food-Kette abholen, stattdessen wird in seiner unmittelbaren Nähe eine Frau im Rollstuhl erschossen. Der anscheinend von einem Terroristen abgegebene Schuss hat allerdings dem Stadtrat für Tourismus gegolten, der die Siegerehrung vornehmen sollte. Eine Aufgabe, zu der sich der Politiker im gerade herrschenden Wahlkampf nur zu gerne bereit erklärt hatte. Dass am selben Tag auch der linke Ringfinger des entführten Kommerzialrats Eugen Filzmayer mit einer Lösegeldforderung bei der Familie aufgetaucht ist, geht im Trubel der Ereignisse auf dem Fest fast unter …

Pierre Emme
Pastetenlust

278 Seiten, 11 x 18 cm, Paperback.
ISBN 3-89977-640-2. € 9,90.

Neben der Erpressung eines großen Lebensmittelkonzerns beherrscht der Mord an dem berühmten deutschen Schauspieler Jürgen Lettenberg die Medien des Landes.
Seine Freundschaft mit dem für den Fall zuständigen Inspektor Wallner führt den »literarischen Kriminologen« Palinski, ins Zentrum der Ermittlungen. Mit seiner unkonventionellen Art findet er Zugänge zu dem Mordfall, die der Polizei nicht nur aus dienstrechtlichen Gründen verwehrt bleiben.
Ein »wasserdichtes Alibi«, das fast nicht angreifbare »Geständnis« eines vergifteten »Sündenbocks« und

KRIMI IM GMEINER-VERLAG

Pierre Emme
Heurigenpassion

277 Seiten, 11 x 18 cm, Paperback.
ISBN 3-89977-668-2. € 9,90.

Mit dem Fund der Leiche einer jungen Frau fängt das neue Jahr für Inspektor Wallner und seinen »kriminalistischen Berater« Mario Palinski nicht gerade gut an. Als sich herausstellt, dass die Frau vor kurzem entbunden hat, beginnt die hektische Suche nach dem unversorgten Säugling. Die Spur führt in ein bekanntes Wiener Heurigenlokal …

Norbert Klugmann
Kabinettstück

324 Seiten, 11 x 18 cm, Paperback.
ISBN 3-89977-680-1. € 9,90.

In den kleinen Weinorten Rheinhessens ist ein neues Gesicht unterwegs: Ein smarter Geschäftsmann will den finanziell geschädigten Weingütern mit Finanzspritzen wieder auf die Beine helfen – natürlich gegen eine entsprechende Beteiligung. In seiner Begleitung befindet sich der Marchese, der ihm als weltgewandter und charmanter Weinkenner die Türen öffnen und die Wege ebnen soll. Auf einem kleinen Winzerhof stoßen die beiden jedoch auf erbitterten Widerstand und ganz unerwartet entwickelt sich die Angelegenheit für den Marchese zu seinem persönlichsten Fall …

KRIMI IM GMEINER-VERLAG

Bernd Franzinger
Bombenstimmung

325 Seiten, 11 x 18 cm, Paperback.
ISBN 3-89977-684-4. € 9,90.

Deutschlands beliebteste Quiz-Show gastiert in der Fruchthalle in Kaiserslautern. Mit von der Partie ist die Familie von Hauptkommissar Wolfram Tannenberg: Vater, Bruder und Neffe nehmen als Kandidatenteam an dem Quiz teil. Mitten in der Livesendung meldet sich ein skrupelloser Erpresser und fordert den Hauptgewinn von 10 Millionen Euro. Er hat mehrere Sprengsätze im Keller des Gebäudes deponiert und droht diese zu zünden. Als zwei Bomben in der Nähe der Halle explodieren, ahnt Tannenberg, dass ihm nur noch wenig Zeit bleibt, um eine Katastrophe zu verhindern …

Bernd Leix
Hackschnitzel

273 Seiten, 11 x 18 cm, Paperback.
ISBN 3-89977-694-1. € 9,90.

Fein zerhäckselt finden sich die Einzelteile einer menschlichen Leiche zwischen den Holzhackschnitzeln auf einem Kinderspielplatz. Die Identifizierung des Toten erweist sich als schwierig. Als klar wird, dass es sich um den Direktor einer Ettlinger Baufirma handelt, beginnt für Oskar Lindt, den Chefermittler der Karlsruher Mordkommission, die zähe Suche nach Motiv und Täter. In einem Sumpf aus Verbrechen, Geldgier, Macht und Korruption entgeht er selbst dem Tod nur um Haaresbreite …

Edi Graf
Elefantengold

277 Seiten, 11 x 18 cm, Paperback.
ISBN 3-89977-691-7. € 9,90.

Linda Roloff, Journalistin aus Tübingen, kann den Flug mit dem Zeppelin über den Bodensee nicht wirklich genießen. Der Mann, mit dem sie vor kurzem noch ein Interview geführt hatte, wurde ermordet. Seine Leiche trieb im wildromantischen Märchensee bei Tübingen. Und während sie bei ihren Recherchen auf Spuren stößt, die nach Südafrika führen, erreicht sie von dort der Hilferuf eines alten Freundes …

Bernd Leix
Hackschnitzel

273 Seiten, 11 x 18 cm, Paperback.
ISBN 3-89977-694-1. € 9,90.

Fein zerhäckselt finden sich die Einzelteile einer menschlichen Leiche zwischen den Holzhackschnitzeln auf einem Kinderspielplatz. Die Identifizierung des Toten erweist sich als schwierig. Als klar wird, dass es sich um den Direktor einer Ettlinger Baufirma handelt, beginnt für Oskar Lindt, den Chefermittler der Karlsruher Mordkommission, die zähe Suche nach Motiv und Täter. In einem Sumpf aus Verbrechen, Geldgier, Macht und Korruption entgeht er selbst dem Tod nur um Haaresbreite …

Bernd Franzinger
Bombenstimmung

325 Seiten, 11 x 18 cm, Paperback.
ISBN 3-89977-680-1. € 9,90.

In den kleinen Weinorten Rheinhessens ist ein neues Gesicht unterwegs: Ein smarter Geschäftsmann will den finanziell geschädigten Weingütern mit Finanzspritzen wieder auf die Beine helfen – natürlich gegen eine entsprechende Beteiligung. In seiner Begleitung befindet sich der Marchese, der ihm als weltgewandter und charmanter Weinkenner die Türen öffnen und die Wege ebnen soll. Auf einem kleinen Winzerhof stoßen die beiden jedoch auf erbitterten Widerstand und ganz unerwartet entwickelt sich die Angelegenheit für den Marchese zu seinem persönlichsten Fall …

Erwin Kohl
Grabtanz

277 Seiten, 11 x 18 cm, Paperback.
ISBN 3-89977-693-3. € 9,90.

Ein Spaziergänger macht kurz nach Mitternacht eine seltsame Entdeckung: Er beobachtet eine Frau, die in einem roten Kleid auf einem Grab tanzt. Einige Tage später werden ähnliche Ereignisse vermeldet. Es stellt sich heraus, dass alle Toten Opfer eines perfiden Verbrechens waren. Obwohl es sehr genaue Beschreibungen der ›Tänzerin im roten Kleid‹ gibt, scheinen Kommissar Joshua Trempe und sein Team von der Mordkommission Krefeld ein Phantom zu jagen. Hilflos müssen die Ermittler sich fragen, wann und wo sie wieder zuschlägt …

KRIMI IM GMEINER-VERLAG

Das neue Krimijournal ist da!

2 x jährlich das Neueste
aus der Gmeiner-Krimi-Bibliothek

KRIMI*Journal*

Nr. 5 — 2/2006

Der Terror ist mit einem Mal zum Greifen nah ...

Deutschland im September 2001

Norbert Klugmanns Kabinettstück

Der Marchese und die Mafia

ISBN 3-89977-950-9
kostenlos

In jeder Ausgabe:

- Vorstellung der Neuerscheinungen
- Hintergrund-informationen zu den Themen der Krimis
- Interviews mit den Autoren und Porträts
- Allgemeine Krimi-Infos (aktuelle Krimi-Trends, Krimi-Portale im Internet, Veranstaltungen etc.)
- Die Gmeiner-Krimi-Bibliothek (Gesamtverzeichnis der Gmeiner-Krimis)
- Großes Gewinnspiel mit ›spannenden‹ Buchpreisen

Erhältlich in jeder Buchhandlung
oder direkt beim:

GMEINER-VERLAG

Im Ehnried 5
88605 Meßkirch
Tel. 07575/2095-0
Fax 07575/2095-29
info@gmeiner-verlag.de
www.gmeiner-verlag.de

Alle Gmeiner-Autoren und ihre Krimis auf einen Blick

Anthologien: Grenzfälle (2005) • Spekulatius • Streifschüsse (2003)
Artmeier, H.: Feuerross (2006) • Katzenhöhle (2005) Schlangentanz • Drachenfrau (2004)
Baecker, H.-P.: Rachegelüste (2005)
Beck, S.: Einzelkämpfer (2005) • Duftspur (2006)
Bekker, A.: Münster-Wölfe (2005)
Bomm, M.: Schusslinie (2006) • Mordloch • Trugschluss (2005) • Irrflug • Himmelsfelsen (2004)
Bosch van den, J.: Wassertod • Wintertod (2005)
Buttler, M.: Dunkelzeit (2006) • Abendfrieden (2005) •Herzraub (2004)
Danz, E.: Osterfeuer (2006)
Dünschede, S.: Deichgrab (2006)
Emme, P.: Würstelmassaker • Heurigenpassion (2006) Schnitzelfarce • Pastetenlust (2005)
Enderle, M.: Nachtwanderer (2006)
Erfmeyer, K.: Karrieresprung (2006)
Franzinger, B.: Bombenstimmung (2006) • Wolfsfalle • Dinotod (2005) • Ohnmacht (2004) • Goldrausch (2004) • Pilzsaison (2003)
Gardener, E.: Lebenshunger (2005)
Gokeler, S.: Supergau (2003)
Graf, E.: Elefantengold (2006) • Löwenriss • Nashornfieber (2005)
Haug, G.: Gössenjagd (2004) • Hüttenzauber (2003) • Finale (2002) • Tauberschwarz (2002) • Höllenfahrt (2001) • Todesstoß (2001) • Sturmwarnung (2000) Riffhaie (1999) • Tiefenrausch (1998)
Heim, Uta-Maria: Dreckskind (2006)
Heinzlmeier, A.: Bankrott (2006) • Todessturz (2005)
Karnani, F.: Takeover (2006)
Keiser, G.: Apollofalter (2006)
Keiser G./Polifka W.: Puppenjäger (2006)
Klewe, S.: Kinderspiel (2005) • Schattenriss (2004)
Klingler, E.: Königsdrama (2006)
Klugmann, N.: Kabinettstück (2006) • Schlüsselgewalt (2004) • Rebenblut (2003)
Kohl, E.: Grabtanz • Zugzwang (2006)
Köhler, M.: Nellis Tagebuch (2006)
Koppitz, R. C.: Machtrausch (2005)
Kramer, V.: Todesgeheimnis (2006) • Rachesommer (2005)
Kronenberg, S.: Kultopfer (2006) • Flammenpferd • Pferdemörder (2005)
Lebek, H.: Schattensieger • Karteileichen (2006) • Todesschläger (2005)
Leix, B.: Hackschnitzel (2006) • Zuckerblut • Bucheckern (2005)
Mainka, M.: Satanszeichen (2005)
Matt, G. / Nimmerrichter, K.: Schmerzgrenze (2004) • Maiblut (2003)
Misko, M.: Winzertochter • Kindsblut (2005)
Nonnenmacher, H.: Scherlock (2003)
Puhlfürst, C.: Dunkelhaft (2006) • Eiseskälte • Leichenstarre (2005)
Schmitz, I. G.: Sündenfälle (2006)
Schmöe, F.: Käfersterben • Fratzenmond (2006) Kirchweihmord • Maskenspiel (2005)
Schröder, A.: Mordsgier (2006) • Mordswut (2005) • Mordsliebe (2004)
Schuker, K.: Wasserpilz (2006)
Schwab, E.: Angstfalle (2006) • Großeinsatz (2005)
Schwarz, M.: Maienfrost • Dämonenspiel (2005) • Grabeskälte (2004)
Stapf, C.: Wasserfälle (2002)
Steinhauer, F.: Seelenqual • Racheakt (2006)
Thadewaldt A./Bauer C.: Kreuzkönig (2006)
Valdorf, L.: Großstadtsumpf (2006)
Wark, P.: Epizentrum (2006) • Ballonglühen (2003) • Absturz (2003) • Versandet (2002) • Machenschaften (2002) • Albtraum (2001)
Wilkenloh, W.: Feuermal (2006) • Hätschelkind (2005)